红字
The Scarlet Letter

（美）霍桑 ○著　李云 ○译

煤炭工业出版社
·北　京·

图书在版编目（CIP）数据

红字/（美）霍桑著；李云译. ——北京：煤炭工业出版社，2018（2022.3 重印）
ISBN 978-7-5020-5695-7

Ⅰ.①红… Ⅱ.①霍… ②李… Ⅲ.①长篇小说—美国—近代 Ⅳ.①I712.44

中国版本图书馆 CIP 数据核字（2017）第 024999 号

红字

著　　者	（美）霍桑
译　　者	李　云
责任编辑	刘少辉
封面设计	左小文
出版发行	煤炭工业出版社（北京市朝阳区芍药居 35 号　100029）
电　　话	010-84657898（总编室）
	010-64018321（发行部）　010-84657880（读者服务部）
电子信箱	cciph612@126.com
网　　址	www.cciph.com.cn
印　　刷	唐山楠萍印务有限公司
经　　销	全国新华书店
开　　本	710mm×1000mm $^1/_{16}$　印张　$14^1/_2$　字数　250 千字
版　　次	2018 年 3 月第 1 版　2022 年 3 月第 2 次印刷
社内编号	8558　　　　　　　定价　58.00 元

版权所有　违者必究

本书如有缺页、倒页、脱页等质量问题，本社负责调换，电话：010-84657880

目　录

海关（前言） ……………………………………………………………… 1
第 一 章　狱门 …………………………………………………………… 35
第 二 章　市场 …………………………………………………………… 37
第 三 章　认出 …………………………………………………………… 46
第 四 章　会面 …………………………………………………………… 54
第 五 章　海丝特做针线 ………………………………………………… 61
第 六 章　珠儿 …………………………………………………………… 70
第 七 章　总督的大厅 …………………………………………………… 79
第 八 章　小鬼和牧师 …………………………………………………… 86
第 九 章　医生 …………………………………………………………… 95
第 十 章　医生和病人 …………………………………………………… 105
第 十 一 章　内心秘密 …………………………………………………… 115
第 十 二 章　牧师的夜游 ………………………………………………… 122
第 十 三 章　海丝特的另一面 …………………………………………… 133
第 十 四 章　海丝特和医生 ……………………………………………… 140
第 十 五 章　海丝特和珠儿 ……………………………………………… 147
第 十 六 章　林中散步 …………………………………………………… 153
第 十 七 章　教长和教民 ………………………………………………… 159

第十八章　一片阳光 …………………………………… 169
第十九章　溪边的孩子 ………………………………… 175
第 二 十 章　迷茫中的牧师 ……………………………… 183
第二十一章　新英格兰的节日 …………………………… 193
第二十二章　游行 ………………………………………… 202
第二十三章　红字的显露 ………………………………… 212
第二十四章　尾声 ………………………………………… 221

海　关

——《红字》前言

  说了也没人相信，尽管本人不喜欢和家人和朋友过多谈论家长里短的事情，我一生中还是有两次按捺不住去叙述自己的冲动，动笔开始了倾诉。第一次①是在三四年前，当时我描写了我在一座幽静的老宅中的生活，以供读者阅读。可以确切地说，那是无论宽容的读者抑或冒失的作者都难以想象的。而如今，虽说我不怎么和外界接触，却依然很高兴我找到了一两个之前的知音，我又一次主动讲述起我在海关经历的那三年。在我的写作生涯中，著名的"本教区执事"的例子总是被人们提起。不过，事实似乎是这样的：当笔者任其书稿迎风飘散时，他谈话的对象并非对他的书没有兴趣或不屑一翻的多数人，而是对他有相当一部分能理解的少数人。确实有些作者更特立独行，他们完全沉溺于叙述私事，尽管这有可能只能引起一个读者的共鸣；似乎那部撒遍世界的印刷品，大多的会揭示作家本性是不连贯的片段，并通过与作品的这一互动，完整他的生活圈子。只是，即使是我们完全客观陈述的地方也很难做到有板有眼。但是，由于思想僵化和语言麻木，除非演讲者和听众有现实中的人际关系，或者，只能设想有一位虽不算最亲密却是善解人意的好心朋友在聆听我们的谈话，这种想法还是可以理解的。此时，由于

---

① 指作者给《古屋青苔》（1846）写的前言，记叙了自己的一些经历。

意识到了这种亲切,一切对陌生的警惕就消失了,我们可以畅所欲言地谈论我们周围的所有,甚至我们自己,在我看来,表面的背后依然隐藏着最真实的自我。在这一程度上并在这些限度之内,在我看来,一位作家才可以在不会冒犯读者或他自己的利益的前提下写出其自身经历。

读者将会看到,这篇题为《海关》的随笔具有总是为文学所认可的一种节奏,诸如解释下述正文的大部分事实如何为我所掌握,并为这里所包容的叙述的确切性提供证据。事实上——把自己当成编者或者说是一种构成我的作品中最冗长部分的愿望①——才是我愿意如此推心置腹,倾诉自我的真实原因。在达到这一主要目的的过程中,似乎可以允许用些许附加的笔触,在此描述一下之前未曾写过的生活方式及其中包括作者在内的一些人物。

我的故乡萨莱姆,于半个世纪以前的德比②老王时期,位于人来人往的码头的尽头。如今为朽木建的库房所替代,繁华的景象几乎已经消失,或许只有一个三桅帆船,或者卸着毛皮的小船停在破落的码头;附近还有一艘新苏格兰公司的码放着装满木柴的帆船——我刚才说的是那个破败码头的上面,那里时常被海潮冲刷,那排建筑物的墙底下还长着一道并不繁茂的野草,显示出古老岁月的痕迹——从前窗放眼望去这里荒无人烟,而在海湾对面则矗立着一座宽大的砖砌建筑。砖砌建筑的最高处,每天上午有整整三个半小时,合众国国旗一阵儿随风飘扬,一阵儿无风下垂;由于那十三道纹路的旗帜是竖直的而不是水平的,便表明了这里是山姆大叔③的民政机构,而不是军事基地。建筑物的前面,有一装饰后的足廊,有六根圆木柱支撑的阳台,几级宽阔的花岗岩台阶一直延伸到街边。入口的上方挂着一块很大的美国鹰徽:伸展着双翼秃鹰,胸前有一面盾牌,在我的心目中,每只爪子都隐藏着雷石和倒钩

---

① 作者最初计划把几篇较短的故事一并印在《红字》一书里。
② 塞勒姆的大船主——伊莱亚斯·哈斯克特·德比(1739—1799)。
③ 代指美国、美国政府、美国人,始用于1812年美英战争。

箭。这只给人不吉利的猛禽特有的坏脾气和它的厄运及以往残忍的表现，它可以对温顺的居民预示着灾难，尤其警告着对自己的安全十分小心的全体市民，提防有人闯入其羽翼遮蔽下的房间。然而，尽管这只鹰凶相外露，此时此刻却有很多人在这只联邦之鹰的护卫下寻求庇护。我大胆想象，在这只鹰的胸下的安全温暖超过了鸭绒。不过，即使在它最具温情心情最佳的时候也毫无温情，而且早晚——早比晚更经常——它会带着爪子的抓伤，被利喙啄伤的伤口，或它那倒钩箭伤及的流脓的创口，振翅飞离鸟巢。

　　从上面描写的那栋建筑物来看——这就是港口的海关，附近路面的石缝里长满了杂草，这说明最近这地方很少有人来了。然而，一年中有几个月，一些上午，公务却异常繁忙。每逢此时，就使年长的市民想到最近一次对英作战①之前的岁月，那时萨莱姆本来就是一个港口。不像如今这样招致商人们和船工们的冷嘲热讽，他们非常不在意这里的码头的废弃，其商船或货物却没有必要也不被发现扩大了纽约或波士顿的强大的商潮。就是这样的一个上午，正好有三四艘船只同时到达这里——一般是来自非洲或南美——在这里稍事休整便要驶向远方，这时花岗石的台阶上便响起了踢踢踏踏的脚步声。在这里，在饱经沧桑历经风雨的船长尚未受到他妻子的迎驾之前，是你最先在港口里看见他，腋下夹着一个装着商船文件的灰暗无光的白铁盒子。在他后面，还会看到商船的主人，他们或笑容满面或愁眉不展，或意气风发或面有愠色，全看此次完成的航行在商业计划上的实现程度。也许货物会马上变成黄金，抑或亏本让他陷入烦恼，举目无亲，四顾无朋。在人群里，还有那些年轻神气的秘书——那些未来的拧眉攒目、胡须花白、忧心忡忡的商人的雏形——他们如同贪婪嗜血的狼仔崽一样体验贸易，并且把种种货物送上船只，其实我觉得他们还是在储水池里摆弄模型小艇更合适。场景中的另

---

① 指1812年美国对英国的战争。

一个身影是正在办理通行证的水手，他将出海到外国；或许是一名刚刚抵达的水手，他苍白虚弱，正在求他的上司获准他去医院。我们也不该忘记从大英帝国运来木柴的已经锈迹斑斑的小型纵帆船的船长们；他们一身油布雨衣雨帽的打扮，虽说没有美国佬那种警觉的外观，但对我们这日渐衰退的航海业，却作出了一份不容忽视的贡献。

如果碰巧，所有这些人都凑到了一起，再加上其他的客人商旅等，这座海关变得一片嘈杂。不过，更多的时候，你跨上台阶就会辨出——夏季是在入口处，冬季或天气恶劣时则在某一个房间里——那是一排让人尊敬的人物，坐在旧式的椅子上，跷着二郎腿。通常他们都在打瞌睡，但偶然也可听到他们在谈话，嗓门忽高忽低，好像在说梦话，全都无精打采，像济贫院里的穷人，或者靠慈善救济、靠专营劳动之类的种种方式存活而不是自力更生的人。这些老家伙们——像马太一样坐在海关的收税处，却不像马太①一样为了使徒的使命尽职尽责——便是海关的公务人员。

继续往前，来到前门左侧的一个房间，是某个房间或办公室，有十五英尺见方大小，顶棚很高，透过两扇拱顶窗可以看到前面所述的衰败的码头，第三扇窗则可以同时看到一条窄巷和一段德比街。从这三面窗口都可瞥见杂货铺、滑轮作坊、廉价成衣店、船具商店；不管在那家店铺门口，总有一群群的老水手、码头工，以及和他们一样经常出没于海港的人物在谈笑风声。这座房间本身落满灰尘，破败不甚；地面上铺了灰砂，这是一种早已过时的风格；从那脏乱不堪的外貌，我们可以得出结论：这是一座那些带着扫帚和拖把这类工具的妇女从不光顾的鬼地方。至于家具，有一台炉灶，带着大漏斗的烟道，一张旧的松木办公桌，旁边立着一个只有三条腿的凳子，两三把又破又旧的木椅，以及——切勿忘记这里的藏书——书架上的二三十本国会法案和一厚册税收法摘要。

---

① 见《圣经·马太福音》第九章第九节。马太是十二门徒之一，原为罗马帝国税吏。

一个白铁皮的管子向上穿过天花板,构成传声筒,和相连的房间相联系。也就是六个月以前,就是在这里,曾有一个人从一个屋角到另一个屋角来回踱步,或是无精打采地坐在长腿凳上,两只胳膊撑着头,趴在办公桌上,目光盯在晨报上——诚挚的读者,或许您已经认出,就是这同一个人①曾经欢迎您进入他那温馨别致的小书斋,书斋里有透过柳枝洒进来的阳光。但是如今,您若是走进去找他,询问这位民主党的海关督察的行踪,早已得不到什么消息了。改革这把长把细枝的扫帚已将他清理出办公室,一个看起来更称职的人接替了他,包括他的薪水。

  这座被称作萨莱姆古镇——我的故乡,虽然在我的少年和成年时代都曾离开它客居在外——一直让我魂牵梦萦,那种思乡之苦是我住在这里时难以预想到的。的确,单看这里的景色,那平坦呆板的表面,清一色的绝大部分是木结构房子,没有几栋具备建筑学上的美感——它们参差不齐,全无别致和古雅可言。有的只是平淡无奇,一眼望不到头的街道令人厌烦地沿整座半岛延伸,一端通到绞架山和新几内亚,另一端便是济贫院。这就是我的故乡,既然我对它依依不舍,也就有理由对它如一盘残棋的布局产生感情了。然而,尽管我在国外都过得很幸福,但内心一直眷恋着我的故乡老萨莱姆。这种情愫应该来自我的家庭多年来深深植根于共同记忆中的影响。自从我那源于布立吞人②的家族在这个小镇上扎根以来,已经有220多年的历史了,如今这里已形成了一座城镇。他的后人们在这个小镇繁衍生息,将他们自身的凡胎肉体与此地的尘世土壤合二为一,甚至当我在街头散步时也能感到脚下的土地无处不与由其构成的我的血脉之躯息息相通。因此,从某种意义上说,我所说到的这种关联不过是土壤对土壤的息息交感与共鸣罢了。我的乡亲中基本没有人有和我一样的感觉,而且由于频繁的迁徙,他们就不在乎所谓的故乡之情了。

---

① 作者本人。
② 古代住在不列颠南部的凯尔特人的一部分,是英伦三岛上的原始土著。

但偏爱故土情愫仍然有其道德品性。我的第一位先祖在家庭的传说中笼罩着一种模糊不清的伟大形象，回想一下，才意识到他的形象早已屹立在我的想象之中了。它至今仍影响着我，促使我怀念家乡，我认为这种感情和镇子的现状没有什么关系。我似乎更强调他是这里的一位普通居民，因为他是一位板着面孔，蓄着胡须，身穿深褐色长袍，头戴尖顶高帽的先祖——很久很久以前，他带着《圣经》和佩剑来到这里，在新辟的街道上迈着庄严的步伐，仿佛是一个能缔造同战争与和平之神那样身躯高大——他的名声远超我：因为本人的名字无人知晓，本人的面孔对别人来说也是鲜为人知的。他是一名军人、议员和法官；他同时又是教会中的一个首领；他具备清教徒的一些特点或正或邪的一切品性。他还是个非常残忍的迫害狂，贵格会教徒常在他们的历史中提到他，叙述了亲眼目睹他严惩他们教派中一位妇女的事件；人们担心尽管他的伟绩多于劣迹，尽管他也做过许多好事。他的儿子①也承袭了这种迫害精神，在女巫的殉道案中臭名昭著，以致人们说巫士的血会公道地在他身上留下污迹。确实，那个污迹之深，这血污一直渗透到他的骨骼里，如果枯骨还未作泥土的话！我不确定我的祖先是不是想过忏悔，祈求上帝宽恕他们的种种恶行；或者他们如今是否在另一个世界里，为自己建成的严重后果饮恨痛哭。不管怎样，我，一名知名作家，作为他们的代表，却为他们深感羞愧，并祈求从今以后可以洗刷掉他们的恶行招来的任何诅咒——如我的诅咒，且由其家族消沉和式微的现状可见，多年之前确曾有过这一说法。

毫无疑问，经过漫长的岁月之后，这两个面目冷酷，郁郁寡欢的清教徒不是谁都不曾想苍天会对他们的罪孽做出报复，在长满了年深日久的青苔的我们家族之树的古老树干上，在顶端的粗枝上，竟然产生了我这个不肖子孙。我胸无大志，也无成就。在我的家庭之外的生活，我的

---

① 指小哈桑，塞勒姆镇迫害巫士案中任法官。他的父亲哈桑于 1630 年从英国移居美国。

生命因成功而添美溢彩的话,然而,我的任何成功即使不被他们视为奇耻大辱,也毫无价值的。"他是做什么的?"两个我先人的父辈讨论着,"一个写故事的作家!那算是一个什么行业?能为上帝争先,为人类带来福音吗——在他的时代和他那一代人中,这算是为上帝争光、为人类谋福的什么方式呢?哼,那个堕落的家伙真算是个游手好闲的人!"这就是我和我的先祖们隔着时间的海湾交换的赞语!不过,随他们怎么瞧不起我吧!他们的强烈本性已经和我的禀性纠缠在一起,不分彼此了。

在这个镇子初创时期,我们家族就由这两位精力充沛的先祖在这里深深地扎根了。我们的家族从此在这里成家立业,而且颇受到别人的尊敬。就我所知,还从未有一个像我这样的不肖子孙给家族丢人现眼;另一方面,在最初两代人之后,也很少或再也没有人做出过什么值得记忆的业绩,或者令公众刮目相看的壮举。他们逐渐退缩到人们关注的视线之外,如同街上随处可见的那些老宅,有一半的房檐都被堆积的新土掩埋了。据说,在一百多年里,我们的祖先辈辈都以航海为业。每一代人都有从商船的后甲板退回家园后的头发灰白的船长,然后,一个14岁的男孩接替桅杆前的位置,面对他的祖辈父辈面对过的汪洋,顶着他的父辈祖辈顶过的海风。儿子也从水手成了船长。从艏楼到舱室,漂洋过海,在四海漂泊之后返归故里,变老,死去,葬在他出生的地方。一个家庭与其出生及埋葬的那片土地的久远的联系,在人类与乡土之间创造了一种亲情纽带,这种亲情与这个地方的景色美还是不美,及其周围的精神或道德环境如何并不相干。这不是爱,而是一种本能。新的居民——来自异乡的人,或只是第二代或第三代的移民无权被称作萨莱姆人。他不具备牡蛎似的那种坚韧,那种历经三百年悠长岁月培养起来的对这块世世代代扎根的土地的依恋之情。至于这片土地是否给过他快乐,这些木头老宅、这里的泥土、这里呆滞的一隅情愫,这里凛冽的东风以及最严酷的社会气氛,全都不在话下——这一切,还有他可以看见或想象的身边的大大小小的错误全都无关紧要。相反,其魅力犹存,而且威力无比，仿佛这片土地乃是人间天堂。我自己也是一样。我觉得塞勒姆成为我的故乡几乎是命中注定的，让我觉得我所熟悉的这里的人的容貌类型和性格气质——尽管家族的人在一代一代地更替——依然是我儿时在这座老城中所见到的样子。然而，这种情感恰好提供了一个证据，说明最终应该切断这种已经变成不健康的联系。人类的本性不会一直兴盛不衰，恰如一株土豆在同一块地上一年又一年连续地种植。我的子女都是在其他地方出生的，尽管我可以去试图掌控他们，但他们仍然会把根扎在陌生的土地里。

　　我迁出"古屋"之后，正是我对故乡的这种奇怪的、惰性的、缠绵悱恻的依恋之情，把我带进了海关大楼，占据了一个席位，而我当时完全可以远走高飞去其他地方的。我是命该如此。我曾不止一次两次地外出——人一走了之，永不回头的样子——但终又返回，如同一枚磨损了的半便士硬币总要转回到你手中；或者说，仿佛萨莱姆对我来说是没法回避的宇宙中心。于是，我揣着委任状在一个晴朗的早晨登上大理石台阶走进大楼。并且作为海关督察被介绍给将协助我担起这一重任的那一伙绅士们。

　　在美国，军政两界的公职人员都会像我现在这样，手下有一伙老职员接受家族式的管理。当我看着他们时，便立即知道谁是这里"最老的居民"。从当今上溯二十年，收税官的独立地位一直使萨莱姆海关没卷进政治变迁的旋涡里去，我的前任是一名很有名望的新英格兰军人。他不但通过明智的慷慨确保了自身职务的连任，而且他还在许多危险和震撼的时刻让他的下属安然无恙。这位名叫米勒的将军[①]是个不折不扣的保守派；他心地善良，但却原则性极强；他对老相识有强烈的恋旧心，很难随机应变，即使变化会带来很大的进步也罢。因此，我接收我的部门的时候，便发现手下全是些老人。他们大多是年迈的船长，在受尽了

---

① 1812年美国对英战争中的英雄。

海上风口浪尖的颠簸和历尽了人间的世事沧桑之后,最终漂进了这个安静的角落。在这时,他们没有任何干扰,除了定期的总统选举,他们一心只想谋得一纸生存的新契约。虽然他们和其他人一样,难免生老病死,但他们显然有什么护身法宝或其他什么办法使死亡不易逼近。据我所知,他们当中有两三个人患了痛风症和风湿病,或者已卧床不起,在一年中的很长一段时间里都没想过要在海关露面,但躺了一个冬天之后,居然可以下床活动,走进五六月和煦的阳光里,动作懒散地执行起他们所谓的公务,并且在悠闲和便利之后重新躺倒在床。我应该对缩短这些共和国的老资格公务员的公职寿命感到自责。根据我的请求,他们获准摆脱繁忙的劳动,退下来休息,不久之后便仙逝而去,仿佛他们生活的唯一守则便是为国家操劳不息。对我来说,这倒是个虔诚的慰藉,我的介入,为他们提供了对邪恶和腐败行径——所有的海关官员都注定会堕入那种行径——忏悔的空间。海关的前门和后门都没有朝通向天堂的大路敞开。

我属下的官员大多是辉格党①人。对这群德高望重的老先生们来说,有我这样一位不是政客的新督察是件好事,因为我虽然在原则上忠于民主党,但我接受和担任官职都与政治无关。如果不是我,而换成另一位活跃的政客在这样有影响的岗位上,让他处理体弱多病还尸位素餐的一位辉格党人收税官,那么在这位裁员天使走马上任不出一个月的时间里,那些老人兵团里的人差不多全都得退出办公室,结束上班生涯。根据国家的法律,一位政客即使把这些白发苍苍的老人一一送上断头台,也不算渎职。因此,那些老家伙很害怕我,生怕在我面前失礼,一看到我他们便诚惶诚恐,见到一张经过半个世纪风吹浪打布满犁沟似的皱纹的面孔,在我这样一个心地善良的人面前变成灰白色;听到他们的声音瑟瑟发抖,当年惯于通过传话筒吼叫着发号施令,其嗓音之大使呼啸的北风都哑然无声;看到他们的这副模样,我心如刀割,哭笑不得。

---

① 共和党的前身,民主党的反对派。

这些出色的老人深知，按照一切既定的法则——而且他们中的一些人还因为自己缺乏办公能力而心事重重——他们理应让位于年纪更轻、政治上更保守，总之比他们更适合为美国政府效劳的人。我本人也深知这一点，但是心里总不知道如何做才好。因此，理所当然地使我大大地蒙羞受辱，也伤害了我的公职心，在我任职期间，他们继续在码头上蠕动，在海关的台阶上踱上踱下。他们在办公室里将椅子后腿仰靠在墙上，藏在他们习惯了的角落里闷头大睡。不过，他们还会在午前醒来一两次，彼此之间不厌其烦地讲起说过数千次的海上见闻和长了毛的笑话，这些已经成了他们圈里的暗语。

我猜想，他们很快就发现了新来的督察不值得提防。于是，这些好心的老先生们就怀着轻松的心情和想要有所作为的愉快良知——如果不是对我们可爱的国家的话，至少也是为了他们的一己之私——办理海关的种种手续。他们戴着眼镜敏锐地窥视船只的货舱！他们拿鸡毛蒜皮的事做文章，有时却对重大隐患视而不见，让其在他们眼皮底下溜走！经常发现这样的差错——当载满贵重货物的船只在他们眼皮子底下，也许就在他们毫无猜疑的鼻尖下靠岸走私时，他们便以最大限度的警觉和快捷，着手锁了又锁，还要保险地贴上封条，加上蜡印，把那艘违章偷税的船只的所有渠道通通堵死。不批评他们原先的疏忽大意，倒还要表扬他们在发生差错后表现出来的仔细谨慎，感谢他们在事情已经无法弥补之后表现出的那种满腔热忱和机敏果断。

除非他人特别难共事，我总是愚蠢地惯于和他们友好相处。对于我的同僚的优秀品性，只要面子上过得去，我总是优先予以考虑，并且使之在我心目中构成他的特征。由于海关里大多数老员工各有优点，另外由于我和他们相处中的位置带有家长和保护的性质，非常有利于培养亲善的感情，所以我很快就喜欢上了他们。在夏日的午前——这个时候酷暑几乎熔化了人类的一切家庭，而且是给他们半麻木的感觉系统带来舒服的感觉之际——聆听他们像往常一样在后门口倚墙坐成一排闲聊，实在让我感到愉悦；此时此刻，过去几十年冻结的妙语化解了，依次从他们唇间蹦出，伴随着大笑。表面上看，老年人的喜悦跟孩子们的快活有很多共同之处，却与睿智没有什么大的关系，那种饱含诙谐和智慧的光束，舞弄于浮面，并将光明和欣喜同时加在嫩绿的树枝和古老腐朽的树干上。然而，对嫩枝来说真的是阳光，对枯干来说却更像是杉林的磷火。

读者朋友们应该理解，描述我这些极好的年迈朋友老眼昏花的样子，是令人伤心而不公平的。首先，我的助手们并非全是老人，其中也有能力出众、精力充沛的年轻力壮之士，完全异于他们的不吉祥的命运将他们抛进的那种懒散和寄生的生活模式。另外，更主要的是，老者的银发有时好似一处维修良好的智慧之屋顶的草。但是，对于这伙老人的大多数来说，如果我将他们全部都说成是一群从另一种生活经历中没有汲取任何值得保存的教益的令人厌倦的老家伙的话，也不算冤枉他们。他们似乎已扬弃了金色的麦粒——实用的智慧，却把谷糠非常细心地储藏在记忆里。他们对于谈论清晨的早点或昨天、今天、明天的晚餐比四五十年之前的海难和当年年轻时亲眼目睹的世界奇迹更加兴致勃勃，也说得更加津津有味。

故乡小镇的海关之父——不仅是这一小伙官员的，我敢说是整个合众国的全体可尊敬的海关人员的元老——原是一位终身稽察官。他真正算得上是税收机制的正统子嗣。完完全全或者更确切地说是命中注定的税务官；早在目前健在的人都无法记清的时候，他的父亲那位革命时期的上校和作为当年本港收税官，就为他创建了这个职位并指定他在其中任职。我第一次见到这位稽察官时，他已年逾八旬，或近于耄耋之年，然而他依然是你愿耗费终生去寻找的一位最了不起的类似常青树的样板。他红光满面，潇洒地穿着纽扣闪亮的蓝色上装，他步伐矫健有力，他精神矍铄抖擞，这一切使他似是——当然看上去已不年轻了——自然之母新缔造的一种人的体形，年迈体弱对他完全不适用。他那时时响彻海关的洪亮嗓门和琅琅笑声，丝毫没有一般老年人的颤音和沙哑，而是底气十足如黄钟大吕之声，又如同鸡鸣或吹号。如果仅仅将他作为动物，从生理学角度——其实难有其他看法——看看他那强壮的躯体和健康的器官，以及在这把年纪仍在享受一切——或近乎一切——他一向所追求或企望的乐趣的能力，他是一件让人看了心满意足的造物主的作品。他对海关生涯有固定收入的保障很是满意，不用时刻提心吊胆怕被解雇，这无疑为他轻松度日创造了条件。然而，初始和更重要的原因则在于他的十分完美的四肢发达头脑简单的特性，也就是有限的智力，以及极少的道德和精神成分；这后面一项特点使得这位老先生不至于沦为一头四脚贴地的动物。他没有思维能力，没有深沉的感情，没有烦人的多愁善感；总而言之，除去由他的良好身体而必然形成的快活脾性所支撑的平庸本能，他一无所长。尽管他没心没肺，执行起公务来却很体面地顺利完成。他一生先后娶过三个妻子，也曾是二十名子女的父亲，但这些子女大多在童年或成年的各个不同的年龄段相继夭折去世了。在人们看来，这样巨大的哀痛定会给欢愉的心情一遍又一遍地蒙上阴暗的色彩。但我们这位老稽察官却若无其事！一声简短的叹息足以抹平这些令人不快的回忆。随后，他就会像光屁股的婴孩一样去嬉戏了。这位收税官随时都想寻欢作乐的劲头是他的一位年轻下属所望尘莫及的，那位19岁的青年看起来要比他老成持重很多。

　　我曾经用了好长的时间费了很大精力，观察和研究过这位家长式的大人物。他确实很奇怪：以某种观点来看，他尽善尽美，不可挑剔。然而从另外的方面看，他却十分肤浅、虚妄、难以捉摸，完全无足轻重可有可无。据此我得出结论：他没有灵魂，没有心肝，没有头脑；正如我在前面说过的那样，他除去本能一无所有。尽管如此，他性格中为数不多的东西又极其狡黠地拼凑在一起，以致没有令人痛苦的缺憾，不过，我却在对他的研究中获得了极大的满足。可能确实难以设想，像他这样一个只重今生不虑后世的人，来世将如何复活。不过我们看到的现实却是，直到最后一口气，他一直过得挺好；虽说他不比野兽具有更高的道义感，却有更广泛的享乐，并且和它们一样,还幸免了老年的孤寂和忧郁。

他在有一点上远远胜过他的那些只有本能的四脚兄弟,那就是他有本领回忆他享受过的美味佳肴,而吃喝玩乐正是他生活享受中重要的一部分。他的饕餮主义是十分容易与人接近的,听他谈起烤肉让人觉得那就像咸菜和牡蛎一般刺激食欲。由于他不具备更高的素质,他把全部精力和才能都用来促进他胃口的乐趣和益处,也不会牺牲他的任何精神天赋,所以,我总是很乐意花时间去听他大谈特谈鸡鸭鱼肉和烹调它们的最好方法。对于那些宴会他总是记忆犹新,每当他回忆起那些美味,总能绘声绘色地把烧得喷香的乳猪和火鸡端到你的鼻子底下。六七十年前他尝过的美味似乎还回味无穷,仍然新鲜如同早餐刚刚吞咽下的羊肉片。我就听他咂着嘴大谈他参加过的大大小小的宴会,当年桌旁的所有客人除去他之外都早已辞世入土。观察那些过去菜肴的魂魄也会感到新鲜,他们被他的讲述一一复活在听众的眼前。它们没有任何想要报复和发怒的迹象,而似是对他先前赞赏并寻求既是精神的又是肉体的了无穷尽的欢乐表示感激。一块嫩牛腰肉,一块小牛后腿肉,一块猪排骨,一只特别的子鸡或者一只美味可口的火鸡,那些在老亚当斯①的时代早就过时了,但他至今仍念念不忘。而我们民族其他的全部经历,带给他个人生命欢乐或痛苦的一切事件,对他都没有产生任何持久的影响。就我所了解的情况来说,这位老人一生中最让他伤心的事件,是二十年或四十年前活着且后来死掉的一只鹅给他造成的失望,那只鹅看起来体态硕大,可是煮好放到桌上以后却才发现皮厚肉老,连锋利的餐刀割上去都不留一丝痕迹,只有用斧头和手锯才能把它肢解开来。

到此,我该结束这个话题了,可是我还愿意再费点笔墨,因为在所有我认识的人当中,这位仁兄是最适合担任海关官员的。大多数人都会因为篇幅所限而不便涉及的种种原因,往往经受不住这种特殊的生活方

---

① 出现过众多名人,有塞缪尔(1722—1803)、约翰(1735—1826),他们都是独立时期的领导人。约翰的儿子昆西,为美国第六届总统。

式，而在道德上受到损伤。而这位老稽察却不会如此，要是他在此岗位上坚持到底，他依然会不亚于当年，而且会以同样好的胃口，坐在那里专心享用美食。

还有一个人与他十分相似，如果少了他，我的海关肖像画廊就会不完整，让人感到奇怪，但较少的观察机会使我只能勾勒出一个轮廓。这个重量级的人物就是收税官，我们这位英勇的老将军，在经过辉煌的军旅战绩并随之在西部一个荒芜的地区做过统治者，在二十年前来这里度过了他丰富多彩和显赫光荣的晚年。这位无畏的战士已经度过了差不多七十个春秋，正在继续他人生征途的最后一段。衰老带给他的负担，即使是令人振奋的军乐声也难以使他的心情轻松一些。当年率队行军的步伐如今已变得战栗不稳。只有依靠仆人的搀扶，手扶着铁栏杆，才能缓慢吃力地迈上海关的台阶，吃力地走过地板，来到壁炉边他习惯的座椅。他经常坐在那里，带着昏沉安详的表情凝视着进进出出的人影；他静静地坐在那里只听得文件簌簌作响，官员们吵吵闹闹，商讨工作的议论纷纷，随便聊天的喊喊喳喳；这一切声响和气氛似乎只是让他模模糊糊地有所感觉，却难以深入他沉思的内心。在这种宁静的状态下，他的面容温和慈祥。如果他的注意力集中到了一件什么东西上，他脸上就浮现出彬彬有礼饶有兴趣的表情，这说明他依然关心世界，只是智慧之灯的灯罩阻挡了光线的四溢。你越想深入地了解他，便越能感觉到他的心智还是十分健全的。当无须他进行耗费明显精力的说或听时，他的面容就暂时陷入先前那种毫无笑意的平静表情。看到这副表情，人们并不难过，因为这副样子尽管看起来消沉，却并没有风烛残年的那种痴呆。他丧失强健魁伟的身躯，也没有显出老态龙钟的样子。

然而，在如此不利的条件下去观察和判断他这个人，就像根据废墟去复原一座古城一样困难，比如说提肯德洛加①，我们只能去想象和重

---

① 位于纽约州东部乔治湖畔，现辟为博物馆。

现其昔日的雄姿。那里或许时断时续地保存有破败不堪的城墙，但大部分地方则只有一堆灰蒙蒙的废墟，那种粗笨的样子仍然能看出它当年的坚固，又长期无人照管理睬，这里野草丛生。

但当我深情地望着这位老战士——尽管我们之间交往并不密切，但我对他的感情仍和所有认识他的两足和四足动物一样，这里用"深情"一词也无不妥——他的这种精神，仍能被我一眼就看出。其突出之处便是高贵和英雄的品性，这些品质表示他不是靠一个偶然的事件赢得显赫的名声，而是名正言顺，受之无愧的。我认为，他的这种精神并不是出自于一种冲动。而应该是在他人生的任何阶段为激励他的行动所需的一种信念，他一旦被激励起来，便会克服一切艰难，达到一定的目标，成为一个战无不胜的人。当年他那种本性的热情，至今仍未消失，他的那种热情绝不属那种在死灰中一闪一闪的火光，而是冶炼炉中熔铁的深红的光辉。这使他总是显得更加沉重、结实、坚定，尽管在我所说的那时候，他已经不知不觉地被衰老所控制。但即使在彼时，我仍然可以想象，在某种可以深入他的意识中的东西激励了他——由响得足以唤醒他那潜在的，处于沉睡状态的全部精力的击鼓之声激起——他仍能像抖掉病人的长袍一般甩掉他的虚弱，放下拐杖，拿起战刀再次像一个武士一样上阵去。而且在这种紧张时刻，他的神态仍会镇定自若。这样展示他，当然只是一种假想，既不是预见，也不是一种愿望。我在他身上所见到的——显而易见，如同老提肯德洛加要塞不可摧毁的壁垒，前面已做了再恰当不过的比喻——是在他早年就已牢固形成的那种顽强深沉的坚毅。至于刚正不阿，跟他其他的禀性一样，沉甸甸的一大块，是一吨既不能铸造又难以对付的铁矿石。还有像他在齐皮瓦和伊利要塞①率众与敌人进行白刃战时的那种强烈的慈悲心肠，我认为这种军人的慈悲令当年任何或所有的好争论的慈善家顿时沉默自愧不如。他曾亲手杀人，

---

① 美英战争中在尼亚加拉战线上的决定性战役，尼亚加拉在纽约州西部，是当时的重要战场。

而且——面对他充满胜利能量的精神的冲锋陷阵，人们自然是如同镰割野草一般纷纷倒了下去；即使在战场上杀人，但他心灵中却从来没有多少残忍。他甚至不忍心扯下一只蝴蝶的翅膀。

在我遇到这位将军之前，许多特点——甚至是那些曾经出现在素描中的特点——应该都已经消失或是模糊了。一切纯粹的优秀品性通常都是昙花一现的；大自然并没有用鲜艳的花朵来装点人类的废墟，恰似在提肯德洛加要塞的遗址上自然播下的爬山虎一般。不过，说到优雅与爱美，也还有值得一提的地方。不时会有一束幽默的光辉射穿朦胧阻隔的面具，在我们的面孔上亮起欢乐的光彩。跨过童年和少年之后，在涉世较深的人身上已经绝少看到的天真烂漫，却在将军对鲜花的美艳香馥的喜爱中显现出来。人们会认为一名老兵只会对肩上的带血的桂冠引以为荣，但这里却有一个老战士他似乎有着一种少女对奇花异草的沉浸馥郁之心。

勇敢的老将军常坐在壁炉近旁，而督察则喜欢远远地站着，观察他那安详甚或近乎昏睡的面孔。只在绝少的躲避不了的情况下，才会极不情愿地和他说话。好像他在离我们很远的地方，实际上我们不过在数米之遥的地方看着他。他似乎偏处一隅，虽然我们经常极近地走过他的椅边。他似乎不可触及，虽说我们只要伸手就可碰到他的手。或许，他生活在他冥思苦想中的那个比收税处这个不宜的环境更为真实的境界之中。阅兵队列的操练，战场上的喧嚣嘈杂，旧时奏响的雄壮军乐，这些三十年前听到的音响——三十年前的场面和声音，都余音缭绕历历在目。而同时，商人和船长、衣冠楚楚的职员和粗鲁的水手在办公室中进进出出，活跃的商务和海关生活在他周围日复一日地发生着，无论是这些人还是他们的事务，老将军对他们都视而不见，漠然处之。他如同一柄旧剑——虽已遭受锈蚀，但曾在战场上闪耀，至今其剑刃仍在发光——不过似乎无用武之地，同助理收税官办公桌上的墨水台、文件夹和红木尺混在一起。

有一样东西对我来说特别有用，因为它能帮我重塑这位尼亚加拉①边境这位高大健壮的武夫的形象，一个真诚、朴实强有力的人物。那就是回忆他那值得铭记的话语："长官，让我来干！"这句话是身陷绝境的时候他挺身做出壮举时脱口而出的豪言壮语，体现了新英格兰人的那种知难而进的刚毅精神。如果在我们国家英勇行为可以获得授勋的殊荣，那么，这句话——似乎说起来容易，但也只有他在面临危险而光荣的使命时能说出来——就是将军的臂章上最美好和最恰当的铭文。

要是一个人能使自己习惯于与那些和自己不同的人，那些与自己的志趣不相符，并且其圈子和能力都需要自己跳出自我才能赞赏的人相处，这对他的道德和精神健康是有很大好处的。我生活中的众多偶然，经常为我提供这种便利，但我担任海关公职期间这种便利更加丰富和完整。我在那里遇到一个人，对他的性格的观察让我对什么是真才实学有了新的看法。他天生有做一个商人的种种禀赋：多谋善断、精明老练、头脑清晰，具有看透一切症结所在的敏锐眼光和巫士一样挥动魔杖解决难题的工作能力。他自幼在海关中长大，对相关的事务了熟于心；许多错综复杂的生意，在外人看来如一团乱麻，在他眼中却井井有条。依我之见，他就是那一类人中的典范。确实，他本人就堪称是海关，或者无论如何，他是驱动各式各样相关的齿轮运转的主发条。因为在像海关这样一个机构之中，所任命的官员都一心谋求个人私利和方便，很少首先想到自己是否能够胜任，所以也就不得不从其他地方寻找他们自身没有的聪明才智。于是，出于一种不可避免的需要，恰如磁石对铁屑的吸引力一般，别人遇到的困难都被我们这位商业天才拉到了自己跟前。他总是很乐意去帮助别人对我们的愚蠢——在他看来这几乎是犯罪——充满的善意宽容，许多复杂的事情经他一指点就很快如同白昼般清晰。商人们对他的评价也很高，并不亚于我们这些圈内的朋友。他的正直好似一

---

① 以大瀑布著称于世，位于美国——加拿大交界的五大湖地区，当年美法曾在此发生摩擦。

种本能,对他而言那是一种自然的法则,而不是一种选择或道义,在处理公务上诚实正派对他来说是保证他思想清晰缜密的首要条件。他良心上的一个污点,犹如他职业范围内的任何问题一样,会使他忐忑不安,而且在程度上要远远大于账目平衡上的讹误,就如同在精美的笔记本上蛮好的一页纸上的一个墨渍。总而言之,我遇到一个完全适合自己所处环境的人,这在我生活中没发现第二个。

现在我的生活中就是这样一些人。既然我被抛进了一个与我以往的习惯毫不相干的职位,我就只有使自己认真从中撷取可能存在的任何裨益了。在这种听天由命的状况下,经过同布鲁克农场那些爱空想的兄弟们①共同劳动,实施不切实际的计划之后,在经历了有爱默生②这种的有智之士的影响的三年生活之后,在经历了同埃勒里·钱宁③在阿萨别斯的篝火旁度过的那些纵情狂想、忘乎所以的自由日子之后,在经历了与梭罗④在瓦尔登湖旁边的隐居茅屋中有关松树和印第安遗迹的谈话之后,在经历了因为赞赏希拉德⑤文化的古典精美而变得吹毛求疵之后,在经历了朗费罗⑥的诗情的陶冶之后,我难以能够活动一下我本性的其他官能,并用迄今我毫无胃口的食物来滋补自己。那位老稽察即使为了换换口味,也属意于我这样一个曾结识过阿尔考特⑦的人。我有一种能

---

① 由乔治·李普雷于1841年在马萨诸塞州创建的乌托邦试验基地。有许多知名人物,霍桑是其中之一。

② 爱默生(1803—1882),美国思想家、散文作家、诗人,美国超验主义运动的创始人,强调人的价值,提倡个性绝对自由和社会改革,作品有《论自然》,诗集有《五百节》等。

③ 钱宁(1780—1842),美国神学家、作家和慈善家,信奉上帝一位论,1825年组成美国一位论协会,主张神学人文化,反对蓄奴、酗酒、贫困和战争。

④ 梭罗(1817—1862),19世纪后期美国超验主义运动的主要代表人物,主张回归自然,曾在瓦尔登湖畔身体力行,实践自己的主张。其代表作《瓦尔登湖》已成为美国知识分子的经典。

⑤ 希拉德,一位慈善家,律师,霍桑的朋友。

⑥ 朗费罗(1807—1882),美国诗人,曾任哈佛大学近代语言教授,霍桑的大学同学,19世纪后期美国浪漫主义文学先驱者。

⑦ 阿尔考特(1799—1888),美国先验论哲学家、教育家和作家。曾创办若干所儿童学校,推行进步的教学法,但以失败告终。

力,既能同这样一些难忘的朋友相处,又能同具有完全不同品质的人打成一片,而且对这种转变从不抱怨。我认为,这在某种程度上证实了一个均衡稳定的系统和不缺任何基本部分的完善的组织。

文学,无论其实践还是目标,对我来说已无关紧要,在这一阶段,我已经不那么关心读什么书;文学已经远离了我。大自然,在地球和空中发展着的大自然,从某种意义上说,躲开了我;而一向脱俗的一切虚构的快乐,也已经从我的心中悄悄离去。如果说还有一种官能,一种禀赋,依然存在于我身上,那它们现在也毫无生机了。

倘若我没有意识到,在回忆过去时我完全可以选择那些有价值的经历,但这种故意回避的做法反而让人产生某种伤感,某种难以尽言的忧伤。确实,这样的生活是无法风平浪静地长久持续下去的;那样的话,很可能用不着我改变外形——那倒是值得我花时间去做的——我就会永远面目全非了。然而我一直都认为这仅只是暂时的生活。我有一种本能的预感:不久以后,只要海关有新的变动,就对我大有益处,我的生活就要改变了。不过现在这个时候,我仍然在那里当税收督察,而且恪尽职守。一个有思想、爱幻想,又很敏感的人(假定他的这些品性超出一个稽察官要求具备的十倍),只要他不嫌麻烦,任何时候都可能是一个好的管理人员。我的同僚,迫于工作需要我必须和他们打交道的商人和船长,都是这样看我的,很可能他们都不知道我性格的另一面。我估计,他们当中没有人读过我的文字,即使读过我的全部著作,也不会因此改变他们对我的成见;就算我那些同样无足轻重的书页出自彭斯①或乔叟那样的大腕手笔,尽管这两位也曾和我一样在他们各自的时代担任过海关税吏,也依然不会吸引他们的眼球。对于一个想通过写作取得成功并以此跻身世界名流之列的人来说倒是一个绝好的教训,让他跨出那个他被认可的窄小的圈子,才能看到在圈外他的成就和他的目标是多么

---

① 彭斯(1759—1796),著名苏格兰诗人,代表作《友谊地久天长》是他根据民歌曲调所写的歌词。

微不足道。我并不是说我特别需要这种教训，无论是事先的警告抑或是事后的指责，不过，我还是充分地吸取了这种教训。这并不是意味着我从这种反省中得到了欣慰，即使当这一真理为我所充分理解时，还是会让我痛苦，或者要在叹息声中才能化解这种忧虑带来的痛苦。在涉及文学的谈话中，有一位海军军官确实常常与我探讨他最喜欢的拿破仑、莎士比亚或有关诸如此类人物的话题。他人挺不错，跟我一块儿来海关，比我离开的晚一些。还有那没有多少知识的收税官——据人们私下的议论，这位年轻的先生偶尔会在海关的信笺上写一些颇像诗歌的东西——不过那是在较远的地方看过去的感觉。他还不时和我谈起书籍，大概在他看来这是我唯一感兴趣的东西吧。以上便是我的全部文字交流了，这些对我来说已经够多了。

我不再追求和关心我的姓名是否印刻在书籍封面上了，而是窃喜自己的名字有了另一种流传的方式。海关的标号员用黑色油墨把我的名字印在辣椒口袋、染料篮子、雪茄箱以及各种各样必须缴纳关税的商品的包装之上，表明这些货物已付过进口税金通过了海关。我的名字连着我的生活经历，就此传播到之前从未企及，而且我希望以后也再不要涉及的那些地方。

然而记忆的生命力极强。那些原来让我灵机一动的非常活跃、后来又悄无声息的休眠的思绪，总是在不经意间再度复活。一个突出的例子便是昔日的习惯在我身上苏醒了，它要求我按照文学写作的规律再次提笔，于是就产生了我现在正撰写的这篇随笔，奉献给公众。

海关大楼的二层有一间很大的房间，那里的砖墙和木椽从未用护墙板装饰过，也没刷漆，赤裸着其本来面目。这个大房间——设计的初衷是适用于旧时的海港商贸公司的，可惜对未来繁荣的设想却并未实现——面积之大，远远超出了用户处置的能力。因此，位于收税部门上方的这座不实用的大厅迄今尚未竣工，但看来仍在等待木匠和泥水匠来收拾那些昏暗的墙面上布满的蛛网。房间一端的凹处，有许多摞在一起的大桶，里面塞着成捆的文件。还有大量的类似的东西零乱地堆积在地板上。想到在这些发着霉味的文件上浪费了多少天、多少周、多少月、多少年辛辛苦苦的劳动，如今能寂寞地躺在地上，隐藏在被人遗忘的角落里，再也不被人瞥上一眼实在令人遗憾。联想起来，又有多少远远比这更珍贵的手稿——上面写的不是没有意思的官方文牍，凝聚着智慧的思想，由深刻的心灵倾泻出的丰富的感情——也同样被人们忘记了。尤其令人不忍的是，即使在当年那些书稿也未曾像这些遍地堆放的文件已经完成了自己的使命，那些稿件当初就没有派上用场。那些文件给办事员带来了安逸的生活，可手稿给作家什么也没带来。而且，这些文件作为地方志的史料也还有一些价值。我们可以从中发现萨莱姆先前商业的统计数字，以及那些名噪一时的商界巨子——德比老王、老比利·格雷①、老西蒙·弗列斯特②——以及诸如此类人物的回忆录；在他们如山高的财富开始萎缩之前，他的戴着敷了白粉的假发的头颅难以在这里找到。如今构成萨莱姆的贵族阶层的大多豪门的始祖们，他们如何从小本经营开始，在革命的时期飞黄腾达的发祥中都可以在这些材料里找到。一直到他们的子孙视为早已确立了显要地位的年代。

现在已经找不到革命之前的资料，海关的早期文件和档案，也许在大英帝国的官吏们随着英国军队从波士顿溃逃时，被带到了哈利法克斯。这对我来说一直是一块心病，因为那些遗失的文件一直记叙到克伦威尔摄政时期③前后，文件中必然有关于那些被遗忘或被缅怀的人物的史料以及早些时候本地的风俗的记载，它们所赋予我的乐趣，是不亚于我在"古屋"附近的田野里捡到印第安箭头时的欣喜。

在一个雨天，百无聊赖，发现了一些有趣的东西。我翻看那些堆在

---

① 格雷，曾任马萨诸塞州的副总督。
② 弗列斯特是作者的一个亲戚，很富有。
③ 指英国克伦威尔及其儿子理查德统治时期，即1653—1660年，这一时期是英国资产阶级在议会有话语权的重要阶段。

屋角的废纸,展开一份又一份的文件,读着那些早已沉没在海底或锈蚀在码头的船舶的名称,以及一些早已被人忘记的商人的姓名,即使见到他们长了青苔的墓碑也不会认出来。看着这些物件,我有如端详一具面目狰狞的死尸,有一种哀伤、萎靡和勉为其难的心情——我故做镇定而有些懒洋洋地驰骋着我的想象:从干枯的骨骼升腾起古镇那辉煌的一面的形象,那时,印度是美国新发展的一个贸易区,只有这里与它通航。就在这堆东西里我的手碰巧放到了一个小包裹上,包裹被一样古老发黄的羊皮纸裹着。这包东西看上去像是过去某个时期的官方记事,那时的公务人员都用工整而笔挺的字体,用手将重要的资料抄到厚实的材料上。那东西顿时引起了我强烈的好奇心,我解开了褪色的红色丝绳,带着马上要亮出一件珍宝的期待。折开折得死死的羊皮纸封套,我发现了一纸委任状:由舍利总督亲笔所写并加盖了印章,任命一位名叫乔纳森·普的先生为英王陛下统治下的马萨诸塞省海湾的萨莱姆港的海关督察。记得我大约在四十年前曾经读到过(大概是在菲尔特的编年史中)一则大约一百六十多年前的乔纳森?普督察先生的讣告。同样,前不久在一份报纸上有一则消息,报道在圣彼得教堂重修期间,其小墓地中发现了乔纳森?普先生的遗骸。如果我没记错的话,我的这位可尊敬的前辈只留下了残缺不全的骷髅,一些服饰的碎片和一套庄严地鬈曲着的假发——这假发相比于它服务过的头颅,保存得更加完好。但是,当我查看由羊皮纸委任状包着的文件时,却发现了乔纳森?普先生在鬈曲的假发覆盖下大脑的运转轨迹,从中可以看出乔纳森?普先生的精神生活的蛛丝马迹。

说得明白一点,那些都是非官方的、而是私人性质的记录,至少是从他个人的角度,而且也确实是他本人亲手写的。我可以推测,这些材料之所以夹在海关的废纸堆内,是因为乔纳森?普先生死的很突然,而且可能他是把这些材料放在了他的办公桌内,他的继任对此一无所知或者认为这些都是一些与税收营业有什么关系的普通文件。在向哈里法克斯移交档案时，这包东西被判定与公务无关，所以就留了下来，从那时起就再没有打开过。

这位百余年前的督察——根据我的猜测，早年间他很少受与职务相关的事务的烦扰——似乎把相当一部分的闲散时间放在了与当地相关的古物收藏和类似性质的研究上。这就为原本会生锈的头脑提供了琐碎活动的资料。他的部分事实不久后便被我写进一篇题为《大街》的文章里了。剩余的也许在今后可能会派上别的用场，发挥同等价值的作用。或许，可以把它写进一部萨莱姆镇的史籍中去，如果我对出生地的崇敬之情驱策我去完成这一虔诚使命的话。与此同时，任何人可以随时利用这些材料，只要他有意并有能力那也就让我从这种劳而无功的任务中解脱了。我想，如果实在不行还可以将其交给埃塞克斯历史学会来保管。

那个神秘的包裹中最吸引我的注意力的是一块已经磨损得褪色的红布做的东西。红布上面有用金线刺绣的痕迹，不过磨损得很厉害，已看不清楚了。看得出来，那是一件绝妙的手工针线活儿，在询问了精通这种手艺的女士之后，我确认那种针黹手艺如今已失传，即使辨别出针脚和缝线，也恢复不了原样。如果仔细观察，便可看出这块猩红的破布片——由于长年累月佩戴的磨损和虫蛀的毁坏，已经损毁成一块破抹布——呈一个字母的形状。那是大写的字母"A"。如果精确测量，每个笔画恰好是三又四分之一英寸长。毫无疑问，这原先是用来装饰衣裙的；但是具体怎么佩戴，以及在过去表示什么等级、荣誉和尊严，这个谜是我无从猜测的。但它是那样强烈地引发了我的兴趣，使我目不转睛地盯着这个古老的红字。可以肯定，其中必有最值得探究的深奥意义，但事实上，从这个神秘符号中泄露出的意义可以与我的感情很默切地交流沟通，却悄悄地避开我理智的分析。

这使我很迷惑，我想除去其他假定之外，这个字母会不会是白人设计出来挂在身上以引起印第安人注目的一种装饰呢？想到这里，我便拿起它放在胸前一试。读者尽可以发笑，但请相信我的话——我确实感到我经受了一种震惊，既不完全是又几乎就是肉体上的一阵烧灼，仿佛那字母不是红布做的，而是一块滚烫的熨铁。我一阵战栗，不由自主地松手，红字掉落在地板上。

我专心注意那红字，却一直忽略了红布包着的一小卷烂纸。这时我打开一看，意外而惊奇地发现上面竟然是老督察的笔迹，写了好几张，他相当详尽地记述了事情的始末。其中有大量篇幅讲的是一位名叫海丝特·白兰的妇女的生平和具体言行，从那些字里行间可以看出她在我们先辈的心目中是个颇为引人注目的人物。她大约生活在马萨诸塞初创至17世纪末叶之间。乔纳森？普督察先生所记的是一些见过她的老人的口述：在那些老人小的时候她已经老了，她虽然上了年纪，但并非老态龙钟，而是外貌端庄。说不清从什么时候起，她便习惯于在乡间四处助人，做各种善事，尽其所能地做着各种有益的杂务；还为别人排忧解难，特别是帮助那些心灵上受到创伤的人；由此，她这样一个助人为乐的人必然赢得许多人对她的尊重，被视为天使，但我也设想，同样也会有人把她当作一个爱管闲事的人，一个令人讨厌的老太婆。再往下读那份手稿，我还发现了有关这位传奇女性的其他情况和所遭受的苦难，关于那部分内容读者可以从那篇题为《红字》的故事中看到大部分的记载；请大家别忘了，这个故事的主要情节是绝对真实的，我主要依赖乔纳森？普督察先生的文献来写那篇故事。原件及那块布制红字本身——一件十分奇妙的文物——现在仍然在我手上，可向由该故事引起兴趣并愿看一看真实原件的任何读者无偿展示。不过既然我已经对这个故事做了一些润色工作并对影响书中人物的思想动机和情感表现方式加以虚构，就不该误认为我会把自己限定在老督察那六七页大信笺的资料里，不越雷池一步。恰恰相反，我让自己的想象自由飞翔，几乎或完全不受约束，仿佛全部事实都出自我本人的创造。而我所要把握的只是故事梗概的真实性。

这一事件在某种程度上将我的思绪引向了往事。好像那里有一个故事的源泉。让我看到了百多年前的老督察，他穿着袍服，戴着从来未换过的假发——虽和他一起葬入坟墓，但并没有朽烂——在海关弃置的房间中和我会了面。他有一种自足而庄严的神态，那是肩负国王的使命并感恩于陛下那炫目的光辉的人才有的。这和共和国官员自惭形秽的模样是多么地不同啊！如今的官员作为人民的公仆总是感到他们自己是其主人手下最贫穷、最低贱的人。这个外形模糊不清，却依然威风凛凛让人感觉神气十足的人，用他的鬼影绰绰的手把那个红色的标志和那一小卷说明文字亲自交给了我。他用他的鬼声郑重告诫我要我凭着在业务上他是我的祖师爷的面子——考虑到我对工作的忠心耿耿和对他的敬重，把他看作我职务上的先辈是十分合理的——把他那份虫蛀并发霉的倾注心血的手稿公之于众。"把这件事办了吧。"乔纳森？普督察先生的鬼魂一边说着，一边点着他那戴着令人难忘的假发的堂皇的头，以示强调——"把这件事办了吧，一切好处全都归你所有！你不久就会需要这份材料了。因为你现在跟我当初不一样，那时候，职务是终身的，而且往往是世袭的。不过，在白兰老女士这件事上，我要托付你，相信这个曾和你在同一个位子上的人，所以你理所应当要相信我的记忆！"我也就对乔纳森？普督察先生的鬼魂回答说："我一定办好！"

因此，我便花了不少时间、费了不少心思考虑海丝特·白兰的故事。当我在房间里来回踱步的时候，或者上百次从海关大楼的前门走到边门的路上的时候，我始终都在思考这个题目，用了不知多少个小时。在我楼下的老稽收官和检查员们十分厌烦和恼火，因此他们的睡眠经常被我没完没了的来回脚步声无情地扰醒。回想起他们原先的习惯，他们一定会说是督察在甲板上散步。他们大概会以为，我唯一的目的便是促进消化，做身体保健——确实，一个健全的人使自己自觉的行动只能是以此为唯一的目的了。而且说实在的，因为时时沿走道吹着的东风所加剧的食欲，是我这样不厌其烦练习的唯一有价值的结果。然而海关的气氛和丰富细腻的想象和感情是格格不入的，我想如果我在这里待上十个总统任期,《红字》的故事就不会与读者见面了。我的想象力是一面失去光泽的镜子,它映照不出,或者只能模模糊糊地照出那些我竭力要写在故事里的那些身影。我思想熔炉里燃起的火焰无法加热与锻造故事里的人物。他们既没有激情的火焰,也没有伤感的脆弱,始终全是僵尸,只是面带轻蔑挑衅的狞笑,死死盯着我。"你和我们有什么关系?"那种表情仿佛在说,"原先还有一点小小的权力,可以左右自己杜撰出来的人物,现在没有了!你用它换成政府给的菲薄的金币了。那就走吧,去赚你的薪水吧!"不过在我看来,我自己想象中的这些几乎蛰伏的人物挖苦着我的低能,倒也不是没有道理。

  我每天的生活,一直处于可怜的麻木不仁的状态之中。这种麻的感觉在我去海滨乡间散步的时候也有,以致随时随地与我寸步不离——我只有在极少数情况下会鼓励自己去寻求大自然魅力的滋补。过去,每当我跨出"古屋"的门槛大自然总是使我心旷神怡,思维活跃。但这种使我智力活动迟钝的麻木,又陪同着我回家,在我荒谬地称作书斋的我的房间里,继续压抑着我。直到深夜,当我坐在僻静的客厅中,没有点灯,只有炉子里闪烁的煤火和月光带来的些微弱光亮,我努力描绘想象中的场景。第二天,这些场景便跃然纸上,栩栩如生。

  既然想象的功能在这种时刻无法启动,也就不再勉强了。月色射进一个熟悉的房间,静静地落在地毯之上,把图案照得清晰可见——但这种让一切物体清晰的月光,仍不能与晨光,与午日的可见度相比——月光是最适合传奇作家认识他虚幻客人的媒介。这里是一栋颇为著名的住宅的屋内场景:各式各样的椅子,一张摆着针线盒,一两本书和一盏熄灭了的灯的桌子,以及沙发、书柜、墙上的画——这些细节全都看得一清二楚,全都被这非比寻常的光线照得活灵活现,仿佛不再是实实在在的物体,而变成了有灵性的存在。没有哪样东西因为太小或太微不足道而避免这种变化,它们全都获得了应有的尊严。一只童鞋,一个安放在藤条小车内的玩具娃娃,一匹摇动木马——以及诸如此类的物件,一句话，不管是白天用的或玩耍的东西都被赋予了一种陌生遥远的品质，尽管此时还像在白昼一样栩栩如生。于是，我们熟悉的这座房间的地面，变成了一个介于真实和虚幻的过渡地带，实在和虚幻可以相遇，并以各自的本质相互浸润。鬼魂可以步入此地，却不会使我们感到恐惧。要是我们环顾四周，发现一个可爱的，但已逝的形体，此刻却静悄悄地坐在这神秘的月色之中，那副神情使我们捉摸不透它到底是从远方归来的呢，还是从来没在我们的炉边挪动过。不过既然我们已经身景合一，就不会对这个情况感到惊讶了。

这样幽静，煤火有些发暗，这在我要写的效果中具有根本性的影响。那煤火射出笼罩一切的光芒，照遍全室，四壁和天花板涂上一层黯淡的红晕，家具的油漆则反射出微弱的月光。这暖光与月色的清冽冷光融为一体，把人的柔情与敏感传递给虚幻世界中的形体，将其变成了有血有肉的男男女女。如果我们瞧上一眼镜子，我们看到——那鬼魂出没之内的深处——半熄半燃的无烟煤闷火的红光，地板上月亮的白光，以及这幅画面的全部明暗的亮点和阴影，如同从现实中渐渐远去，却与想象越来越近。于是，在这样的时刻，面对这样的场面，要一个人独自坐在那里，如果他依然不能想象出栩栩如生的奇妙的事，他就再也没有必要写浪漫故事了。

但是，对我自己来说，在海关期间，月色、日光以及炉火的光亮，在我看来都是一样的，没有一个不比摇曳的烛光对我更有帮助。所有的感受和与之相联的天赋——谈不上丰富多彩或价值连城，都是我所拥有的最佳禀性——都悄然逝去。

然而，我依然坚信，假如我尝试不同次序的结构，我的才能就不会如此混乱以致无法施展。比如，我可以心满意足地写出一位退休船长变成稽察员的故事，他那令人惊叹的讲故事的本领，每天都让我捧腹大笑和敬佩不已。对于这位老人，我不提及他实在是过意不去。假如我能保存他形象生动的叙事风格以及生活传授给他的加在描写中的幽默色彩，那么我实实在在相信其结果会大不一样，那必会让我的写作更有特色。或者，我随时都可以另谋一项更严肃的任务。这种注重物质的日常生活是如此紧迫地压在我身上，当我那不可捉摸的美丽肥皂泡因为现实环境的摩擦而不时地破灭时，试图把我自己回归另一个时代，或者坚持要凭空创造另一个天地，也是愚蠢到了极点。聪明的更有用也更现实的做法，是把力量用于将构思和想象渗透进晦暗而实在的现今，从而使它变得光亮透明；把精力用在将开始变得如此沉重的负担升华到脱俗的程度；用于坚定地寻求隐藏于烦人的琐事和我如今所熟悉的普通人中的不可摧毁的真正价值。缺点归咎于我。在我面前展开的生活篇章之所以看起来如此平淡无奇，只是因为我没有探索更深层的含义。我将要写出来的最好的书就在那里，就像是用刚刚逝去的现实所写成的篇章，一页页呈现在我面前。然而仅仅由于我的头脑缺乏远见卓识，我的手指又缺乏圆熟的写作技巧，而未能将其记录下来，致使那些篇章又以下笔如飞的同等速度消逝了。在将来某一天，我会记起其中的一些不连贯的段落，把它们写下来，使纸页上的文字变作黄金。

　　这种认识来得可能太迟了。此时，我只意识到本来是乐趣的体验如今成了无可奈何的折磨。对于这种状态，没有什么必要抱怨太多。我已经不再是写些蹩脚故事和散文的作家，而是一位马马虎虎的海关督察了。可是不管怎么样，我总是担心自己的智力在衰退，或者如同从瓶中飘出的酒精，不知不觉地就散失了。所以，每瞥上一眼，你只会发现一种不那么容易挥发的剩余越来越少的残存物。这一事实是不容置疑的，看看自己，再看看他人，我就政府机构对人性格的影响得出了结论：对我们如今所谈论的这种生活方式非常不利。或许，以后我还会用一些别的形式来发展这种影响。但现在我只说明一点：一位长期担任海关官员的人很难具备值得称道的和受人尊敬的人格，原因很多。其中之一是他维持局面靠的是职位，另一条则是工作的性质，这一点很是另类，尽管我相信这是一项正当的工作，因为他加入不到人类有关努力的行列中。

有一个效果——我以为在每个担任过这种职位的人身上都或多或少有不同程度的表现，便是当他依靠在共和制的强大手臂上时，他本人特殊的能力便会离他而去。他丧失了自立的能力，其程度与他本来禀性的能力成比例。如果他天生具有非凡的力量，而那种职位上的较弱的魔力在他身上作用的时间又不太久的话，他还可以找回失去的力量。那位被迫免职的官员——非常幸运，这种不讲情面的撤职恰恰及时地把他送到了一个拼搏的世界，由他去奋争，总算是不幸之中的万幸——很有可能反而起死回生，恢复他本来的面目。但是这种情况很少发生。一般地说，他总要坚持他的岗位，自我作践，然后心力交瘁地离职，这时候他只能沿着崎岖的生活小径，蹒跚而行了。他既然已经意识到自己的年迈体弱——他历经锻炼的刚性与柔性已离他而去了，所以他在后来谋求别人的支持时，他始终抱有一种希望，可那就是最终心情怅惘了。他那持续不断抱有一种幻想——使他面对一切沮丧都无视其存在，这种希冀更像是让他终生魂牵梦萦的幻觉，而且在我看来，如同阵阵发作的霍乱的痛苦一般，甚至在他死后还要折磨他一段时间——使他不久之后侥幸重返官场。这种胜过一切的寄托成了他事业心的精髓，使他从不考虑除此之外的任何事情。实际上过不了多久，他就可以得到山姆大叔强有力手臂的提携与支持，他为何又胼手胝足、历尽艰辛地从泥泞中向外挣扎呢？实际过不了多久，大概一个月左右的时间吧，就能从山姆大叔的钱袋里拿到一摞金光闪闪的金币，为什么还要在这里干活儿谋生，或者到加利福尼亚去淘金呢？微不足道的小官竟可以让一个有官瘾的人患上这样的病症，看起来奇怪，却是多么可悲啊。山姆大叔也许具有像魔鬼的工资一样的金币——我这样说并不是对这位值得尊敬的老先生的大不敬——就这一点而论，像魔鬼的工薪那样诱人。无论谁触摸到那种金币务必小心，否则他会发现那家伙对他有多么苛刻，他付出的即使不是他的灵魂，也是他的许多优秀品质：他的毅力、勇敢和不懈，他的真诚、自立以及一切值得重视的男子气概的品质。

不过前景美好！不过这并不是因为督察本人已经充分吸取了这一教训，而是他继续留任也好，还是被迫离去，都还有救。无论如何，我的反应还是很不愉快的。我变得忧郁和不安；刺探自己的思想，来发现是否有些特性已经消失，对于其余部分的损坏又已到达到何等程度。我竭力计算着我还能在海关待多久。说老实话，由于绝不会有某条政策要培养我这样的沉默寡言的人，而主动辞职又不符合公务员的特性，便是我会在督察的工作岗位上变得须发皆白，年迈体衰，像老稽察那样跟之前完全判若两人。我所面对的这种日复一日沉闷乏味的公务员的生活，难道不会像伴随我这位可尊敬的朋友一般伴我到老，把吃饭时间当作一天的中心，而在其余的时间里就像一条老狗一样无家可回，在阳光下或阴凉处瞌睡吗？对于一个如果觉得如此虚掷他的才能和情感才是幸福的最佳定义的人来说，这将是多么的阴森可怕！但是，我始终在庸人自扰罢了。上帝为我想好了比我自己更好的想法。

在我督察任上的第三年，发生了一件了不起的事——用"本教区执事"的口吻来说，那就是泰勒将军①当选总统。为了更强烈地显出官僚生涯的优越性，非常必要在新的政府接任之际看一看这个现任官员。当时他的地位高得令人厌倦，而且一切情况下所做的每一件事情都令人难以接受，一个倒霉鬼恐怕也不过如此任职了。极少有选择的余地即使可能是最好的事情，说不定也是最坏的事情。他在一群既不爱戴他又不理解他的人中生存，但是，既然伤害和感激二者必居其一，他就必然是受到他们伤害而不是得到他们感激的；对于一个在整个竞争过程中一直保持冷静的人来说，这倒是从未有过的奇特经历。一个在战场上从未慌乱的人，居然要在凯旋之时观察嗜血行为的肆虐，而且他明知道他本人就在目标之列！人类中很少有比这更残忍倾向——我如今是在不见得比他

---

① 札卡里·泰勒，曾任美国第十二届总统，任职仅 16 个月便去世了。对墨战争，泰勒引以为荣，霍桑则持不同态度。这段文字，既表达了霍桑的想法，也批评了泰勒对不同政见者不相容的做法。

们的邻人更坏的人身上看到这种特性——更加丑恶的特性了。如果加诸公务员身上的这种断头台当真是事实而不是最贴切的比喻的话，我相信，获胜党派的狂热分子们会因为无比的激动而砍掉我们所有人的头颅，并感谢老天给予了他们这么个机会！对于我——我始终是一个平静而好奇的旁观者——这种凶狠恶毒的怨恨复仇精神如今在辉格党人身上表现得越来越明显，是我所属的党派在取得许多胜利时所从未有过的。一般来说，民主党担任公职，而且因为他们需要这份权力，还因为多年的实践使之成为政治斗争的惯性，除非宣布了另一套不同的制度，否则低声抱怨便是一种懦弱的行径。但是，长期的获胜，使他们变得宽宏大量了。他们知道如何宽恕；而当他们下手时，斧头倒确实是锋利的，但斧刃上却绝少有恶意的毒；而且他们也不会卑鄙地把他们砍下的头再踢上一脚。

总而言之，虽然我处境堪忧，但还是有理由庆幸自己处于失败的一方，而不属于获胜的一派。在此之前我并不是一个狂热的党徒，现在，在如今当此危难之际，我却开始密切关注我所偏爱的党派了。根据对机遇的合理推算，我遗憾而又惭愧地看到我留任的可能性比我那些仁兄都要高许多。但是谁又能预知只有一寸距离的未来呢？我的头竟然是第一个落地的！

我倾向于这种看法：一个人头颅落地之时，绝不是他一生中最为愉快的时刻。然而，和我们遭遇到的大多数不幸一样，如果遇难者能够把落到他头上的这场灾难变成好事而不是坏事，即使如此严重的事件也可以带来补救和安慰。就以我这件事来说，安慰的题目唾手可得，确实，在把他们派上用场之前的相当一段时间，就已在我的冥想当中出现了。考虑到我很厌倦这份工作，隐约的辞职念头早已产生，我的幸运有些类似一个原本乐于接受自杀的人却刚好遭到了谋害，尽管他并不希望如此。我像在先前的古屋一样，在海关度过三个年头，这样的任期是如此的长，以致我要让疲惫的大脑休息了，而且长得打破了文人墨客的老习惯，培养起新的习惯，这段时间对于一种很不自然的生活是足够长了，无法再在一种不自然的状态下生活，做着对任何人来说都确实既无益又无趣的事情，必须使自己及早从这种让人烦躁不安的劳役中摆脱出来，或者至少无法平息内心不宁静的冲动。再者，由于我急于政治事物，所以我这位过去的督察丝毫感受不到被辉格党人怀疑做敌人的不快——我宁可在广阔静谧的田野里闲逛，也不喜欢把自己囿于那种曲径小道上——这有时也使我的主党兄弟们怀疑我是不是他们的朋友。如今，我已经获得了烈士的桂冠（虽然我没有头颅可戴了），上述的疑问看来已经解决了。最后，我生性并不英勇，在我乐于支持的党派落败、众多能人被推翻，我还是孤零零地被留了下来。何况，在仰仗一个不友好的政府的施舍吃了四年的残羹剩饭之后，那时不得不重新确定自己的位置，又何必要索取一个友善的政府的更羞辱人的恩赐呢。

同时，有人报道了我这件事，使我有一两个星期没头没脑地见报，在我被免职的时候，还让我屡屡见报，如同欧文①的无头骑士一样；直叫我感到阴森可怕，巴不得像政治僵尸应得的下场那样被埋葬。这就是比喻我自己，就说这么多吧。那个真实的我肩上可始终长着头颅，而且已经为自己得出了一个舒舒服服的归宿，一切事情都有好的一面；于是便同墨水、纸张和钢笔打起了交道，打开我长期弃置不用的记事本，又当起文人来了。

此时，我那位前任稽察官先生的呕心沥血之作派上了用场。由于多年懒散，我的思维机器已经生锈，想要让我的思想开动起来，总需要一点时间。即使我的思绪全都集中在这一任务上，但在我看来，由于被暖和的阳光反衬得太严峻、太阴森，却对柔和了几乎所有的自然景象和现实生活、并且无疑会柔和每一幅画面的温情和亲切的影响使它轻松一些，这故事总有一种让人兴味索然的效果。这种效果无法迷人，或许是

---

① 欧文（1783—1859），美国建国后的早期作家，被喻为"美国文学之父"。

由于它仍处于转变的时期，故事尚处在成型中的革命阶段。但这并不意味着文人的头脑中没有兴奋的情绪，因为当他在这些毫无阳光的幻想的朦胧中徘徊时，他比任何时候都要快乐。构成这个集子的一些较短的文章便是我身不由己从公务生活的艰辛和得到荣誉以后写成的，其余的则是从年刊和杂志中搜集得来的，内容都是当年广为流传、如今又经创新的故事。为了继续沿用政治断头台的比喻，书名可考虑命名为《一位被砍头的稽察官的遗作》。而我即将要写完的这篇随笔，如果对一位谦逊的人来说，生前就将它公之于世显得过于自传化的话，大可认为这是他行将就木时所写下的而原谅他。愿天下太平！我祝福我的朋友们！我宽恕我的敌人们！因为我已入净土了！

海关的生活如同一场梦过去了，那位老稽察——我顺便提一句，很遗憾，他不久前坠马身亡，否则他永久会活下去——连同那些和他一起坐在海关收税处的其他可尊敬的人物，在我的心目中只是成了一些影子：过去我的想象时常出现的那些白发苍苍、满脸皱纹的形象，如今已一去不复返了。那些商人，如平格里、菲力普斯、谢帕德、厄普顿、金保尔、勃特拉姆、汉特以及六个月之前我还异常熟悉的许多别的姓名，那些似乎在世上举足轻重的人士，都在行动上和回忆中那么快消失了，同我脱离了所有联系！我是颇费了一番努力才记起为数不多的几个人的形态和面貌。同样无须多长时间，我的故乡也会在一团朦胧的记忆中变得晦暗，并包裹在一层浓雾之中；仿佛它并不是真实世界的一部分，而只是云端里的一个杂草蔓生的林子，只有想象中的居民住在它里面的木头住宅之中，走在陋巷和毫无色彩的冗长的通衢之上。从此以后，故乡也就不再是我现实生活的一部分。我已经是别处的市民了。我的那些乡亲也不会因为失去我深感遗憾，因为故乡虽然在我的文学创作中只和别的任何东西一样亲切，但在他们的心目中仍然是必不可少的，尽管我的文学工作曾像任何东西一样还是为我带来了愉快的回忆，但对于我来说这个地方还是缺乏一个文人为了获得智力加工的丰收而需要的真正气氛。我在其他面孔中间会做得更为出色；无须赘言，这些熟人没有我也可以过得同样幸福自在。

然而——噢，欢快鼓舞——目前这一代人的曾孙们或许有时会善意地回想起我善于描写往昔的日子，那时的考古学家可以在城镇那些难忘的遗址中指出《镇上唧筒》① 的位置！

---

① 《镇上唧筒》：霍桑的一篇著名随笔，写于 1835 年。

第一章　狱门

　　一群人聚在一间木房子前面，他们是穿着深颜色长衣服、头上戴着灰色尖顶高帽，长着胡须的男人和一些戴着兜头帽或头上没戴帽子之类东西的女人。这幢房子的大门由厚重的橡木制成，门上满是尖尖的铁钉。

　　新殖民地的缔造者们无论原先憧憬着何等高尚、幸福的理想国度，总要在所有现实需求的草创之中，都记得划出一片没被开垦的处女地留作墓地，或者留出另一片土地来修建关押犯人的房子。根据这一惯例，我们能肯定：波士顿的祖先们在谷山一带的某地修建第一座监狱，和在艾萨克·约朝逊①地区划出第一块属地差不多是在同时。之后就把他的坟墓当作中心，开拓为王家教堂的那一片有很多坟墓的古老墓地。有一点可以肯定，在波士顿建成后的大约15年或20年后，那座木制的监狱历经风雨与岁月的销蚀，门面显得愈加阴森、幽暗。橡木门上笨重的铁钉早已锈迹斑斑，俨然比这新世界里的任何东西都更古旧。和所有与"罪恶"二字关系密切的事物一样，这座监狱好像从来没有过青春。从这座难看的大房子门前，一直到上面有车辙的道路，有一片草地，上面疯长着牛蒡、藜藋、毒

---

① 艾萨克·约朝逊（1601—1630），北美马萨诸塞州新英格兰最早的清教徒移民和富人。他的田产成了殖民地居民点监狱、墓地和教堂。

莠等等这类不堪入目的杂草,这些杂草明显地在这块土地上发现了一样东西,因为正是这片土地早就孕育了文明社会的罪恶黑花——监狱。可是在大门的一边,大概就在门口处,有一丛野玫瑰傲然挺立,在这六月的时节,盛开着精致得像宝石一样的花朵,这会使人产生联想,它们是在向走进牢门的犯人或被释放阴暗的犯人奉献着自己的香味和妩媚,借以表明胸怀博大的造物者依然对他们存有温情与悲悯。

由于奇特的机缘,这蔷薇丛居然可以永葆青春。仅仅是由于那遮盖在它身上的松树和橡树早已衰落,所以让它能够从古老严峻的荒野中幸运存活下来。还是像人们确信的那样,当圣徒安妮·赫钦森[①]进监狱时,从她的脚下蹦出来的呢?对此,我们不能说出个究竟。而故事也恰恰要从这幽暗、不祥的狱门开始。而一上来就看到了它,我们很难不摘下一束花敬献给读者们。在讲述这个人性的脆弱与忧伤的故事时,我们希望它可以象征故事中随处可见的温馨道德之花,或者能为晦暗凄美的结尾增添些许亮色。

---

① 安妮·赫钦森(1591—1643),北美教士,1643 年由英国移居北美,因宣传个人宗教主张,遭北美清教徒政权拘捕并驱逐出境。

第二章 市场

时光回溯到两个多世纪前,一个夏日的清晨,监狱前面的街上牢房门前的草地上,站了好多波士顿的居民,他们全都紧盯着上面有密密麻麻铁钉的橡木牢门。这些人留着胡子,面容淳朴,神情严肃峻厉。对于任何别处的居民,或若干年后的新英格兰人而言,如此肃穆的神色将表明异乎寻常的大事要发生了,至少也预示着某个名声极坏的罪犯即将受到人们盼望已久的制裁,因为在那个年代,法庭的判决就是认可公众舆论的判决。然而,由于早年清教徒性格冷酷,这种推测也许过于武断。或许是一个不服从管理的奴隶或是被家长送交给当局的一个叛逆孩子要在这根刑柱上被管教。或许是一位信仰论者、一位教友派的教友或信仰别的异端的教徒被驱逐出城,或者是一个无所事事的印第安流浪汉,喝了白人的烈酒在街上闹事,将被鞭打驱赶进漆黑的丛林。或许那是地方官的遗孀西宾斯老夫人那样本性凶残的巫婆,将被吊死在绞架上。不管属于哪种情况,围观者都要摆出分毫不爽的庄严姿态,这倒非常符合早期移民的身份,因为他们把宗教和法律看作一体,二者在他们的品性中融为一体,面对维护公共纪律的最温和与最苛刻的条令,他们怀有同样的尊崇与敬畏。的确,一个站在刑台上的罪人可以从这样一些看客身上得到的同情是少得可怜的。除此之外,如今只意味着某种让人嘲笑的惩罚，在那个时代却可能被蒙上和死刑一样严厉的色彩。

就在那个夏日的清晨，正当我们故事拉开帷幔时，一幕情形引起了人们的注意。挤在人群中的几个妇女，看上去对可能出现的所有刑罚都抱有特殊的兴趣。那个时代没有什么文明讲究，身着衬裙和长裙的妇女公然在公众面前进进出出，只要有可能，就摆动她们那并不娇弱的躯体，挤进距离刑台最近的人群中去，也不会有不成体统的感觉。那些出生并成长于英伦故土上的媳妇和姑娘们，和她们六七代后的漂亮后代相比，身体要粗壮得多，精神也更粗犷，因为纵观家世的承袭演变，每一代的女儿，纵然在性格上能继承母亲的坚韧、顽强，在外貌上也会变得更为娇柔纤美，脸颊的红润随之减退，身形也越发苗条轻巧。当时在牢门不远处站着的妇女们，和那位可以称作代表女性的男人味儿的伊丽莎白相隔不到五十年。她们是那位女王的同乡，她们家富余的牛肉和麦酒，加上没经过加工的精神食粮，源源不断地充实进她们的躯体。因此，明亮的朝阳所照射着的，是浑厚的肩膀、长得丰满的胸脯和又圆又红的脸颊——她们全部是在遥远的祖国本岛上成长的，远还没有在新英格兰的环境中变得白皙与瘦削些。而且，这些妇人中的大多数似乎都能言善辩，言语间无所顾忌。不论是谈话的内容还是她们洪亮的嗓音，都令我们现代人为之诧异。

"妇女姑娘们，"一个满脸横肉的年近半百的老婆子说，"我谈谈我的看法。假如我们这些年龄大、名声又好的教会会友，可以处置海丝特白兰那样的坏女人，倒是为大家办了件好事。你们认为如何，妇女姑娘们？要是让我们这儿的五个人来审判那荡妇，会让她得到尊敬的法官们所判处的那么轻的处罚吗？哼，我想不会。"

"人们说，"另一个女人说，"尊敬的丁梅斯代尔教长，即她的牧师，因为在他的教众中出了这桩丑事，简直悲恸欲绝。"

"那些官老爷全部是敬神的先生,可就是太过仁慈了——的确是这样。"第三个人老珠黄的妇女补充说。"最起码,他们应该在海丝特·白兰的脑门上做个标记。那总可以让海丝特太太有些恐怖,我敢如此说。但是她——那个坏女人——她才不在乎别人在她衣服上贴个什么呢!哼你瞧,她可以用一枚胸针或异教徒的装饰品把它遮住,然后又能上街招摇了。"

"啊,然而,"一个牵着孩子手的年轻媳妇轻声插嘴说,"她如果是想挡着那记号就随便她吧,反正她内心总会受折磨的。"

"标记和烙印有什么用——不管是别在胸前,还是烙在前额!"另一个女人吼道,她在这几个自命的法官中最难看,也最心狠。"这女人丢了我们大家的脸,她就该死。难道说没有处罚这种事的法律吗?确实有,《圣经》里和法典上都有。那就请这些违反规定的官老爷们的太太小姐们去走歪道吧,是她们自作自受!"

"天哪,妇女姑娘们,"人群中一个男人吃惊地叫喊道,"难道女人除了对绞架的惧怕,就没有别的德行了?你这话也太狠毒了。轻点,喂,妇女姑娘们!牢门的锁在动呢,海丝特太太本人马上就出来了。"

牢门从里面被突然打开了,走在最前面的是狱吏,他身佩长剑,手执警棍。犹如阳光下蓦然出现的一个黑影。这个角色的长相便是清教徒法典所有冷酷无情的象征和代言人,对触犯法律的人给予最终和最直接的处分是他的差事。他左手举着警棍,右手抓着一个年轻女子的肩膀,拖着她前行。到了牢门口,她用了一个很能说明她个性的力量和与生俱来的尊严的动作,把狱吏推到一边,好像是因为她自主的意志一样走进露天地。她怀里抱着一个三个月大小的婴儿,那孩子眼睛不停地眨,转动她的小脸为了躲避耀眼的阳光——因为自出生以来,她还从未得见天日,只习惯于地牢和监狱的昏暗幽光。

这个少妇——孩子的母亲完全伫立于众人之前时,她的第一个冲动似乎就是抱紧孩子,紧紧地贴着胸口。她这么做与其说是因为母爱的激情,不如说能够借此遮挡钉在她衣裙上的标记。可是,她很快就意识到了,用她的耻辱的一个标记来遮挡另一个标记是丝毫没有用处的,于是,她转而将婴孩抱在臂弯里,面庞灼红,略带羞惭,却又流露一丝桀骜不驯的笑意,从容地扫视着周围同镇的居民与乡邻。她的裙袍的胸前面露出了一个用红色细布制作、周围用金丝线绣有精致花边的一个字母"A"。这个字母制作得别出心裁,体现了丰富并且华美的匠心,佩在衣服上构成完美的装饰,而她的衣服把她那年龄的情趣衬托得恰到好处,仅仅是其艳丽程度远远超过了殖民地简朴标准的规定。

这年轻女子身材修长,体态优雅不凡。乌黑浓密的秀发在阳光下润泽闪亮。她的面孔不仅皮肤细腻、五官端正、秀色可餐,而且还有一对鲜明的眉毛和一双漆黑的深目,非常让人心动。就那个时代女性举止优雅的标准来说,她也在贵妇的行列。她自有一种端庄的气质,和现在人们认为的那种纤巧、轻盈和不可言喻的优雅不同。就算以当年的概念来界定,海丝特·白兰也从来没有像走出监狱的此时此刻这样更像贵妇。以前认识她的那些人原以为她由于遭逢厄运会愁眉不展,花容失色,却不料她竟如此美艳照人,甚至连笼罩她的耻辱与不幸都化成了耀眼的光环。然而,目光尖锐的看客无疑能从中觉察出一种特有的痛楚。她在狱中依据自己的想象,特意为这场合制作的服饰,以其自身具有的任性和别致,好像表达了她的精神境界和由绝望而丝毫没有任何恐怖的心情。但是吸引了全部人的目光并实际上使海丝特·白兰发生实质性变化的则是在她胸前不停闪烁的绣得非常漂亮的那个红字,以致那些熟悉她的群众简直感到是第一次与她谋面。红字的魔力阻隔了她与尘世众生的往来,将她幽禁于个人的狭小天地。

"她竟然做得一手好针线,这是不用说的,"一个旁观的女人说,"这个厚颜无耻的淫妇竟想到用这一手来抬升自己,可真是从来没见过的,婆娘们,这纯粹是当面耻笑我们那些守规矩的官老爷,这不是凭借先生们判的刑罚来大出风头吗?"

"我看啊!"一个面色严峻如铁的老妇人咕噜道,"要是我们能把海丝特太太那件讲究的衣袍从她秀气的肩膀上扒下来,倒还不错;对于她绣得稀奇古怪的那个红字嘛,我倒想借给她一块我得风湿病用过的法兰绒破布片,做出来才更恰当呢!"

"嘘,别说了,街坊们,别说了!"她们中最年轻的一个轻声说道,"别让她听见了!她绣那个红字,每一针都是刺在她心上啊。"

狱吏这会儿用权杖做了个姿势。

"让开道,诸位,以国王的名义,让一让!"他大吼着。"让开一条路我向大家保证,白兰太太要站的地方,不管男女老少都能够看清她的漂亮的衣服,从现在起直到下午一点,你们可以好好地看看她的奇装异服。祝福光明正大的马萨诸塞殖民地,一切罪恶都得拉出来晒晒太阳!过来,海丝特太太,到市场去展示你的红字!"

围观的人群中立刻闪出一条小道。海丝特·白兰跟着走在前面的狱吏,身后紧跟着拧眉攒目的狗男人和心狠面恶的女人的乱七八糟的队伍,走向指定让她示众的位置。一群好奇的小学生在她前面急切地跑着,还不时扭头盯着她的脸看,看她臂弯中忽闪着眼睛的小婴儿和她胸前那个象征耻辱的字母。其实学童们对眼前的事几乎一无所知,只明白他们为此事放了半天假。那年,从牢门到市场没有多远。可是,要是以囚犯的体验来测量,恐怕是一个非常远的旅程。因为她尽管说是高视阔步,但在人们冷淡的目光下,每向前走一步都要经历一番折磨,好像她的心已经被抛到街道的中心,任凭全部人去碾踩践踏。然而,在我们人类的本性中,本来有一条既绝妙又慈悲的原始的准备,经历苦难的人在承受痛楚的时候并不能觉察到其严重的程度,反倒是过后无尽的折磨最能使其撕心裂肺。所以,海丝特·白兰可以说是以一种安详的行为,度过了此时的折磨,来到市场西端的刑台前面。这看台就在波士顿最早的教堂的屋檐下,看起来早已固定在那儿了。

这座绞刑台实际上是行刑器械的一部分。历经两三代的演变,时至今日,它只能作为历史传统的遗物而存在。然而在当年,却像法国大革命时期恐怖党人的断头台似的,被看成改邪归正的有效动力。一言以蔽之,这座刑台是一座枷号示众的台子,上面站立着那个惩罚用的套枷,做得正好把人头紧紧夹住,以便引颈翘首供人瞻仰。制作这样一个用铁和木制成的刑具显然可以达到它所赋予的羞辱的功能。我认为无论犯人有何罪行,再没有什么处罚比这一暴行更不近人情,更令人发指。而这恰好是这一刑罚的本意所在。然而,就海丝特·白兰的例子来说,同多数其他案子相似,她所受到的罪行是要在刑台上罚站示众一段时间,而不用受扼颈囚首的折磨,以致幸免于这一丑陋的机器最为凶残的手段。她当然明白自己此时的角色的意义,她登上一段木梯,站到了离街面约有一人高的示众台上,完全展现在围观的众人面前。

假如在这一群清教徒中有一个罗马天主教徒的话,他就可以从这个服饰和神采如画、怀中紧抱婴儿的漂亮的少妇身上,联想起大量杰出画家所竞相描绘的圣母的形象,他的确会想到那个圣洁无瑕的母亲,孕育了一个救赎世人的孩子,而示众台上所展示的一幕恰恰与之形成鲜明的比照。在她身上,世俗生活中最神圣的品德,却被最严重的罪孽所玷污了,后果只能使世界因为这妇人的美丽而更加黯淡，她所生的孩子也使世人愈加沉沦。

整个场面令人敬畏有加。在人类社会还没有腐败到极点之前，看着这种罪恶与羞辱的场面，人们还不会以淡然一笑代替不寒而栗，总会留下一种敬畏之情。目睹海丝特·白兰示众的人们还没有失去他们的纯真。假如她被判死刑，他们会冷冷地看着她死去，而不会说一句什么过于严苛。然而他们谁也不会像另一种社会形态中的人似的，把眼前的这种示众只当作笑柄。即便有人存心戏谑取笑，也会碍于大人物的到场而有所收敛。总督、他的几位参议、一名法官、一名将军和镇上的牧师们就在议事厅的阳台上坐着或站着，俯视着刑台。能有这些人到场，而不失他们地位的显赫和职务的威严，我们可以肯定，所做的法律判决必然具有真挚而有效的作用。所以，人群也表现出相应的阴郁和庄重。那个不幸的女犯，尽一个女人最大的力量支撑着自己，承受着千百双注视着她、集结在她胸前的毫不怜悯、绝无宽恕的无情目光。这的确是难以忍受的。她本是一个热情洋溢、容易冲动的人，此时她只能使自己坚强起来，来面对用各种的侮辱来发泄的公愤的毒刺和尖刀。但是，人们那种严肃的情绪反倒隐含着一种可怕得多的氛围，使她宁可看到那一张张僵刻的脸露出轻蔑的嬉笑来嘲弄她。如果从构成这一群人中的任何一个男人、任何一个女人和任何一个尖嗓门的孩子的口中爆发出哄笑，海丝特·白兰大概可以对他们全部人报以倨傲的冷笑。然而，在她注定要承受的这种沉重的打击之下，她不时觉得要竭尽肺腑之力尖声嘶叫，并从示众台上向地面猛扑下去，不然立刻就会发疯。

不过，她时而也会觉得在众目睽睽之下受辱的这幕场景似乎从眼前消失了，或者至少是变得模糊不清、若隐若现，像一些形态怪异的幽灵幻影。她的思绪，特别是她的记忆，却异常地活跃，跨越这蛮荒的大洋西岸边缘上的小镇的祖创的街道，持续带回来其他景色与场面，她想到的不是那些尖顶高帽子下藐视她的脸。她回忆起那些最琐碎零散、最无关紧要的事情，儿童时期和学校生活，儿时的游戏和吵闹，和婚前在娘家的种种琐事一齐回到她的脑海，其中还混杂着她之后生活中最重大的事件的许多片断，全都历历在目；似乎全都一样重要，或者全都像戏剧一样。或许这是一种出于本能的精神防御，回忆这些变幻不定的情景，使她得以逃离暴虐的重压与严酷的现实。

无论怎样，这座示众刑台成了一个聚焦点，在海丝特·白兰面前展现出自从她幸福的童年以来的所有轨迹。她痛苦地高高站在上面，再次看见了她在老英格兰的乡村和她父母的家园，那是一幢灰色的旧石屋，外观虽已呈破落衰败之相，正门上方的盾形徽章却依旧隐约可见，俨然是旧时世家留存的标记。她看到她父亲的脸，光秃秃的额头和飘洒在伊丽莎白时代古老环状皱领上的威风凛凛的白须。她也看到了她母亲的脸，那种细致入微和牵肠挂肚的爱的表情，时时萦绕在她的脑海，即使在母亲过世后，仍在女儿的人生道路上经常留下温馨的嘱托。她还看见了自己的脸，少女时代光彩照人的脸。那时她常常对镜自赏，青春容颜照亮了镜中黯淡无光的一切。她还看到了另一张脸，那是一个年老体弱的男人的面孔，苍白而瘦削，看上去像学者，由于在灯光下研读一册册长篇巨著而眼睛花了。然而恰恰是这同一双昏花的烂眼，在一心揣测他人的灵魂时，又具有新奇的洞察力。尽管海丝特·白兰那女性的想象力尽心想摆脱他的形象，但那学者和隐士的身影仍然出现了，他身材略微有些畸形，左肩比右肩稍稍高一些。在她回忆的画廊中接着浮现到她眼前的，是欧洲大陆一座城市里的纵横交错又有些狭窄的街道，以及经年累月古色古香的公共建筑物，宏伟的天主教堂以及高大的灰色住宅，在那里，新生活等待着她，但却依然要与那个身材畸形的学者共同度过。那种生活像是附在断壁上的一簇青苔,只能凭借腐败的营养滋补自己。最终,这些接踵而至的场景不复存在,海丝特·白兰又重新来到这片清教徒殖民地的简陋的市场上,所有镇子上的人都聚集在这里,一双双冷酷的眼睛紧紧盯着她——的确,盯着她本人——她站在示众台上,怀抱婴儿,胸前佩戴着那个用金线绣成的奇异的红字,那个鲜红的"A"字!

所有这些都是真的吗?她把孩子往胸前突然用力一抱,孩子接着就哭了;她低头看着着那鲜红的字母,可以说是用指头触摸了一下,以便让自己不怀疑婴儿和耻辱都是现实存在的。是的——这些才是她面临的现实——其他的一切都已消逝得无影无踪!

第三章 认出

　　红字的佩戴者，强烈地意识到自己正承受着所有围观者针芒般的严厉审视。忽然，在人群的外围，她认出一个人。这人无可抗拒地占据了她的全部思想，也使她摆脱了现实的重压。一个穿着土著装束的印第安人正站在那里，然而在这块英国殖民地中，红种人并不是很少见，此时有这么一个人站在人群中，不会引起海丝特·白兰的特别注意，更不会把所有其他形象和思绪全部从她的头脑中排挤出去。印第安人旁边还站着一个白人，衣着怪异，集文明与野蛮的服饰于一身。

　　他身材矮小，满面皱纹，但还算不上老态龙钟，面容中透出非凡的才智。好像智力上的高度发展不会不引起形体上的变化，从而在外表上有着明显的特征。虽然他似乎是毫不在意地随便穿了件土人的衣服，实际上是要遮掩或减少身体的奇怪的地方，但海丝特·白兰仍一眼就看出那个人一个肩膀高，一个肩膀低。瞥见这张瘦脸和畸形身影的一刹那，她又一次用力将孩子紧贴在胸口。她抽搐般的动作让可怜的小婴儿痛得哇哇啼哭。然而，这位母亲却仿佛没听到孩子的哭声。

　　在那个不速之客来到市场、海丝特·白兰还没发现他之前，他的眼睛早已目不转睛地盯上了她。最初，他看得漫不经心，习惯了审视内心世界的人，通常都认为外部事物毫无价值、无关紧要，除非是与内心活动有所关联。然而，他的目光迅速就变得犀利而明察秋毫了。他的脸上掠过一阵痛苦的恐怖，像是一条蛇在上面迅速蜿蜒，由于稍微停了一会儿，而使那盘踞的形体非常清楚。他的脸色因为某种强有力的内心冲动而变得阴暗，然而她可以用意志力瞬间就控制了情绪的剧烈变化，片刻后他就显得镇定自若。只过了一会儿，那种痉挛就差不多消逝得无影无踪，最终沉积在他天性的深渊。当他看到海丝特·白兰的目光与他的目光接触，并且看来已经认出了他时，他从容不迫地伸出一个手指，在空中做了一个手势，然后又将手指压在嘴唇上。

随后，他拍了拍一个在他身边的本镇市民的肩膀，很认真地、彬彬有礼地和他攀谈起来。"请问，尊敬的先生，"他说，"这女人是谁？为什么要让她站在这里丢人呢？"

"你一定是个外乡人，朋友，"那本镇市民答道，好奇地看了看这个发问的人和他的野蛮人伙伴，"要不你必然听说过海丝特·白兰和她的丑闻吧！不瞒你说，在神圣的丁梅斯代尔牧师的教区里，她的丑事没有人不知道。"

"你说对了，"对方答道，"我是外乡人，四处漂泊，实在是出于无奈啊。我在海上和陆上屡遭厄运，在南方曾被异教徒关押了多年，目前我被这个印第安人带到这里找人赎身。你可以告诉我海丝特·白兰——是这个名字吗？还有，她为什么会被送上示众台当众受辱呢？"

"好吧，朋友，"那小市民说道，"跟你说，想必你会高兴的。在你历经荒原上的颠沛流离的苦难以后，最终来到了一块土地，在这里邪恶无处藏身，必然会遭到长官及人民的惩罚。这儿就是神圣的新英格兰。先生，你要知道，那个女人是一位学者的妻子。这学者出生在英国，但早就搬到了阿姆斯特丹。他决意渡海前来与我们马萨诸塞人同甘共苦。所以，他先把妻子送来，他自己留下处理一些不得不应付的事务。尊敬的先生，唉，那女人在波士顿住了快两年，而那位学者，白兰先生，却音信全无。于是，他年轻的妻子，你瞧，就按捺不住，做出丑事了。"

"啊，啊哈！我懂你的意思，"这个陌生人苦笑道，"像你所说的一个如此有学问的人，按理早该从书本上学到这一点。先生，请问那婴儿的父亲是谁呢？依我看，白兰夫人怀里抱的孩子只有三四个月大小。"

"说真的，朋友，这事依旧是个谜。这小市民回答道，"白兰夫人坚决不说，长官们又没有办法。也许这一罪犯正站在这里看着这一可悲的场景，没有谁认识他，除了上帝。"

"那个学者，"外乡人含笑说道，"应当亲自来揭开谜底。"

"假如他还活着的话，当然应该由他来来说最好。"小市民回答说，"我们马萨诸塞的长官反复考虑，这女人年轻又漂亮，必然是受了强烈的诱惑，再说她丈夫看来很可能葬身海底。所以，他们不忍心遵照正义的法律，对她实行最严厉的刑罚。按法律，她应该被判死刑。然而，他们以慈悲为怀，仅仅判白兰夫人在绞刑台站三个小时，之后，在她有生之年，得永远在胸前挂着一个耻辱的标志。"

"英明的裁决！"这个异乡人说，恭敬地鞠了一躬。"这样，她将被当作训诫罪恶的活标本，直到这可耻的字刻在她的墓碑上才会结束。不过，她的同犯居然没有站在她身旁一起示众，这着实让我不痛快。可他会出现的！会出现的！一定会出现的！"

他很彬彬有礼地向唠叨的小市民鞠了一个躬，接着和他的印第安人同伙低语了几句，接着两个人就离开了。

在他们谈话的时候，海丝特·白兰站在台上，眼睛一直看着这陌生人她的目光是那么专注、投入，仿佛有形世界瞬间已空无一物，只剩下他和她。这时，正午灼热的骄阳烤着她的脸，展示着她脸上的耻辱；她胸前露着的丑恶的标记；怀里抱着有罪的婴儿。全镇的居民都像过节似的拥来看她。她的俏丽姿容本应是在轻柔跳动的炉火旁，温馨幸福的家庭里，或庄重地蒙着面纱，出现在教堂里；然而，对海丝特·白兰而言，这次会见，如果不是在目前这种情况，大概更为可怕。虽说这样的会见让她恐怖，但这数以万计的人在场却给她以一种安全感。她和他这样站着，中间隔着相当多的人，比两个人单独见面要好得多。就她渴望人群为她提供庇佑，唯恐这种保护会突然消失。因为她沉浸在这种思绪之中，以致几乎没听见身后的声音，直到有人重复大吼她的名字为止。

"听我说，海丝特！"那声音喊道。

像前面所说，海丝特·白兰站立的刑台上方是一个从会议室辟出的楼厅或者叫楼座。在那个年代，每逢宣布重要公告，地方长官们就会在这里集会，并举行各种相应的仪式。这时，总督贝灵汉亲自出席以亲眼看到我们已经描绘过的情境，在他的坐椅周围站着四个持戟警卫，作为仪仗队。他帽子上有黑色的羽毛，外套上饰有绣花的滚边，下面是黑色的天鹅绒紧身衣，总督已上了年纪，满面皱纹尽显沧桑阅历。作为这一社会的首脑和代表是当之无愧的，这是由于这一社会赖以产生、进步、发展所靠的并不是青春的冲动，而是成年人的坚决、沉着和老年人成熟、智慧。他们极少幻想，无所奢望，因而颇有建树。簇拥着这位长官的其他高官没有不自己觉得他们法定享有宗教组织的神圣性，不用怀疑，他们全是善良、正直、贤明的君子。然而，要是从整个人类家庭中选出相同数目的聪明、贤达的人，比海丝特·白兰转身面对的这些表情严肃的人还要更没有资格评判这邪恶妇人的心和更没有资格分辨善恶，却不是件容易事。她好像意识到任何同情仅仅可以从民众那比较宽容、比较温暖的心中去寻找，因此，这个可怜的女人抬眼望着阳台时变得面无血色，浑身瑟瑟发抖。叫她的声音发自尊敬的、颇有名气的约翰·威尔逊，波士顿年龄最大的牧师，像同时代的多数同行一样，他是一个大学者，而且还是一个亲切慈善的人。然而，这一品质，比他天赋的才资更少得到用心地栽培，这与其说是一件应该自我庆幸的事，还不如说是一种耻辱。他站在那里，帽子下露出一圈灰白的鬈发。同时，他那双习惯了在书斋的阴暗光线下看东西的灰色眼睛，在纯净的阳光下，跟海丝特的婴儿的眼睛一样一直在眨。他这副模样就像我们在宗教古书卷上发现的黑色雕刻画像，只见他迈步向前，试图探究一个涉及人类的罪孽、情欲与痛苦的问题。其实，他和那些画像一样都无权干涉这一问题。

"海丝特·白兰，"这个牧师说，"我刚在这里和我年轻的兄弟争论过，你就是以他的宣教词为标准接受教育的。"说到此处，威尔逊先生把手放在他身旁的一个脸色苍白的青年人肩上，"我一直尝试劝说这位敬神的青年，由他来处理你的问题。苍天在上，在英明正直的长官面前，在全体民众面前，他应能触及你阴暗、卑劣的罪孽。他比我更清楚你的天性，更懂得怎样——不管是用好言相劝还是用恶言恐吓——制伏你的顽固和僵硬，从而让你不再隐瞒那个引诱你干出这一丑事的男人的名字。可是，他虽然很聪明，却怀有年轻人的善心，不愿意答应我，说什么，在大庭广众之下，当着众人的面，强迫一个女人说出她的内心秘密，是触犯妇女本性的不能有的行为。我尽力使他相信，耻辱在于施行罪恶，而非揭露罪恶。你对这有什么看法？丁梅斯代尔兄弟，再说一遍！是你还是我来找出这可怜罪犯的灵魂？"

阳台上的那些尊贵要员轻声低语片刻，总督贝灵汉出面表达了他们的意思，他的话尽管对这个青年牧师虽然还算尊重，却显然是一种命令。

"好心的丁梅斯代尔先生，"他说，"对这个妇人的灵魂，你应该负重大责任。因此，劝说她幡然悔悟，供出同犯，你责无旁贷。"

这一番明确的呼吁马上把观众的全部目光聚集到丁梅斯代尔牧师身上。这位年轻的牧师毕业于英国知名学府，为我们这片荒野丛林带来了那一时代的全部学识。他的雄辩才能和他的宗教热情早已使他在同行中名列前茅。他的容貌很吸引人：白白的、宽大高耸的前额，一对褐色的有些忧愁的大眼睛，他的嘴只有用力地闭着才能不颤抖，这显示了他的非同一般的敏感和很强的自我克制力。虽然这个年轻的牧师天赋聪慧，学识过人，但眉宇间总是不时掠过焦灼不安、惊恐失色的神情，就像自觉在人生道路上迷失方向，唯有独处时才能安然定心。所以，在他的职责范围内，他在林荫小道上悠然举步，以此来保持自己的纯真和稚气，偶尔有机会经常表现自己思想上的清新、芬芳和带着露水的纯洁，就像许多人所说的，这种思想好像天使的语言在震撼着每个人的心灵。

威尔逊牧师和总督这样公开地进行介绍而吸引人们眼光的就是这位青年牧师，他们竟然要他在全体镇民面前去探究一个女人灵魂深处的秘密，而这灵魂即使在含辱蒙垢后，也依然那么神圣。他这一危难的处境，使他脸色立刻发白，双唇即刻发起抖来。

"跟这个女人谈谈吧，我的兄弟，"威尔逊先生说，"这对她的灵魂是非常关键的，所以，就像可敬的总督所说的，当然也是你的灵魂的关键时刻，因为你得对她的灵魂负责。赶紧劝她实实在在的忏悔吧。"

丁梅斯代尔牧师低下头，像是在默默地祈祷，接着向前走去。

"海丝特·白兰，"他斜靠着阳台，俯身凝视着她的眼睛说道，

"你应该已听到了这位好心的人所说的话了吧,你也看到了我肩负的责任。如果你觉得那样能够让你的心平静,而你所受的现世惩罚也一起会有所解除,那么,我命令你说出那罪犯和肇事者的名字!不要出于对他错误的怜悯、柔情而沉默不语。相信我吧,海丝特,虽然他会一败涂地,和你一起站在这个耻辱的绞刑台上,可是,那终究比一生隐藏着一颗罪恶的心要好些。你的沉默,除了引诱他——不,实在是在强迫他——在罪恶上面再加上虚伪以外,对他还会有什么好处呢?上天罚你当众受辱,因此你可以努力战胜内心的罪恶与外在的忧伤,而你的胜利也将为众人所知。现在,这杯苦涩但却有好处的酒已递到你的唇边!那个人大概没勇气自己喝下,可你怎么可以阻挡他去喝呢?"

青年牧师的讲话虽略带颤音,时有停顿,却依然甜美、醇厚、深沉,丰富的情感表露得淋漓尽致。这比言辞本身的意义更动人心弦,更能激起人们的同情。甚至海丝特怀里的可怜的婴儿也被感动了,她用漠然的眼神看着丁梅斯代尔先生,她举着胳膊,嘴里发出半是高兴、半是哭泣的嗳嗫声。牧师的这番规劝是这样有力,以致人们觉得海丝特·白兰必然会说出那个罪人的名字,或者那个罪人,不论身份的高低贵贱,都将在不可抑制的内在力量的驱动下,登上示众台。海丝特摇了摇头。

"女人,不要越过上天慈悲的限度!"威尔逊牧师以更粗鲁的口气大吼,"就连这个小婴儿都发出声来,表示同意你刚才听到的规劝。说出那个名字!你的供认,再加上你的悔过,将能摘掉你胸前的红字。"

"这绝不可能!"海丝特·白兰回答说,她眼睛没看威尔逊先生,而是注视着青年牧师那深邃而忧郁的眼睛,"红字已深深地烙在我心底。你们是无法除去的。我的苦难与他的痛楚,我将一并承受!"

另一个人板着脸冷酷边说，边走向绞刑台，说道："说，你的孩子不能没有父亲！"

"我不想说！"海丝特脸色阴暗，可还是回答了那个熟悉的声音，"我的孩子必须寻找一位天国的父亲，她永远不会知道她在凡间的父亲是谁！"

"她不肯说！"丁梅斯代尔自言自语道。他倚靠在楼台上，手放在心脏的位置，等待他劝说的结果。接着，往后一仰，深深地叹了一口气，说道："女人的心确实坚强、太宽大！她不愿意说！"

那年长的牧师已看出可怜的罪犯是何等的冥顽不化，于是就对众人开始了他精心准备的演说。他列举了各种各样的罪过，并且时时提到那不光彩的字母。他在长达一个多小时的演讲中，详细地叙述着这个标记，他那强有力的语言萦绕在人们的耳边，长达一个多钟头的讲演激起了人们心头新的恐惧，令人觉得那红字的颜色仿佛是来自地狱深渊的熊熊烈火。与此同时，海丝特·白兰的神情始终是疲惫而淡然的，在她的耻辱台上面无表情地站着。那天早晨，她承担了人性所能承担的所有。因为她的气质决定了她不会以晕倒来逃避太强烈的苦难，她的精神只可以躲藏在麻木的石质硬壳下，而让动物生命的机能荏苒没有什么损耗。在她处于这种状态时，那位牧师的讲话尽管如响雷轰鸣一般，残酷折磨着她的双耳，她却依旧置若罔闻。在她备受折磨的这段时间，那婴儿的尖声哭号响彻云霄。她尽管下意识地想哄着孩子安静下来，但好像对婴儿的不安无动于衷。她就这样呆呆的又被带回监狱，从众人眼前消失在钉满铁钉的牢门后面。那些目光跟随她身影窥视的人低声地说，她胸前的红字在乌黑的通路上投下了一道血红的闪光。

第四章 会面

　　回到监狱以后,海丝特·白兰非常激动,难以控制,必须得有人寸步不离地看守她,不然她就会自虐,或近乎疯狂地伤害可怜的孩子。临近傍晚,以训斥和惩罚的恫吓来对付她的忤逆被证明是无效的,监狱长布雷克特先生觉得应该请一位医生。这医生在他看来不仅通晓基督教各门医学,而且精通野蛮人所掌握的、大量森林野生草药知识。实际上,急需医生照顾的,不仅仅是海丝特本人,最需要照顾的还是那孩子。小婴儿从母亲胸口吮吸乳汁时,似乎将弥漫于母体内的躁乱、苦楚、绝望一并吸取了。这时,她正在疼痛的抽搐中扭动,她小小的身体是海丝特·白兰精神痛苦的形象写照。

　　跟在狱长走进阴森牢房的是个相貌奇特的人,那个在人群中出现并引起了红字佩戴者极度关注的人。把那个人投进监狱,并不是怀疑他犯了罪,而是因为在总督和印第安酋长就他的赎身问题妥善解决之前,认为监狱倒是一个方便安置他的处所。他的名字据说叫罗杰·齐灵渥斯。狱长带他进屋以后,待了一会儿,狱长为伴随此人而来得突然的安静感到惊讶:海丝特·白兰就像断了气一样,尽管孩子还在持续地呻吟。

　　"朋友,请让我和病人单独待会儿,"医生说,"善良的狱长,请相信我,你的牢房会迅速太平起来;我还能够向你担保,今后白兰太太将更服从官长的监管,而不会有刚刚你们所见到的情形。"

"要是您的许诺确实能兑现,我一定奖励你,"布雷克特先生答道,"真的,这女人像是魔鬼附身,我可是束手无策了,没法赶走她身上的撒旦恶魔。"

那自称医生的外乡人走进牢房,带着医生特有的沉稳。当狱吏出去后,他和她面面相觑,他的表情仍旧没有变化。还在人群之间时,她对他的超常的注意已暗示他们之间有一种非常密切的关系。他首先去察看孩子的情况,那小孩在小床上扭动着身子啼哭不止,的确得放下其他的一切事情,先去安抚她。他注视着婴孩,随后打开从衣襟里取出的皮匣子。匣子里看上去装的是药品,他拿出一颗放到一杯水里。

"我以前对炼金术的研究,"他说,"加上我又有一年多旅居在对各类药草的药性相当有研究的人们之间,这让我比那些以医学士自命的人更懂得医道。听着,女人!这孩子是你的——和我没半点关系——她也不会把我的声音相貌认成她父亲的。所以,还是你亲手给她喂药吧。"

海丝特拒绝了他递过来的药,同时以一种非常疑虑不安的神色看着他的面孔。

"你要报复这个无辜的孩子?"她轻声问道。

"蠢女人!"医生以半冷酷半安慰的口吻回答道。"难道我发了疯,竟会伤害这个私生的不幸的婴儿?这药效果很好,即便她是我的孩子——我是指你我所生的——我也配不出更好的药了。"

她还在犹豫,事实上,她的头脑已失去了理性。他把婴儿抱在怀里,自己给她服了药,药马上生效,兑现了医生的诺言。小病人的呻吟停止了,她的痉挛抽搐也慢慢停止,片刻后,就像解除了病痛的小孩一样,她进入了深绵香甜的梦乡。这个理直气壮地以医生自居的人接着着手照料这位母亲。他镇静细致地为她诊脉,目不转睛地盯着她的双眼——这眼神是如此熟悉,却又如此陌生、冷酷,直看得她的心缩成一团,战栗不止——最后待他以为检查完后,他研制了另一种药。

"我不懂什么迷魂汤或忘忧草,"他说,"然而,我还知道荒原中许多秘密药物,这就是一个印第安人教给我的一种处方,因为我将和帕拉塞尔斯一样古老的①知识教给他,他特意拿这个来回报我。喝吧!这也许不像清白无罪的良知那样,能抚慰你的心灵,那我可给不了你。但这药能平息你澎湃的激情,如同把酒洒向汹涌翻滚的海浪。"

他把杯子递给海丝特,她慢慢接过来,一面严肃地盯着他的脸,那眼神显示的不仅仅是害怕,而是对他的用意的怀疑和探询。她还看了一眼熟睡的孩子。

"我曾经打算死,"她说,"情愿死,甚至为之祈祷过,如果说我仍然有资格祈祷的话。不过,假如这杯子中盛有死亡,在我一饮而尽之前,我倒要请你三思。你瞧!杯子就在我嘴边。"

"那么,就喝吧,"他回答说,依然是那么冷漠,那么不动声色。"海丝特,你就这样不懂我?我的意图会这么肤浅吗?即使我存心报复,我也要让你活下去,给你服药以抵御病痛,好让这个灼热的耻辱标志在你的胸膛熊熊燃烧!难道还有比这更好的复仇计划吗?"他边说边把长长的食指放在那红字上,这字好像是火红滚烫的尖刀,直接就刺进了海丝特的胸口。他注意到她那下意识的举动,微笑起来。"你就认命吧,在群众眼前,在你被你称为丈夫的人眼前,在那孩子眼前继续活着!喝了这杯,你就可以活下去了。"

海丝特·白兰没有等他规劝,也没拖延,就把这杯药一口喝完。

---

① 帕拉塞尔斯(1493—1541),瑞士医生和炼丹术士。

然后，遵从医生的手势，在孩子的小床边坐下。而他则拖过屋里仅有的一把椅子，坐在她身旁。这种安排禁不住使他惶恐起来，因为他明白，眼下他所做的所有皆出自人道或原则，或者也能够说是一种优雅的残忍，单单是为了解除她肉体的痛苦而迫不得已，而接下来他就要以一个被她无情刺伤，且伤痕已无法愈合的受害者身份来对待她了。

"海丝特，"他说，"我不问你为何以及如何坠入了深渊，或者更恰当地说，你怎样登上了那个耻辱的示众台——我就是在那儿发现你的。其中原因不用多问。那怪我不明智，怪你孱弱。我一个思想家，一个书迷，一个为了学习知识而耗尽自己青春年华就要死去的人，这样的我与年轻貌美的你怎能相配？天生畸形的我怎能幻想智慧的光芒在妙龄女郎的心中能够掩盖身体的缺陷？人们说我聪明，如果说圣人处事的确明智，我应当早就预见所有。当我走出广袤阴森的森林来到这基督教徒的殖民地时，早就应该料到，进入我眼帘的第一个东西就是你海丝特·白兰，一个站在众目睽睽之下受辱的雕像。不，从我们缔结婚姻，走出古老教堂的那一刻起，我就应当看到我俩生活之路的尽头是那红字点燃的诡异邪火！"

"你该清楚，"海丝特说——虽然她够沮丧的了，但她还是容忍不了他对她耻辱的标记所做的闪烁其词的诽谤——"你知道我对你一向坦诚。我感觉不到爱，也从未假装过。"

"真的！"他答道，"是我太愚蠢！我已经说过了，可是直到那一时期，我的生活都过得毫无意义。人间竟这样冷漠无情！我的心大到能够容纳众多宾客，却自始至终孤独、凄凉，没有任何的家庭温暖。我渴望燃起一座家庭火炉！这好像不应是什么不切实际的想法——虽然我已不再年轻，虽然我性格阴郁，身有缺陷——但这是多么简单平凡的幸福呀，随处可见，人皆拥有，那么我或许也能得到吧。正是因为这样，我将你拥入我的怀抱，引入它最隐蔽的地方，从而以因为你的到来而产生的温暖来抚慰你！"

"我伤害了你。"海丝特呆呆地说。

"我们互相伤害，"他回答道，"是我先害了你，是我硬生生地将你的青春花蕾误接到我这棵朽木之上。因此，作为一个有思想、懂道理的男人，我不报复你，不想伤害你。在你和我中间，那天平非常平衡。可是，海丝特，那个伤害了你我的男人还存在！他是谁？"

"不许问我！"海丝特·白兰答道，眼睛紧紧地盯着他的脸，目光坚定决绝，"你永远也不会知道！"

"你说永远不会吗？"他说着微微一笑，显得异常阴郁，却又充满自信与智慧，"永远不会知道他！相信我吧，海丝特，差不多没有东西——不管是在外部世界，还是在秘密的思想领域——可以隐瞒那热切而又执着地从事揭示秘密的人。面对那些好奇窥探的公众，面对那些牧师和法官，你或许能守住秘密。就像今天，不让他们从你那里得到那个人的名字，从而在台上给你搭配一个伙伴。而我，会用别人所没有的感官去观察。我会找到这个人，就像我在书本中发现真理和通过炼金术发现黄金一样。我与他之间应有心灵感应，这能让我觉察到他的出现，我能看见他颤抖，我能感觉到自己骤然而起的战栗，他迟早会落入我手中！"

这个满脸皱纹的学者用充满力量的眼神逼视她，吓得海丝特·白兰将心口用手捂住，生怕他会发现她心中的秘密。

"你不愿透露他的姓名？他照样会是我的手中猎物。"他接着很自信地说，仿佛命运要倒向他似的，"他和你不同，他的衣服没有缝有耻辱的红字，然而，我能看透他的心。不过，别替他害怕！别以为我会干预上天的责罚，或者将他绳之以法，而使我自己吃亏。你不要觉得我会图谋杀害他，也不要以为我会侮辱他的名誉——据我判断，他是一个相当有名望的人。让他活在这个世界上吧！让他活着！让他隐藏在外在的虚名里，如果他办得到！他照样逃不出我手心！"

"你的行动看上去很慈悲，"海丝特半迷惑半吃惊地说，"可你说的话却那么恐怖骇人！"

"你以前是我的妻子，所以我有权告诫你一件事，"这位学者接着说，"你为奸夫保守秘密，同样也要保守我的秘密！这里没有人认识我。不要向任何人泄露，你曾叫我丈夫！这里，在这地球的辽阔的郊外，我会扎下我的帐篷，因为在其他地方我是一个流浪者，一个和别人没有利害关系的人。然而在这里，我找到一个女人、一个男人、一个孩子，在他们和我之间有一根纽带维系着。无论这是因为爱还是因为恨，是正确还是错误！海丝特·白兰，你和你所拥有的都是我的。你和他身在何处，我的家就在何处。但是，别泄露我的身份！"

"你为什么这样想？"海丝特问，不知为什么，她为这一秘密的约定感到心寒，"为什么不公开亮明身份，立刻抛弃我？"

"这大概是，"他回答说，"我不愿承认遭妻子背叛，蒙受耻辱。也许是其他的缘故，就这样，我就是要生死都不为人知。所以，就当你的丈夫已经死了，再也不会有他的任何消息。你无论是在语言还是神态上都不要认我！不要泄露我，尤其是对你所知道的那个男人。要是你胆敢在这一点上违抗我，那你可得当心点！他的名望、他的地位、他的生命全在我手中。小心行事！"

"我会像为他保密一样为你保密。"海丝特说。

"你发誓！"他说。

于是，她发了誓。

"现在，白兰太太，"老罗杰·齐灵渥斯说，"以后我就这样称呼你，"我走了，留下你一人，跟你的孩子和这红字待在一起吧！海丝特，你有什么感受？判决不是要你睡觉时也戴着这标记吗？你不担心做噩梦吗？"

"你为什么对我这样冷笑？"海丝特问，她厌恶他的神情。"你想像那个在森林里胡作非为的黑男人一样来纠缠我吗？你打算勾引我来证明我灵魂的毁灭吗？"

"不是你的灵魂，"他含笑答道，"不，不是你的！"

第五章　海丝特做针线

　　海丝特·白兰刑满释放了。她迈出开启的狱门，走到阳光下。普照万物的阳光，对于心灵饱受摧残的她而言，似乎仅仅为了彰显她胸前的红字。这是她初次一个人步出牢门，比前面所描写的在大庭广众之下前呼后拥，走上被人指责的示众受辱台，这才是一次真正的折磨。那天，她为一种不平常的神经紧张和个性中所有好斗的精神所支撑，使她可以将那种场面变成一种惨淡的成功。而且，这只是一生一次、单独发生的事件，所以她可以毫不吝惜地迸发数年平淡岁月都无法耗尽的生命力，去面对责罚，去承受屈辱。就处罚她示众的法律而论，那是一个外貌让人害怕的巨人，其铁腕既能够消灭她，也可以支撑她，正是法律本身支撑着她挺过了那示众的恐怖煎熬。然而这时，从孑然一身走出狱门起，她就要开始过正常人的生活了。她必须借助性格中平凡的坚韧走下去，背负着耻辱与苦难走下去，否则她就将甘于沉沦。她再也不能靠透支生命力来帮助自己度过那时的悲痛。明天还要有明天的考验接踵而至，后天也会如此，再下一天还会这样；每一天都有新的痛苦，但与眼前的痛苦一样都是难以名状、难以承受的。在遥远的未来，仍会有由她承载的压力，需要她一步步走下去，终生背负着，永远不能抛弃；日复一日，年复一年，都会在耻辱堆积上再叠加上层层苦难。她会在长年累月之中，放弃她的个性，成为布道师和道学家指责的一般象征，以此来形象具体地说明女性的脆弱和罪孽的情欲。他们将教导纯洁的年轻人，将胸前闪耀着红字的她——生于清白之家的她——身为婴儿之母的她，那婴儿日后也将成长为女人——曾经清纯无瑕的她——看作罪恶的实体与化身。而她一定会带到坟墓中去的那个耻辱，将是立在她坟上的唯一墓碑。

有一点颇令人费解：既然她的判决词中没有规定她不得超越清教徒居民区的方面，那么在这片边远偏僻的土地之外，她看着整个世界，原能够自由地回到她的出生地或任何其他欧洲国家，改头换面，隐姓埋名，一切从头再来，那幽暗莫测的丛林也在向她招手，那里的生活习俗与制裁她的法律截然不同，与生俱来的野性能使她被那一民族同化。看来确实不可思议的是，她竟然仍把这地方看作自己的家园，而就在这里，况且也只有在这里，她才会成为耻辱的代表。但确实有一种命运，一种具有冥冥之力而不可抗拒和难以避免的感情，迫使人们像幽灵般出没并滞留在发生过为他终生增光添彩、引人注目的重大事件的地方，事件的悲情色调愈浓重，那情感就愈难以抗拒。她的罪孽，她的耻辱，就是她深扎于这里的根。她在这块土地上好像获得了比她出生更具融熔力量的新生，海丝特·白兰的这一新生把全部其他移民和漂泊者仍感到不能融合的森林地带，化作了她自己荒凉阴郁然而却是终生安身立命之家。世界上其他景色，甚至包括她度过幸福的童年和无瑕的少女时期的英格兰乡村——好像早就已经换下的衣服，交给她母亲去保管了——与之相比，那些地方在她看来那是他乡异地了。将她束缚于此地的铁链已深深嵌入了灵魂的最深处，永远也不会断裂。

尽管她向自己隐藏着那个秘密，但只要那个秘密像蟒蛇出洞一样从她心中一钻出来，她就会脸色煞白，这或许是——应该说确实是，将她滞留在如此密切相关的场地和小路上的另一种感情。这里是他居住的地方，是他双脚踩踏的地方，她自认与他已结为一体。这结合虽然不为世人认可，并将共同来到末日审判的席位前靠着栏杆站着，在那里举行神圣的婚礼，以共同承担未来的持续到来的报应。人类灵魂的诱惑者不断把这个想法塞进海丝特的脑海，而她竟然如此热切、欣喜地紧抓着不放手。她禁不住嘲笑自己，继而又竭力抛弃这想法。其实她根本没有坦然面对，就不假思索地把它锁入心房。最终，她分析出自己在继续留在新英格兰的动机，并且逼迫自己去相信，其实只有一半是真情，另一半则是欺骗自己。她对自己说，这里曾是她犯罪的地方，这原本也应是她接受人间惩罚的地方；日复一日地经受耻辱与痛楚，或许能净化她的灵魂，使她的蒙垢之躯重获纯洁。这纯洁会因她的殉道之举而愈加神圣。

所以，海丝特·白兰并没有离开这片土地。在市镇的郊外，有一座小草房，位于半岛的边缘，远离其他的住户。这是原先的一名移民建起后又不要的，因为那一带土地太贫瘠，不适合耕种，况且远离人口密集区，而社会活动当时已成为移民的一个明显的习惯。小屋坐落于岸边，往西有绿林茂密的山峦与之隔海相望。半岛上仅仅长着一丛孤零零的矮树，不但没有遮住茅屋，反而像是在指示出这里有一个目标，而那个目标原本不乐意或至少是应该被遮蔽得看不见的。就在这间偏远的小屋里，海丝特从依然在严密监视她的当局处获准，用她那菲薄的手段来养活她自己和她的孩子。一个疑虑重重的神秘阴影马上就缠住了这块地方。有些年幼的孩子不明白，为什么这个女人会被摒弃在众人的生活圈之外。会蹑手蹑脚地靠近她，窥视她在茅屋窗边做针线活儿，窥视她站在门前，窥视她在小花园中劳动，窥视她踏上通往镇子的小路，一旦看清她胸前的红字，奇异的恐惧就立即蔓延开来，吓得孩子们匆匆逃离。

虽然海丝特处境孤独，身边没有一个人胆敢与她为友，但还不至于缺衣少食。她精通一门手艺，即使在那片没有太大潜力的地方，也还足以养活她自己和逐渐长大的婴儿。这门手艺，不管在当时还是在现在，几乎都是女性唯一能够一学便会的，那就是做针线活儿。她胸前佩戴的那个绣得非常精巧的字母，就是她精致和富于想象力的技艺的一个证明；宫廷贵妇们若想在金丝锦缎上增添更富丽雍容、更巧夺天工的装饰，多半欣然采用这技艺。的确，在这里，清教徒们的服饰大都以深黑和简朴为主要特征，她那些精美的针线活儿也许很少有人过问。不过，追求手工技艺精益求精的时尚也影响了我们苛刻的先辈，毕竟他们也淘汰了许多陈旧但却很难废除的服饰。像授任圣职、官吏就任和一个新政府能够对人民显示威权的种种形式这样一些公众典礼，作为一种规矩，执行得庄严有序，显示出一种阴沉而又不自然的壮丽。高高的环状皱领、核心编织的饰带和刺绣华丽的手套，都被看作是居官的人夸耀权势的必需品。而且，虽然禁止奢侈的法律不允许平民等级效法这一类铺张，然而地位高或财富多的人，随时都能够得到豁免。在丧葬活动中也是一样，像死者的装束，抑或是遗属志哀用的黑丧服和白麻布上那些象征性的图案，都对海丝特·白兰这样的人可以提供的劳动有经常和具体的需求。婴孩服——那时的婴儿穿着与出身、地位相符的小袍子——为她提供了另一个辛勤劳作，换取薪酬的机会。

她的缝纫制品，渐渐成为现今所说的时尚，这一过程并不算十分缓慢。或许是出于对这位历尽折磨的女人的同情；或许是出于对平凡的事情也要故弄玄虚的奇怪；或许是出于某种难以解释的原因——这在当时和今天都是存在的——某些人苦苦追求而得不到的、别人却很容易的夺取，或许是因为海丝特真的填补了原先的一项空白；总之，有一点可以确定，她手边有的是报酬不菲的针线活儿，而且缝制时间可长可短,全由她决定。一些人也许是为了抑制自己的虚荣心,才在一些正式的场合专门穿戴由她那双有罪的手缝制的服装。就这样,她的针线活儿便出现在总督的皱领上、军人的绶带上、牧师的领结上;装饰在婴儿的小帽上,甚至给封闭在死人的棺木中霉烂掉。然而从来没人求她为新娘制作遮盖她们纯洁的额颜的白色面纱,这是记载中绝对不会有的。这一例外表明,世人对她的罪孽从未忘却,对她的鄙视早已根深蒂固。

海丝特除去维持生计之外没有任何愿望,她自己过着极其艰苦朴素的生活,对孩子的吃穿则稍有宽容。她自己的衣服是用最粗劣、最灰暗的衣料制成的,仅有的饰品就是红字,那个她命中注定要佩戴的红字。反之,那孩子的服饰却独具匠心,给人一种充满幻想、更可以说是奇思异想的印象,确实增加了那小女孩早早就开始显露出来的活泼动人之美,然而,做母亲的给她这样打扮,好像还有更深的含义。这一点我们以后再说。海丝特除了在打扮孩子上略花些钱外,她把所有积蓄都用在了救济他人上面,虽然那些人并不比她更为不幸,而且还时常忘恩负义地侮辱她。有许多时间,原本可以做一些更能施展技艺的针线,却被她用来为穷人缝制粗布衣衫。她做这种活计大概有忏悔的念头,然而,她花这么多时间干粗活儿,确实放弃了乐趣。她天生就有一种追求富裕和奢华的东方人的秉性,一种喜欢奢侈的情调,但这一点在她的全部生活中,除去在她那精美的针线活儿中还可施展之外,已经没有表现的可能了。女性忙于精巧烦琐的针线活时,自能乐在其中,这是男性无法理解的。对海丝特·白兰而言,可能只有靠这样一种宣泄形式,才能慰藉自己对生活的情趣。然而即使对这绝无仅有的一点乐趣,她也不例外地像看待其他乐趣一样地被看作是罪过。如此微不足道的事情都要遭受良心的病态干预,这恐怕并不是真诚坚决的忏悔,倒像是压抑着某种可疑的情绪与深藏不露的谬误。

就这样，海丝特·白兰在这个世界上有了自己立足的地方。因为她生性倔强而且颇有才能，尽管说人们让她佩戴了一个对女性的心灵来说比烙在该前额上的印迹还要丑陋的标志，并且没有办法完全抛弃她。然而，在与社会的一切交往中，没有一件事能让她觉得自己置身其中。和她有所接触的那些人的言谈举止，甚至他们的沉默不语，都在暗示，往往还表明：她是被排除在外的；而她的孤凄的处境好像证明她是被摈弃于人类社会之外的。孤独得像是生活在另一个世界，只有靠与众不同的感官来和其余的人类交流。对于人们感兴趣的道德问题，她总是刻意回避，却又不得不关心，就像一个幽灵重返故宅，却又无法让家人发现或感到，不能和家中的亲人们一起欢笑。纵然她能够无所顾忌地流露真情，却只能引起畏惧与厌恶。事实上，她的这种心情和随之而来的最辛辣的嘲讽，好像成了她在世人心目中所保留的唯一一部分了。在那感情缺乏细腻的时代，虽然她明白自身的处境，从未敢有片刻的忘却，人们还是让她那悲苦不堪的处境，鲜活地浮现在她眼前，用最粗暴的方式触痛她最脆弱的伤口，使她不断遭受新的痛楚折磨。向前面所说的，她一心一意接济穷苦人，然而她伸出的救援之手所得到的回报却是谩骂。同样，她由于职业关系而进入豪门时，上流社会的夫人们却习惯向她心中滴入苦水。有时她们不动声色地算计她，因为女人们擅长利用日常琐事调制微妙的毒剂；有时她们就放肆地攻击她那毫无防御的心灵，就像在腐烂的创口上再重重地一击。海丝特一直以来对此泰然处之；她对这些侮辱从不还击，只是抑制不住的红晕会涌上苍白的脸颊，随即又潜入内心深处。她事事忍让，的确是一位殉道者，然而她不准自己为敌人祈祷——她虽然宽宏大量，却害怕自己用来祝福的语言会顽强地扭曲成对他们的诅咒。

清教徒的法庭对她的惩罚非常狡猾，它处心积虑、变化莫测地实施对她的惩罚，使她遭受无数次痛苦的悸动。牧师会在街心停留、劝她，还会招来一群人围住这可怜的有罪的女人，对她又是讥讽，又是皱眉。当地走进教堂，一心觉得自己会分享众生之父在安息日的微笑时，常常不幸地发现，她正是讲道的内容。她对孩童们也渐生惧怕。他们从父母那里获知一些模糊的概念，觉得这个苦命女人有几分恐怖骇人；这个除了一个小孩之外没有任何伴侣、在镇上孤身一人的可怕的女人，身上有着某种让人害怕的地方。于是，他们先放了她，再远远跟着她尖声喊叫，那些无心的语言，对他们本来没有明确的含义，可听上去却同样可畏。这似乎表明她的耻辱早已远近传播，万物皆知了。即使有时在私下议论这一隐私；夏日的微风在悄无声息地四散，冬天的寒风在怒吼，她的痛楚也仅仅这样！此外，一双陌生的眼睛的注意也会让她感到非常难过。当不速之客无一例外地好奇地盯着她那红字时，就把那标记又一次刻在海丝特的灵魂；她常常几乎无法自恃，要用手去遮掩这个标志，但最终还是抑制住了。实际上，熟人的目光又何尝不让她苦恼！那种习惯了的冷冷的一瞥真叫她受不了。一言以蔽之，海丝特·白兰始终感到被人们注视那标记的恐怖的伤痛，那地方不但没有减少，相反，看来还会随着时光的折磨而变得更加敏感。

可有时候，也许是多日一次，或是多月一次，她感觉到一双眼睛——那个人的眼睛——在注视着这耻辱的标记，她便似乎得到了片刻的解脱，仿佛被分担了一半的痛苦。但那片刻一过，更深的刺痛就迅速返回。因为在这短暂的相遇中，她又一次犯了罪。难道海丝特是一个人犯下这罪过的吗？

孤寂悲苦的生活使她的想象力受到了一定的影响，倘若她的心智较为脆弱，这种影响会愈加明显。当地在这个与她表面上联系着的小小天地中迈着孤独的步伐徘徊时，海丝特好像时时觉得——如果完全是出于幻觉，其潜在的力量也是不能抗拒的——她感到或者说想象着，那红字给她带来了一种新的体验。她战战兢兢又不能不去相信，那字母让她意识到别人内心中隐藏着的罪孽。由此她发现了一些秘密，骇得她魂不守舍。这些启示代表着什么呢？假如不是那个恶魔的阴险的挑动，难道还能是其他的吗？他尽力想说服这个目前还仅仅是他的半个牺牲品的、艰难挣扎着的女人，表面的贞洁仅仅是骗人的伪装，如果把所有真情全都暴露在众目睽睽之下的话，除去海丝特·白兰之外，大量人的胸前都会有红字闪烁的。她必须把这些暗示——如此模糊却又如此清楚的暗示——作为真理接受吗？在她全部的不幸遭遇中，再没有比这种感受更让她觉得难堪和厌恶了。这种感受总是不合时宜地浮现在脑海，让她既困惑又震惊。有时候，当她走过一位德高望重的长官或牧师身边时，她胸前红色的耻辱标记就会像得到感应似的微微颤动。——这些人全是虔诚的楷模和正义的代表，在那个崇尚古风的年代，他们都是人间天使，让人敬佩的。每逢这时，海丝特总会心想："我又遇到哪些魔障了吗？"然而，在她勉强抬起的眼睛前面，除去那位活圣人的影子之外，却不见别人！也有时候，当她见着某位太太时，望着她们那神圣冷酷的面孔，心中便会自然生出一种神秘的姊妹之感，而那位太太却是被大家公认为从来都是冷若冰霜的。贵妇胸膛内未见阳光的白雪与海丝特胸前象征耻辱的灼热红字——这两者有何共同之处呢？还有时候，她全身触电似的战栗会警告说："看啊，海丝特，这是你的伙伴！"而她抬头一看，就会看到一双少女的眼睛，羞怯地对红字瞥一眼，便连忙走远，脸上迅速泛起一片明显可以看出的冰冷的赧颜，好像她的女贞因这刹那的一瞥就此受到一种屈辱。啊，恶魔，以这个致命标记为护身符的恶魔，难道你不能留下一星半点的美德，无论是在年轻人或老人身上，让这个可怜的罪人去崇敬吗？——像这样的丧失信仰一向都是罪恶的一种最悲惨的结果。幸运的是，海丝特·白兰仍在竭力使自己相信，世人还没有像她那样罪孽深重。如果承认这一点，就可以充分证明这个自身不坚强和男人的严酷法律的可怜的牺牲品，还没有完全堕落。

在那个生活平淡乏味的年代，俗人对于能够激发他们想象力的事物，总要强加一种怪异荒诞的恐怖。他们杜撰了一个红字的故事，在此之上我们或许能衍生出一部惨烈的传奇。他们曾经肯定，那个代表不仅是人间的染缸中染出来的红布，而且还由炼狱之火烧红，每逢海丝特·白兰夜间出去，那红字便闪闪发光。而我们可以说，那红字深深刻在海丝特的胸膛，所以在那个传说中包含着比我们现代半信半疑的更多的真理。

第六章 珠儿

我们至此几乎还未谈过那个孩子，那个可爱的小生命。她的纯洁无瑕的生命秉承上帝神秘不可测的天意，由一种粗壮茂盛的罪恶激情蜕变成一朵妩媚可爱、永不凋谢的花。那个忧伤的女人看着她一天天地成长，看着她出落得越来越明媚亮丽，看着她娇小的面容上闪现出聪颖伶俐，这是多么奇妙的感觉啊！啊！她的珠儿——海丝特这样叫她，这是名字，并不是指她的外表，这孩子没有珍珠那样的柔和、洁白、明净。她把这个孩子叫作"珠儿"，是因为她的昂贵——这孩子是她倾其所有才买来的，是她唯一的珍宝！多么让人感到惊奇啊！人们用红字标志这女人的罪恶，这字母有着非常巨大的灾难性的效验，以致除了和她一样的犯罪人外，没有任何人同情她。作为惩罚罪恶的一个最直接的后果是上帝赏给了她一个可爱的孩子，这孩子和红字生在一个胸怀上，她把她的母亲和种族，与人类的后裔始终连在了一起，孩子本人也就最终在天国成了一个被祈祷的灵魂。然而，这一想法给予海丝特·白兰的害怕多于希望。她深知自己犯下恶行，也不敢奢望会有善果。日复一日，她惶恐不安地看着孩子日益显露的天性，唯恐发现与带给她生命的罪恶相吻合的阴郁狂野的特性。

很正确，她没有生理缺陷，凭她美好的体形、她的活力和她那不知疲倦的肢体上所表现的与生俱有的敏捷灵巧，可以说这孩子是在伊甸园里长大的，在世人的先祖被逐出乐园之后，她依然有资格留在那里，与天使为伴。这孩子有一种超自然的优雅，而这并不一定得和无疵之美共存；她穿的衣服，不管多么简单，旁观者总觉得穿在她身上是最合适的。不过，小珠儿从不穿普通的衣裳。她的母亲，出于一种病态的目的（关于这一点，我们以后会了解得更清楚），设法买来最华贵的衣料，充分发挥想象力，为她裁剪、修饰在公众场合的穿戴。这个孩子经过这样的打扮，显得非常华丽，而这恰恰是珠儿本身具有的美质的反映。她站在阴暗的村舍的地板上，可以说是有一圈皎洁的光环围绕着她。不过即便是穿上一件土布衣服，而且因为孩子粗野的游戏而被糟蹋的破碎龌龊，她的姿态还是那样完美。珠儿的一举一动蕴藏着一种变幻无穷的魅力。这个小小的孩子身上蕴含了许许多多孩子的特点。从农家幼女野花一般的俏丽直到小公主一般的富态。然而，在所有这一切都始终洋溢着一种奔放热辣的热情和浓重的色彩，而这是她永远不会没有的。不论如何变化，倘若变得较为柔弱、苍白，她就将丧失自己的特性——不再是珠儿了。

　　这种外在的变化无常充分表明她内在的多种特质。她的天性好像太深沉、太变化多端——不过大概是海丝特的恐惧传给了她——她和她所生活的世界缺乏联系和融洽。这孩子不是很守规矩的人。她的降生，已然违反了一项重要的律法，结果造就了这样的生命。她生命的元素虽然美不胜收，却很无序，或许是她有着自己的不正常的秩序，而要看到其中的变化和秩序的章法则非常困难，甚至是不可能的。为了猜想这个孩子的性格，海丝特只能借助于回忆，回忆那些年珠儿在精神上吮吸她的灵魂，在物质上摄取她的身躯骨骼时她自己的情形，即便如此，她的解释仍然模糊不清。母亲的奔放激情正是向未降生的胎儿传送精神生命之光的媒介，将这种道德生活的光芒传给了还没出生的婴儿，那光芒不管怎样洁白明净，而因为中间插入了异物，它严重地染上了大红的和金黄的色彩与火焰和黑暗的阴影及闪烁的光华。最主要的是，海丝特的战斗情怀浸润进了珠儿的心胸。她从孩子身上能看到自己不顾一切的狂野不羁，飘忽不定的善变情绪，甚至还能看出如乌云般压抑心头的郁闷与消沉。这些气质想在在小孩的性情中已经可以看出，而将给她未来的人生带来狂风暴雨。

  当年，家庭的规矩和现在相比要严厉的多。冷面皱眉，厉声训斥，遵照《圣经》时常实行杖责，这种种方法不仅用以惩戒实际的过失，而且还被视作促进儿童德行发展的有效手段。孤独的母亲海丝特·白兰，对自己唯一的女儿有督导却不过分严格。考虑到自己的过失和不幸，她早就打算对这个托付她照管的神秘的婴儿，用慈爱而严格的教育。可这一重任远非她能力所及，微笑规劝与皱眉呵斥这两种策略她都曾尝试过，却无一奏效。她只得远远走开，任凭孩子自行其是。确实，体罚或关禁闭在施行时是有效的。至于其他所有训诫，不管是精神上的还是情感上的，小珠儿能不能就范，就要看她当时是不是高兴了。当小珠儿还是婴儿时，她的母亲就熟识了她的一种不寻常的神情，并领悟到，只要珠儿露出此种神情，则她的所有命令、劝诱或乞求都是没有用处的。这表情既流露出聪颖睿智，又显得任性倔强，时而还掺杂着强烈的敌意，令人百思不得其解。但一般而言，情绪上的狂野、放纵也随之出现。以致在这种场合海丝特必须怀疑：珠儿是人类的孩子吗？她简直像是一个奇怪的精灵，在茅屋的地板上玩过一阵奇怪的游戏之后，会突然带着嘲弄的微笑跑开。每当她那撒野、明亮、深黑色的眼睛里出现这种神情的时候，她便罩上了一层神秘莫测的轻纱，好像她正翱翔在空中，随时可能消失，就像那来无影、去无踪的闪光。每当这时，海丝特就像追逐一个马上要逃遁的小精灵似的，就立刻奔向孩子——去抓住她，紧紧地抱在怀里，热切地吻她。她这样做，倒不是因为不可遏制的爱，而是要向自己证明，珠儿原是血肉之躯，并不是完全虚幻的。可是，当珠儿被捉到后，虽然她的笑声充满着快乐及和谐，但这却使她的母亲疑心更重了。

这令人惶惑不安的魔咒时常降临在她与孩子身上。珠儿是她唯一的珍宝，是她付出最昂贵的代价才得到的，是她的整个世界！想到这里，海丝特时常会情不自禁地大哭起来。这时候，小珠儿大概会（没有人知道她在想什么）皱着眉头，握紧小拳头，把她的小脸蛋凝结成一种严峻无情而不满意的表情。偶尔，会更放肆的笑起来，就像是一个对人类的悲哀一点也不在乎的东西一样。或者———不过这种情况较为少见，一阵强烈的悲恸袭来，她抽搐着，泣不成声地诉说着对母亲的爱恋，似乎要将心揉碎以证明自己的真情。然而，海丝特很难让自己相信这种流星般的柔情蜜意，因为它的来去是这样的突然。想到所有，这位母亲认为自己像是一个控制精灵的人，因为在施行魔术的过程中乱了手脚，以致没有把握住能够降服这个新妖精的咒语。当她的孩子睡着的时候，她才体味到唯一的真正的安慰，这时她才心情平静，品味几个小时安静和甜美的幸福。而只要小珠儿醒来——也许这孩子慢慢睁开眼后又会闪现那种倔强怪异的神色！

岁月的步履何其匆匆！——很快，小珠儿就长大了，除了母亲平日的微笑和闲聊外，她还得和社会交往。如果海丝特·白兰可以听见珠儿的像小鸟似的清脆的声音混杂在其他孩子的喧哗之间，如果她能在一群游戏的小孩子们的喧闹声中，辨认出自己的爱女的声音，那该是多么惊喜啊！可这个愿望是绝不可能实现的。珠儿从出生就被隔离在婴儿世界之外。作为孽种，作为罪恶的代表和产物，她没有权力和受洗礼的婴儿在一起。最不寻常的是这孩子似乎生来就具有一种本能，使她明了自己的孤独处境：命运已在她四周画了一个不可逾越的圈子；她跟其他的孩子是截然不同的。自从海丝特从监狱放出来后，在公共场合，她俩总是如影随形。她在镇上四处行走，珠儿则从来都形影不离，先是怀里的婴儿，后是母亲的伙伴。她拉抓住母亲的一个食指，边跳边走，好不容易追上海丝特。在杂草丛生的街道边或各家门口，她看着殖民地的孩子们，在清教徒的教育所同意的限度内，做出各种各样的游戏。他们假装或是去教堂赴会，或是质问教友派的教徒，或是和印第安人作战，或是装神弄鬼相互打闹。珠儿每次看到，总是凝神观望，然而，她从来不想和他们混在一起，若有人和她说话，她也绝不搭腔。如果孩子们围住她——这时常会有，珠儿尽管羸弱，却会勃然发怒，令人害怕。她抓起石头就扔，莫名其妙地尖声叫嚷，那样子变得非常可怕，连她的母亲都吓得瑟瑟发抖，因为那叫声极像巫婆用不为人知的语言所念的诅咒。

　　实际上，那些小清教徒是世界上从未有过的最狭隘的种族。他们早就隐约觉得这对母女是非同于常人的诡秘恐怖的异类，因而从心里藐视他们，时常恶言相向。珠儿感受到这种情绪，所以就用一个孩子的胸中所能想象出的最恶劣的憎恶来回敬他们。这种怒气大发，在她母亲看来相当有价值，甚至是一种慰藉。因为它至少说明了这孩子内心中一种能够理解的真诚，代替了她平时表现出来的那种让母亲伤心的反复无常的任性。然而，令她感到奇怪的是，在这里，她重新发现了她自己身上曾有过的一种险恶的反射。所有这些怨恨和热情，小珠儿全部从母亲那里继承了过来。母女俩站在同一个禁锢的圈子里，同样为人类社会所不容。孩子的天性中融入了狂躁不安的情绪。在珠儿降生以前，海丝特·白兰感到烦恼，在珠儿出世以后，因为母性的柔情和影响而逐渐平静的那些不安定的因素，好像都活在这孩子的本性中。

在家里，在母亲的小屋四周，珠儿不用广交伙伴。她那不会停止的创造精神所焕发的生命的魅力，她能够与无数的物体倾心交流。好像是火把总会燃烧。最没有关系的东西，就像一根棍棒、一团破布、一朵小花，一切都可能成为珠儿耍弄魔术的道具。它们无须任何外观的变化，就能登台演绎她内心世界的精彩剧集。许许多多年老的和年少的幻想人物全都用她的童声来说话。那些在微风中呻吟或发出悲痛之声的老朽、抑郁、阴森的松柏，不用变形就可以变成清教徒的长老。花园里最难看的杂草，都是他们的孩子，珠儿会无情地将它们踩倒，然后连根拔起。有一点令人称奇——她凭空想象幻化出的各色事物不具有丝毫的连贯性。却始终鲜蹦活跳，保持着一种超自然的活力。虽然这种活力好像被一股快速而狂野的生命之潮所耗尽，用别的类似疯狂的力量来代替。这好比奇妙无比的北极光。然而，这仅仅是想象力的发挥，只是心智发育过程中的嬉戏，从中也许看不到聪颖过人的才能。只是因为缺少人类的伙伴，她更贴近自己创造的虚幻的人物。有一点非常特别，她总是以敌对情绪对待她用心和头脑所创造的人物。她不会创造朋友，就像是播种龙牙①，她遍地制造敌人，到处和敌人厮杀。孩子如此年幼，就时刻意识到世界已背离自己远去，并刻意训练自己的勇猛斗志，以便在不可避免的争斗中取胜。同时又感觉到孩子的这一切正是因为自己引起的，这是作为一个母亲，她内心的深切的悲痛是不能用语言来形容的。

海丝特·白兰呆呆地望着珠儿，不时将针线活儿掉落在自己的

---

① 卡德摩斯杀死一条龙，将龙齿种下，后繁衍成一支军队，相互厮杀。见古希腊神话。

膝上，由于掩饰不住痛苦而失声痛哭，她禁不住喊出声来，既像孤独的自语，又似无力的呻吟，"天上的圣父啊——如果你依然是我的圣父——你可知道我带进这世界来的是什么样的生命！"珠儿要么偷听这种叫声，要么凭着更敏锐的感觉观察到这种痛苦的颤动，于是带着幽灵般的聪慧，把她活泼美丽的小脸转向母亲，微微一笑，又去玩游戏了。

这孩子的行为另有一个独特之处，还未谈及。她刚下生就看见的是什么东西呢？绝对不是母亲的微笑。其他孩子，一见到这种微笑，照例要用小嘴上稚嫩的微笑来回报，事后，对这最初一笑的记忆已不甚分明，因此人们会兴致盎然地讨论这究竟是不是真正意义上的笑。珠儿第一眼看见的肯定不是这个！第一个引起她注意力的却是——我们可以说出来吗——海丝特胸上的那个红字！一天，母亲俯身弯向摇篮，小婴儿的眼睛立刻盯住了那个金线绣成的闪光耀眼的红字。她扬起小手抓住它，微微一笑，无可质疑的笑，目光中还闪现出坚定的神色，仿佛瞬间长大了许多。这时候，海丝特·白兰抓住这个可恨的标记，气喘吁吁，情不自禁地竭力要撕掉它。珠儿小手机灵地一触给母亲带来了难以想象的痛苦。再有，她母亲这痛苦的表情，在小珠儿眼中，仅仅是逗她玩，她看着母亲的眼睛，又微笑起来。从那以后，除非孩子睡着了，她就不再有片刻的安宁和没有安静看着孩子的片刻。确实，有时连续几周，珠儿的目光一次也不看那个红字。然而，就像死神突然降临似的，孩子的目光又会不经意地投向它，而且总是带着那独特的笑和怪异的眼神。

有一次，当海丝特在孩子的眼睛里欣赏着自己的影子时——母亲们很喜欢这么做的，这个畸形的小精灵又出现在孩子的眼里，一刹那，她想象着——通常来说，寂寞烦恼的妇女时常会被一些虚幻的感觉所烦扰——在珠儿眼珠这小黑镜子里，她所发现的并不是自己的面孔,而是另一张面孔。可是这张脸却和她所熟知的,那张不苟言笑但也绝无阴险恶意的脸极其相像,仿佛一个邪恶的精灵已占有这孩子,此刻正面带嘲弄地向外窥探。这以后,海丝特经常被这种幻觉所困扰,尽管不很强烈。

一个夏日的下午,那年珠儿已经长大到能够满处乱跑,她采了一束野花,正玩得开心,忽然将它们一朵朵地掷向母亲的胸膛。每当击中那个红字,她就像小精灵一样上蹿下跳。海丝特的第一个反应就是拿手挡住自己的胸膛。可是,不知是因为骄傲呢,还是出于顺从,还是她觉得她的赎罪只能用这种无言的痛楚才能够实现,她没有发作,直着腰坐着,脸色苍白得像个死人,悲哀地盯着小珠儿那野性的眼睛。鲜花如弹雨般向她射来,而且几乎每朵都投中红字。母亲的胸膛已是伤痕累累,然而寻遍世界也无法找到疗伤的药方,即便在另一个世界也无从寻觅。终于,孩子不扔了,她默默地站着,凝视着海丝特,而那个狰狞的小恶魔,又从珠儿那双黑眼睛的神秘的深渊里出现了——实际上,是否确实出现了也难说,这仅仅是她母亲的想象罢了。

"孩子,你怎么了?"母亲问她。

"啊,我是你的小珠儿!"孩子回答道。珠儿说着就大笑起来,还像个精灵鬼似的,蹦上跳下,动作十分滑稽,或许下一刻她就会顺着烟囱飞走了。

"你确实是我的孩子,没有错吗?"海丝特问。

她并不是随便发问,在那一刻,她的问话的确相当认真。因为珠儿既有着那么惊人的聪慧,她的母亲就很难不去怀疑,她是否已经知道了自己身世之谜,大概这使她会自己说出来呢。

"的确,我是小珠儿!"孩子说,一边继续做鬼脸。

"你不是我的孩子!你不是我的珠儿!"母亲半开玩笑地说,在经受最深的痛苦折磨时,她往往会涌起一种嬉笑的冲动,"那么,告诉我,你究竟是什么呀,是谁把你送来的?"

"跟我说吧,妈妈!"孩子认真地说,她靠近海丝特,把自己的身子紧贴在母亲的双膝上,"你必须得告诉我!"

"你的天父送你来的!"海丝特·白兰答道。

但是她回答时稍有迟疑,这可逃不过孩子敏锐的感觉。也许是仅仅出于她惯常的奇思怪想,或是受到邪恶精灵的怂恿,她举起小小的食指,触摸起那个红字。

"他没有来送我!"她肯定地回答,"我没有什么天父!"

"嘘,珠儿,嘘!你不能这样说!"母亲顶着很大的压力呻吟回答说。"这世界上所有人都是他送来的。甚至连我,你的母亲,都是他送来的,更不用说你了!不然的话,你这个古灵精怪的小孩,是从哪里来的?"

"跟我说!跟我说!"珠儿一次又一次地叫喊道,她不再是一副冷酷的表情,而是笑着在地板上不停地跳着。"你必须跟我说!"

然而,海丝特不能回答这个问题。因为就连她自己都还不知道答案。她记起了镇上邻居们所说的话,不禁颤抖着挤出一丝苦笑;由于他们找不到孩子的生父,而又看到这孩子一些不正常的秉性,所以宣称这可怜的小珠儿是恶魔所生。自从古天主教时代起,这邪事时常发生。作为母亲罪孽的代表,他们只适合干些低贱的活儿。按照路德的敌对派僧侣所制造的谣言,路德就是恶魔生下的孽种。在新英格兰的清教徒中,被指认为有魔鬼血统的孩子,也绝非珠儿一例。

第七章　总督的大厅

　　一天，海丝特·白兰到贝灵汉总督的住所去送他定做的手套，这副绣了花并镶了边的手套是总督要在一个庄重的行政典礼上戴的；尽管由于一次大选的偶然失利，这位前任最高统治者的官阶降了一两级，但他仍然在该殖民地辖区占据着一个令人尊崇且颇具影响力的位置。

　　此时，还有比呈递一副绣好的手套还要重要的另一个理由，让她去谋求晋见一位在殖民地事务中有权威的人物的一次机会。她已听到传言，一些在宗教政务方面一贯苛刻强硬的头面人物图谋剥夺她对孩子的抚养权。前面已经提到，珠儿既然可能是妖魔的孩子，这些善良的人们就理由充分地主张：为了对做母亲的灵魂传达基督教的关怀，他们就得从她的道路上移走这样一块绊脚石。另一方面，若孩子确能在道德、宗教方面有所长进，而且最终具备获得拯救的素质，那么，把孩子送给比海丝特·白兰更高明的监护人，珠儿就能够更充分地发挥这些条件，从而绝对享有更美好的前途。在实施这一计划的人们当中，据说贝灵汉总督是最为热心投入的一个。诸如此类的事情，若放在后来，顶多不过提交给市镇一级的官员，可在当时却要进行公众的讨论，甚至连政界要员都得表明立场。看来有些稀奇，也确实有点荒谬。然而，在早年的纯朴时期，即使对公众利益而言，比起海丝特和她孩子的处理问题还要不重要的事情，都要由立法者审议并由政府立法，难道不奇怪吗。就在我们这个故事发生之前不长的时期，曾经发生过有关一头猪的所有权的争辩，其结果，不仅在这块殖民地的立法机构中引起了不分输赢的激烈辩论，而且还导致了该机构组织上的很大变动。

海丝特·白兰从她孤寂的小屋出发时自然是忧虑重重，但也充分意识到自己的权利。在与公众的争夺较量中，她虽是孤身一人，但获有天理伦常的支持，因此并非绝无取胜的可能。当然，小珠儿仍然陪伴着她。珠儿现在已经长到可以在母亲身边轻快跑动的年龄，一天到晚乱动着，就是比这更遥远的路也可以走到了。然而，她经常还要母亲抱着走，事实上并不是因为走不动，而是想撒娇。然而没跑几步就又想下来，蹦蹦跳跳地在海丝特前面走着，跑着，时常还在长草的小路上磕磕绊绊，不过肯定不会摔伤。我们曾经说过珠儿洋溢着光彩夺目的美丽，是个浓墨重彩、生动活泼的小姑娘，富有光泽的皮肤，深邃明媚的双眸，润泽丰盈的棕发，再过几年就会变成亮丽的乌发。她全身有一团火，到处散发，像是在激情时刻没有想到而孕上的一个子嗣。她母亲在给孩子设计服装时尽心竭力，充分发挥了华丽的想象，用鲜红的天鹅绒为她裁剪了一件款式独特的束腰裙衫，还用金丝线在上面绣满了丰富多彩的花样。如此绚烂夺目的色彩，会令面色较为苍白的孩子黯然失色，但恰恰与珠儿红润明艳的美交相辉映，将她装扮成一束最明亮耀眼的小火焰，在大地上欢呼雀跃。

可是，这身衣裙，说实话，还有这孩子的整个外貌，实在太吸引人了，使路过的人不可遏止也很难控制地想到海丝特·白兰胸前必须要佩戴的那个标记。这是另一种形式的红字，被赋予了生命的红字！做母亲的头脑中好像要深深地烙印这红色的耻辱，她的所有观念都采取了它的形式，才精心制作出来了这个差不多的对应物，她不惜花费许多时间，用不正常的才智创造出这个既像她的慈爱的对象又像她的罪孽和折磨的代表的作品。然而，事实上，正好是珠儿集二者于一身，而且，也正由于有了这个同一性，海丝特才能这样完美地用孩子的外貌象征她的红字。

这两个赶路人一走进镇子，清教徒的孩子们就停止了游戏，其实这些阴郁沉闷的小鬼没什么正经的游戏。他们抬头张望，神情严肃地交谈着："瞧，还的确有个佩戴红字的女人；而且，一点不假，还有个像红字一样的小东西在她身边跟着呢！这下好了，咱们朝她们扔泥巴吧！"

珠儿可是个不怕人的孩子，她先是皱眉跺脚，还挥舞着小拳头做出种种恐吓的样子，突然就向那群敌人猛冲过去，吓得他们四下逃窜。她气愤地追着他们，简直像个小瘟神——猩红热或某个还未成年的专门管理惩罚的这类小天使，他的使命就是惩处正在成长的一代人的错误。她尖呼高叫，其嗓音大得吓人，无疑会使这些逃跑的孩子心跳不止。珠儿大获全胜，她静静地回到母亲身边，面带微笑，仰望着母亲的脸。

之后，她们就一路平安地来到了贝灵汉总督的居处。那是一幢木制的大房子。我们的古镇旧街上至今尚存的一些老宅子就与它的建筑风格相似。不过如今已是芒苔丛生，就要塌陷，那昏暗的房间中发生过并已经失去了的那些悲欢离合，不管是记忆犹新还是全都忘了，都令人有些伤感。不过，那时的总督府还保留着较新的外观，一扇扇窗子在阳光照耀下闪烁着祥和与欢欣，显然还未遭遇死亡阴影的入侵。确实，住宅景象繁华，墙面涂着一层拉毛灰泥，因为里面掺和着相当多的碎玻璃碴儿，当阳光斜照到大厦的前面时，便会闪着炫目的光芒，恰似有一双手在向它抛撒着钻石。这种夺目的光彩大概更适合阿拉丁的宫殿①，而对于一个庄重的清教徒统治者却并不合适。房屋墙面上还绘有造型怪异、看似神秘莫测的人形、图案，以追随那个年代的独特的典雅之风。都是在涂灰泥时画上去的，此时已变得坚实耐久，让后世观赏了。

珠儿看着这幢灿烂而豪华的住宅开始兴奋起来，使劲要求从住宅前腿上把所有阳光给剥下来，给她做玩具。

"不可以，我的小珠儿！"母亲说，"你得自己收集阳光，我可给不了你！"

她们走进圆拱形的大门，门的两侧各有一座凸出的尖塔形的建筑物，全都装有格子窗，必要时还可放下百叶板遮窗。海丝特·白兰举起吊在门口的腿上，敲了敲门，总督的一个家奴答应着来到门前，他原来是一个英国的自由民，然而已当了七年奴仆了。这期间，他仅仅是主人的财产，无非是和一头公牛或一把折椅似的可以买卖的一件商品。那奴仆身穿蓝色外套，在当时以及更早的时期，英国世家老宅的仆役们都是如此着装。

"贝灵汉总督大人在家吗？"海丝特问。

"是的，在家，"那家奴一边回答，一边好奇地看着那红字，他来到这地方年限不长，从没见过那标记。"是的，大人在。不过，他正在接见一两位牧师和一名医生。现在你还见不到大人。"

"然而，我还是要进去，"海丝特·白兰回答说，那家奴也许是从她那坚定的神气和胸前闪光的标志判断，把她认成了本地的一位贵妇，没有任何反对。

所以，母亲和小珠儿被带到了入门的大厅。贝灵汉总督的新居是比照故乡大庄园主的宅邸设计而成的，但也做了许多改变，以适应建筑材料的质地、气候的差异以及社会生活方式的不同。于是，

---

① 见《一千零一夜》中阿拉丁与神灯的故事，他的宫殿是灯神所建，故辉煌异常。

这座宅邸中就存在着一个宽敞而高度合适的大厅，前后连通整个住宅，形成一个公共活动的场所，与宅中所有的房间全部直接或伺接地连通着。这座敞亮的大厅的一端，由两座塔楼的窗户射入阳光，在门的两侧分别形成一个小小的正方形。另一端，却由一扇被窗帘遮着一部分的凸肚窗照得特别明亮。这种凸肚窗——我们在古书中读到过，深深陷入墙壁中，而且还有铺了垫子的座位。在这扇窗子的坐垫上放着一部对开本的厚书，可能是《英格兰编年史》这一类的长篇著作，正如我们现在把烫金的书卷放在厅堂正中的桌子上。以供访客随手翻阅。大厅中的家具，其中有一些笨重的椅子，椅背上精心雕刻着橡树花环，还有一张同样风格的桌子。以及一整套伊丽莎白时代的所有设备，说不定还是从更早的年代流传下来的，由总督从故乡运到这里。桌子上面，为表明英格兰好客的遗风还存在，摆着一个硕大的锡制单柄酒杯，倘若海丝特或珠儿往杯里看的话，还可以看到新近饮过的啤酒残余的泡沫。

　　墙上挂着一排肖像，都是贝灵汉家族的先祖，有的穿着铠甲，有的则穿着衬有环状皱领的长袍，然而个个面露威严，这是当年的肖像必须具有的特征，仿佛已不仅仅是肖像图，而是逝去先人的鬼魂，正严厉、苛责地注视着生者的追求与享乐。

　　在装饰庭壁的橡木嵌板中部，挂着一副盔甲。这盔甲不像画像那般古旧，是新近打造的；由于那是在贝灵汉总督跨海来到新英格兰那一年，由伦敦的一位灵巧的工匠制作的，包括一具头盔、一面护胸、一个颈套、一对护腔、一副臂鞘和挂在下面的一把长剑。这一整套盔甲，尤其是头盔和胸甲，擦得锃亮照人，闪着灼灼白光，连四周的地板都被照亮了。这套明晃晃的盔甲，可不仅仅是摆设，总督确曾穿着它许多次在庄严的阅兵式和演武场上耀武扬威。而且，更重要的，也确曾穿着它在皮郭德①之战中冲锋。由于贝灵汉总督虽是律师出身，而且惯于在涉及培根、柯克、诺职和芬奇②时，把他们引为同道相知，但受命于国家危难之际，他已转而成为一个政治家、统治者，同时也身兼军人之职。

小珠儿就像她刚才对甲胄闪光的前脸非常高兴一样，此时对那明晃晃的盔甲也兴奋的有些超常，她在擦得甑亮的护胸镜前照了好久。

"妈妈，"她叫嚷着，"我在这里看见你了。看哪！看！"

海丝特出于哄孩子高兴的愿望，往里看了看，由于这一凸面镜的特殊功能，她看到红字的图像极为夸张，显得比例很大，成了她全身最显著的特征。事实上，她整个人似乎都被红字吞没了。珠儿还向上指着头盔中一个相似的图像，一边向母亲笑着，小脸上又露出了那经常出现的鬼精灵的表现。这顽皮嬉笑的样子也映在镜子里，被放大至夸张的效果。使海丝特·白兰觉得那好像不是她自己的孩子的样子，而是一个精灵正在试图变成珠儿的模样。

"走吧，珠儿，"海丝特说着，就拉着她走开。"过来看这漂亮的花园。或许能看到鲜花呢，比我们在树林里见到的还要美。"

所以珠儿便跑到大厅最远端的凸肚窗前，映入眼帘的是一条花园小径，路面上的青草修剪得很短，两旁随意栽种着未成熟的小灌木。但花园的主人好像已经看到，在大西洋的此岸，在坚硬的土地上和残酷的生存竞争中，想把故乡英格兰装点园艺的情趣搬过来，确实是枉费心机，从而决定不这样做了。圆白菜长得普普通通；一

---

① 皮郭德本是印第安阿尔员钦人之部落，17世纪定居新英格兰南部，此战在1636—1638年。

② 弗兰西斯·培根（1561—1636），英国著名散文家、哲学家和政治家，文艺复兴的杰出代表。爱德华·柯克爵士（1552—1624），英国法理学家和法律学作家。诺职和芬奇，生平不详，是由作者故意杜撰出来，讽刺贝舜汉的。

根南瓜藤虽扎根在远处，却蜿蜒穿过空隙，恰巧在厅窗下方结了一个巨大的果实，像是在提醒总督，这金色的大瓜就是他能从新英格兰的土地上得到的最华美的装饰物了。然而，园中还有几株玫瑰花以及几棵苹果树，也许是布莱克斯通①牧师先生栽种的。这位波士顿半岛的首个定居人和半个神话的人物，在我们早期的历史中常可读到他骑在中背上周游。

珠儿发现了玫瑰丛，开始叫着要一朵红玫瑰，而且很坚决。

"轻点，孩子，轻点！"她母亲很严肃地说，"别嚷，亲爱的小珠儿！我听见花园里有人说话，总督来啦，还有几位先生跟他一道呢！"

实际上，从花园小路的另一端，正有几个人朝着屋子走过来。珠儿对母亲劝她安静下来一点也不在意，反倒发出一种怪声，然后才不吱声。不是因为听话，只因为她那种变化多端的好奇心此时被几个没见过的人激励起来了。

---

① 威廉·布莱克斯通牧师（1595—1675），原为英国教会牧师，是波士顿及罗德岛的第一位定居者，先于1623年到达波士顿，后因1635年教会论战令失败，迁居罗德岛。参见本书第一章安摄·哈钦逊注释。

第八章 小鬼和牧师

贝灵汉总督身穿宽松长袍，头戴便帽，完全是一副老年绅士寡居独处时的休闲装扮。他走在最前面，像是在炫耀他的产业，并且高谈阔论着他正在筹划着的种种改进方案。他的灰色胡须下面，围着詹姆士国王统治期间①那种古老的精致而宽大的环状皱领，显得他的脑袋很像托盘中的洗礼者约翰的头颅②。已过盛年的他满面沧桑，神情严肃，看上去与他竭尽所能罗致的种种尘世享乐之物极不相称。我们严肃的先人们尽管习惯于这么说，而且心里也这么想，觉得人类的生存无非是经受考验和斗争，并且真诚地准备好下令即要牺牲自己的财富和生命，但倘若认定他们从道义上会拒绝很容易得到的享乐或奢侈，那可就犯大错了。例如，可尊可敬的约翰·威尔逊牧师，就从来没有说过这一信条。这个时候他正跟在贝灵汉总督的身后，越过总督的肩膀，能够看见他的雪白的胡须。他认为梨和桃也许能适应新英格兰的气候条件，而紫葡萄只有攀附阳光充足的院墙，才有可能生机勃发。这位经历过英国教会富足生活的老教士，早就合法地培养了对一切舒适之物的嗜好。而且，不管他在布道坛上或是在公开责备海丝特·白兰的罪名时显得很严厉，但私底下的仁爱

---

① 詹姆士一世（1566—1625），英国国王。
② 赫罗德王下令斩去洗礼者约翰之头，盛在盘中。见《新约·马太福音》第 14 章。

随和却为他赢得了民众的爱戴。就这一点而言，他要远胜于任何一位同行。

跟在随在总督和威尔逊先生身后的，是其他两名客人：一位就是大家知道的在海丝特·白兰示众的场面中扮演了一会儿一个不情愿的角色的阿瑟·丁梅斯代尔牧师；另一位紧跟着他的是老罗杰·齐灵渥斯，这位医术高明的人已经在镇上居住两三年了。众所周知，这位学者不仅是年轻牧师的朋友，还是他的医生。年轻牧师为了教区事务恪尽职守，无私奉献，近来健康状况已严重受损。

走在最前面的总督，踏上一两级台阶，打开了大厅的窗户，看到了眼前的小珠儿。然而窗帘的阴影遮挡了海丝特·白兰，遮住了她身体的一部分。

"我们见到的是什么呀？"贝灵汉总督吃惊地看着眼前这个鲜红的小人儿，说道。"我肯定，自从我在老王詹姆士时代被宠幸，时常被召进宫中开假面舞会、大出风头的岁月以后，我还从来没见过这样的小孩呢。那时候，每逢节日，常有许多的这种小精灵，我们总是把他们称为司戏①者的孩子。可是，这样的客人怎么会在我的客厅呢？"

"是啊，真奇怪！"善良的威尔逊老先生叫道。"长着这么鲜红羽毛的会是怎样的小鸟呢？我想，当阳光透过五彩绘就的窗户、在地板上面射出金黄和绯红的形象时，我曾发现这样子的人物。然而那是在故乡本土的。小家伙，请问你是谁？你母亲为什么把你打扮成这副怪模样？你是基督徒的孩子吗？啊？你明白《教义问答手册》吗？大概你是那种调皮的小妖精或小仙女吧？我们还觉得连同罗马天主教的别的遗物，全都给留在愉快的老英格兰了呢。"

"我是妈妈的孩子，"红色的小幻影答道，"我叫珠儿！"

---

① 詹姆士一世时，圣诞狂欢活动中，负责监督的官员。

"珠儿——叫红宝石吧——要不就叫红珊瑚——要么就叫红玫瑰,从你的颜色而言,这可是最低标准呢!"老牧师答应着,伸出一只手,想摸摸小珠儿的脸蛋,然而没成功。"可你的妈妈在哪儿呢?啊!我清楚了,"他又说了一句,然后转向贝灵汉总督,轻声说,"她就是我们谈论的那个孩子。你看,不幸的女人,海丝特·白兰,就在这儿,她就是孩子的妈妈!"

"你是这么说的吗?"总督叫道,"不,我们一定能够判断,这样一个孩子的母亲,必然是一个鲜红色的女人,而且要理所当然是个巴比伦式的女人①。她来得正是时候,这件事我们现在就办。"

贝灵汉总督跨过窗户,来到大厅,后面跟着他的三位客人。

"海丝特·白兰,"他说道,同时,生气地看着这个戴红字的女人,"近来,你的事引起颇多争议。我们慎重地讨论过,作为有相当影响力的掌权者,我们能将孩子的不朽灵魂托付给一个失足跌落于人世陷阱的人吗?叫我们良心上不安?你是这孩子的母亲。你自己决定吧!你想想,为了你孩子的现在的和永恒的幸福,她是不是该离开你,她是不是该穿朴素的衣服,受严格的管教,学习学习天上和人间的真理呢?在这方面,你可以为孩子做什么呢?"

"我能把我从这方面领悟到的知识告诉我的小珠儿。"海丝特·白兰边回答,边把手指放在那红色的标记上。

"女人,这可是你耻辱的标志!"不苟言笑的总督厉声说道,"正是由于红字象征了污点,我们才要将你的孩子交给他人。"

"然而,"母亲说,脸上没有血色,随即又平静地接着说,"这标记教育了我,它每天教训我,这时也还在教训我。这些教训将会使我的孩子变得更聪明,变得更好,虽然这对自己来说已没用了。"

"我们会慎重评判,"贝灵汉说,"和反复考虑我们的所作所为。

---

① 巴比伦卖淫妇,身穿红色衣服,见《新约·启示录》第17章。

善良的威尔逊先生,我建议你,测试一下这个孩子——从现在起就这样叫她——看她是否具备同龄孩子应有的基督教知识。"

老牧师坐在安乐椅上,竭力把珠儿拉到他双膝边上。但孩子根本不习惯跟母亲以外的任何人进行亲昵的接触。所以越窗而逃。她站在台阶的上方,就像一只羽毛丰满的热带野鸟,随时准备离开。这着实令威尔逊先生吃了一惊,要知道他一向温和慈祥,像老祖父似的深受孩子们喜爱。不过,他仍然试着进行考查。

"珠儿",他严肃地说,"你要听从教导,过些时候,你就可能佩戴上非常贵重的珍珠。孩子,能告诉我,是谁制造你的吗?"

现在珠儿很清楚她是谁造出来的,由于海丝特·白兰出生于一个虔诚的家庭,在和孩子读过天父之后,她就教了孩子大量真理,不论人的心智何等稚嫩,对此都会热切接受的。所以,小珠儿来人间三年,已经学会了如此多的东西,以致如有人以《新英格兰入门》或《韦斯敏斯特教义问答初阶》来考她,她都可以应答如流,尽管她连这两本名著的模样也未见过。可是,一般孩子都有些许任性,而小珠儿又比别的孩子多十倍。她的固执、任性偏偏在这个最不合时宜的时刻显露无遗,彻底控制了她的言行。她时而缄口不语,时而错话联篇,还把手指塞进嘴里,面对和蔼的威尔逊先生的提问,一再不礼貌地拒绝回答,她终于宣布,她绝对不是造出来的,而是她母亲从牢门旁边的野蔷薇旁边生下来的。

这种幻想,可能是因为珠儿站在窗外,正贴近总督家的红蔷薇所获得的启示,同时也因为她联想起来这里的路上所见的那牢门旁的蔷薇丛。

老罗杰·齐灵渥斯面露微笑,在那位年轻牧师的耳边私语了一会儿。海丝特·白兰看了看这个老能人,尽管此刻她的命运悬而未决,但他面容的显著变化仍令她震惊。从她和他相熟的那个时候开始,他变得更加丑陋了,他的黑色的皮肤也好像更为阴暗了,他的身材也更加畸形了。刹那间,她接触到他的目光,但随即又全神贯注于眼前的这一幕。

"这真恐怖!"总督喊道,他慢慢地从惊愕中醒来。这惊愕是由珠儿的回答所引起的。"这个长到3岁的孩子,居然不知道自己是谁造的!毫无疑问,对于她的灵魂、现今的堕落以及未来的宿命,她都是一无所知的!先生们,我认为无须再问了。"

海丝特揪着珠儿,尽力把她拉到怀里,面对这位清教徒的老长官,显出一副非常凶悍的样子。她被世界抛弃了,独自一人,她内心的一点活力仅仅靠这唯一的宝贝存在着。她觉得自己有不可剥夺的权利来对抗这世界,并准备誓死捍卫这权利。

"上帝给了我这个孩子!"她叫道,"为了补偿你们从我身上夺走的一切,他给了我这个孩子!她是我的幸福!也是我的苦难!你们难道看不出来?她就是那个红字,那个唯一值得爱的东西,而同时她却又以非常巨大的力量来替我赎罪。你们不可以夺走她!我愿意先死掉!"

"可怜的女人,"那个心存善念的老牧师说,"这孩子会受到精心的抚育——远胜于你所能给予的。"

"上帝把她交给我照顾,"海丝特·白兰又说道,她提高嗓门差不多在尖叫。"我绝不放弃她!"就在此刻,一种莫名的冲动突然袭来,她转身朝向那个年轻的牧师,在这以前她差不多从未正眼看过他。"你替我说话!"她喊道,"你以前是我的教长,你教育过我的灵魂,你比这些人更明白我。我不能没有这个孩子!为我说话吧!你明白——因为你有这些人所没有的仁慈——你明白我想的是什么,你知道什么是母亲的权利,你知道她对这些感情、权利的渴望会是何等的执着、强烈!你听好了!我不愿失去这孩子!听好了!"

这是一种野蛮、奇异的申诉，它表明海丝特·白兰的处境差不多要把她逼疯了。那个年轻的牧师看到这情形，立刻走上前来。他面色苍白，以手抚心。每当他那异常的神经气质被搅乱时，通常是这样。和上次海丝特示众受辱时的他相比，他这时显得越发忧郁、越发忧郁了。不知是因为他的体质日渐虚弱呢，还是有其他原因。他那双黑色的大眼睛里满是深不可测的困惑、忧郁和无尽的痛苦。

"她的话不无道理，"年轻牧师开始说道，他的嗓音甜润，略微战抖，但却铿锵有力，整个大厅都有回音作响，连那副铠甲也嗡嗡共鸣，"在海丝特所说的话里，和在那激励着她的感情中，真的含有真理！上帝给了她孩子，也把有关这孩子的本性和需要的本性的认识给了她，而这孩子的本性和需要看上去是如此特别。这种认识不是其他人所能具有的。更不用说，而且，这对母女间的关系不是具有一种令人敬畏的神圣性吗？"

"唉！你在说什么？亲爱的丁梅斯代尔牧师！"总督插话说，"把话说清楚些，我请求你！"

"这甚至是不用怀疑的，"牧师接着说，"我们倘若不承认那一点，岂不就等于说我们的天父，万物的创造者，轻率地认可了一个罪行，而且对渎神的肉欲与神圣的爱意不做区分？这个作为父亲的罪恶和母亲的羞辱的孩子是上帝派来的，她想方设法在感化着这女人的心！以致这位母亲会这样真诚地而又是如此痛苦地争取得到自己保护孩子的权利。这对她而言意味着一种幸福，生命中唯一的幸福！不用怀疑，正如这位母亲刚才亲自说的，这同时又是一种因果报应。磨难有时会意外到来，而在混乱的欢乐中难免不会有悲伤、剧痛和反复而来的烦恼！她不是以这可怜孩子的穿戴表达了这一思想吗？而且表现得淋漓尽致，使我们立刻就想起她胸前那灼热的红色标记！"

"说得好!"善良的威尔逊先生叫道,"我原先担心这女人只想让孩子成为小骗子呢!"

"啊,绝对不这样!绝对不这样!"丁梅斯代尔先生说道,"请相信我,她已意识到这孩子的存在是上帝创造的神圣奇迹。希望她能认识到——也许也一定是这样——这个恩赐的正义所在就是要拯救母亲的灵魂,防止她滑到魔鬼撒旦一心要拉她去的那个黑暗的深渊!把一个不朽的婴儿,一个有着无尽的欢乐和悲哀的生命交给她来教育,让她培养孩子不走邪路,而又使她不会忘记自己的堕落。从而反过来教育自己。因此,对这个可怜的犯罪的女人来说,这是一件好事。这好像是造物主的神圣的保证,如果她把她的孩子送到天堂,那么,孩子也会把母亲带去。想到这样,为了海丝特·白兰,也为了那个可怜的孩子,我们还是顺从上帝的安排吧!"

"我的朋友,你的这番话真是情真意切,异乎寻常啊!"老罗杰·齐灵渥斯微笑着对他说。

"在我年轻兄弟的语言中还有着重要的含义呢,"威尔逊牧师补充说,"你看呢?可敬的贝灵汉先生,他为这个可怜的女人所做的辩护不是很有道理吗?"

"的确如此,"总督答道,"既然他说了这么多的理由,那么我们不妨把这事放到一边,至少在未听说这个女人还有其他丑闻之前。然而,必须注意的是,要由你或者丁梅斯代尔先生给她们必要的定期的宗教常识考试。而且,到了适当时候,教区官员还要留意,她必须得上学、做礼拜。"

青年牧师说完后,从人群中向后走了几步,他的脸一半被折叠的窗帘遮挡了,他的身影被阳光投射到地板上,微微颤动着,显然那番申辩令他颇为激愤。珠儿,这非常倔强而又动作轻快的小精灵偷偷地来到他面前,双手握住他的手,把自己的脸贴上去。爱意流露得如此温柔自然,毫无唐突之感。以致在一旁看着她的母亲情不自禁地问自己道:"这是我的珠儿吗?"但是,她明白孩子心中的确有爱存在,尽管通常表现为狂野的激情,像此刻这般温顺的柔情几乎是绝无仅有的。对于这个牧师而言,除了对女人的渴望之外,再没有比从儿童哪里得到的喜爱更为甜蜜了,由于这种喜爱是直接从内心自发产生,不仅仅是暗示在我们身上有某种真正值得爱的东西。那牧师向四周望了望,伸出手放在孩子的头上,犹豫片刻,然后吻了吻她的前额。小珠儿的这一罕见的柔情并没有继续下去,她笑着,蹦蹦跳跳,疯了一般跑出了大厅,以致年老的威尔逊先生怀疑她的脚尖是不是碰到地板。

"我肯定,这小姑娘有巫术,"他对丁梅斯代尔说,"她无须老妇人的扫帚就能够飞起来!"

"真是个怪孩子!"老罗杰·齐灵渥斯说道,"观其女能够知其母。先生们,你们的确认为,从这个孩子的天性、从她的组成和气质去猜测她父亲,绝对不是哲学家的研究课题吗?"

"不,遵照世俗哲学的观念来处理这一问题,是一大罪过。"威尔逊先生说,"对此我们只能借助于斋戒和祈祷,大概更好的办法是听命上帝去顺其自然地揭示它。这样,每一个善良的男基督徒都有资格向这个可怜的弃儿显示父爱了。"

这件事情就这样圆满地得到解决,海丝特·白兰就带着珠儿离开这个庭院。就在她们走下台阶时,据说的确有一间暗房的百叶窗突然打了开来,总督贝灵汉的脾气很怪的姐姐希宾斯夫人把她的脸从窗子伸出来,也就是这个女人,几年以后,作为一个巫婆被惩罚了。

"嘘!嘘!"她说,那副阴森晦气的凶相似乎在这新房子的欣喜氛围中投下了一抹阴影。"今晚和我们一起去吗?森林里将有一次欢乐的聚会呢。我几乎已通知了那个黑男人说，美丽的海丝特·白兰会来参加。"

"请代我向他道歉吧！"海丝特回答道，面带成功的微笑，"我必须留在家里，照顾我的小珠儿。假如他们从我这里夺走了她，我将愿意随你们去森林里，在黑男人的名单上签上我的名字，并且用的是我自己的鲜血！"

"我们不久就会让你去那儿报到！"这个巫婆说，她皱着眉，把头缩了进去。

然而，要是我们设想希宾斯夫人与海丝特·白兰之间的会面确实有这件事情，并不是子虚乌有的寓言，那么这足以成为一个例证。年轻牧师反对将一个堕落的母亲与她那因脆弱而生的孩子拆散，是多么有先见之明啊！早在那一刻，孩子就从魔鬼撒旦的陷阱里救了母亲。

第九章 医生

　　读者一定记得，在罗杰·齐灵渥斯这一称呼背后还隐瞒着另一个名字，不过他已决心将原名永远埋藏。像前面说的，在看到海丝特·白兰受辱示众的人群中，站着一个年龄较大、风尘仆仆的男人他历尽艰险逃出荒野，见到了这个女人，原本希望从她那里得到家庭的温暖欢欣，不料却亲眼目睹她成为罪恶的典型，于大庭广众之下受罚。她作为主妇的体面在众人面前受辱。在聚集了很多人的闹市，到处在宣传她的丑事。她的亲戚和她儿童时代的同伴从她这里会获得的，除了传染上耻辱。此外，再不可能有其他东西。此种耻辱的传染会严格按照他们和她先前关系的亲密程度成正比。那么，与这个堕落的女人关系最为密切的人，为什么非得当众说出这令他引以为耻的关系——何况选择权还在他手中？他下定决心绝不走上示众台和她一起遭受众人的嘲弄。除了海丝特·白兰，没有其他人认识他，再说他有法宝让她不敢开口，所以他宁愿把自己的名字从人类的清单上一笔勾销，至于他从前的联系和爱好，也同样让他从他的生活中彻底消失，就像他真的像谣传的早已葬身海底似的。这一目的一旦实现，新的兴趣、爱好接着应运而生，既定目标一旦实现，新的利益冲突会即刻涌现，新的目标也随之确立。他的新目标即便不算罪恶，也确实相当阴险，然而却产生了巨大的推动力，足以调动他的全部精力。

　　为了落实这一决定，他就在这个清教徒的城市里，改名为罗杰·齐灵渥斯生活了下来。他不用什么介绍，只要凭他所具有的特殊的学问和知识就足够了。由于早些时候的钻研，他已通晓医道，因而就以医生的身份出现了，而且在当地颇受欢迎。在殖民地中，对内外医术都精通的医生特别少见。这类人通常难得有其他移民横渡大西洋来这里的全部宗教热忱。在对人体结构的研究中，这些人常常把他们的比较高级、比较敏锐的能力全部物质化了，而人体结构的复杂微妙让他们惊愕不已，以致让他们在世界观上没有了方向。对它们而言，人体结构本身就包含着足以将所有生活囊括无遗的技艺。总之，波士顿居民的所有健康医疗事务一直都托付于一位年长的教会执事兼药剂师。他因此深受信任，全依靠他虔诚的态度和举止，那是远比任何文凭都更充分的证明。唯一的外科医生是一个理发匠，在每日挥舞剃刀之余，偶尔施展其"高明的医术"。和这一职业团体相比，罗杰·齐灵渥斯就成了一位少有的光辉人才。他迅速表现出他对庞杂艰涩的古代医道非常精通。古医术里每一剂药，都是由许多很难分辨的不同的成分配制而成，其效果好像可以和长生不老药相提并论呢。此外，他在印第安人那里当罪犯的时候，对当地草药知识知道的很多。他对他的病人公开宣称，大自然赐予蛮夷之族的这些简单药物，赋予他足够的行医信心，其作用丝毫不亚于众多博学医师耗费数百年编纂而成的欧洲大药典。

　　至少从宗教生活的外表而言，这位陌生学者可以称得上模范，他一来到这里，就选中丁梅斯代尔先生为自己的启蒙老师。这位年轻的圣徒颇具学者风范，其声名在牛津依旧为人乐道。他的一些热烈的崇拜者觉得他完全可以和上天指定的使徒同日而语。只要他有普通人的寿命，他的生活和劳作一定能够为眼下衰朽的新英格兰教会建树很大的功绩，正如早期的神父能为传播新生的基督教创建奇功。然而，就在当时，丁梅斯代尔先生的健康竟然开始衰退。据那些了解他生活习惯的人说，年轻牧师的脸颊如此苍白，是由于他研习学问过于热心勤勉，对教区工作也一丝不苟、恪尽职守。更主要的是，为了不致让人间的粗俗蒙蔽和熄灭他的精神明灯，他经常通宵达旦从事斋戒和祈祷。他公开说，如果上天认为他适宜离去，是因为他已不配在人世履行上帝最卑微的使命了。对他本人来说，却以特有的谦逊声誉，如果上天的确觉得应当除掉他，那可能是因为他没有资格在世上履行他的最微薄的使命。关于他健康衰退的理由，尽管说法不一样，但毕竟是事实。他的身子一天比一天消瘦，他的声音尽管依旧甜润、浑厚，但却含有一种令人忧虑的衰颓的趋势；人们时常看见，他在略受惊吓或偶遇突发事件时都会以手抚心，面颊泛起红潮，继而又变得煞白，显得痛苦不堪。

当罗杰·齐灵渥斯来到这个城市时，年轻的牧师就处于这样的状况。他那晨曦般的生命之光随时都可能过早地熄灭。齐灵渥斯第一次亮相，几乎没有人知道他来自哪个地方，好像他是天外飞来或是从地下蹦出来的一样，人们感到这种神秘状况很容易发展为奇迹。现在，尽人皆知他是个本领高超的人，人们看到他采集野草、野花，挖掘根茎，或是从大树上折取细枝，好像能够在常人看来分文不值的东西里发现其深藏的价值。有人听他说过凯内尔姆·迪格比①爵士和其他名人，他和他们通过信或有过合作，据说他们在科学上的成就简直让人想象不到。一个在学术界有如此地位的人，为什么要来这里呢？他的视野范围应在大城市，在这荒凉之地他能寻到何物呢？为了找到这个问题的答案，一种谣言便产生了。而不管谣言何其荒唐，却总被某些有些理性的人所接受，说什么上天创

---

① 凯内尔姆·迪格比（1603—1665），英国科学家。

造了一个绝对的奇迹,把一位著名的医学博士从德国一所大学突然从空中运来,放在丁梅斯代尔先生的研究室门前。一些信仰坚定的人明白,若上帝要实现其目标,根本无须导演奇迹般地介入,以达到戏剧性效果,只是罗杰·齐灵渥斯的及时赶到,他们也觉得大概是一种天意。

医生对年轻牧师表现出的浓厚兴趣,恰恰证实了上述观点。医生以一个教民的身份跟在左右,并尽力从他天生的含蓄情感中去获得友谊和信任。他对他精神导师的健康状况非常担忧,认真地尝试治疗,而且,如果及早治疗,也不至于就康复无望。丁梅斯代尔教区的长老、执事、慈祥的贵妇人和年轻美丽的少女们都一致地反复要求他让这位毛遂自荐的医生来试试。丁梅斯代尔很有礼貌地拒绝了这些要求。

"我无须医治。"他说。

年轻牧师怎么能说出这样的话呢?每逢安息日,他的脸变得苍白瘦削,他的声音比以前更为颤抖,把手放在心口上,这在过去仅仅是偶尔的姿态,而现在已成为了一个习惯。难道他已厌倦了自己的工作?难道他是希望去死吗?波士顿的年龄很老的牧师们都曾认真地提出这些问题。同时,他教区的执事们也分别用自己的语言"对他规劝",指出拒绝上天这么明确表示的救援是一种错误。他默不作声地听着,最后答应和那个医生谈谈。

"如果这是上帝的意思,"丁梅斯代尔先生说道,他坚守诺言,针对罗杰·齐灵渥斯作为医生的劝导,他恳切地说道,"与其让你在我身上试验你的医术,我宁愿让我的辛劳、我的哀愁、我的罪恶、我的痛苦马上和我本人一起死去,其中属于尘世的部分就葬入坟墓,而与精神相关的部分则与我一同步入永恒。"

"啊,"齐灵渥斯平静地回答道,这种态度无论是装出来的,还是发自内心的，却是他的特点，"年轻的牧师往往会这样讲。涉世不深的青年人多么轻易地放弃他们的生命啊！在世上与上帝通行的圣徒都愿意欣然离世，追随上帝踏上新耶路撒冷的黄金大道"。

"不，"青年牧师说，一只手按在胸口，额头因为痛哭而稍显红色，"如果我真有脸面去那里，我自己再辛苦些我也愿意。"

"伟大高尚的人总能看出自身的渺小与卑劣。"医生说。

就这样，神秘的老罗杰·齐灵渥斯就成了丁梅斯代尔牧师先生的医疗顾问。医生不仅乐于攻克他的顽疾，还对探究他的性情特点产生了浓厚的兴趣。这两个年龄这样悬殊的人，逐渐合作，花了很多时间。为了牧师的健康和为了方便医生采集那些具有神效的药草，他们在海滨或林中散很长时间的步，一面听着海浪的拍岸声和虚弱的喘息和鸣响在树梢上的风的庄严的合唱。他们还常常互访，到对方的书房或内室做客。和医生这位科学工作者做伴，对牧师产生了一种魅力，由于在医生身上他看到一种异常渊博的知识修养，加之医生那系统而自由的思想更是他的同行所没有的。事实上，当他在医生身上发现这一些特点时，他即使未觉震惊，也是颇为惊讶的。丁梅斯代尔先生是一个真正的牧师，一个真正的宗教家，他的快速发展的虔诚感情和思想修养可使他沿着信仰的道路奋进，随着时间的流逝，他的进展也更趋深入。无论身处何种社会，他都不会成为一个观念自由的人。他仅仅在感受到信仰压力时才体味到内心的平和，信仰既给了他支持，同时又把他限制在它的铁栅栏里。然而，当他通过与圈外有识之士的交往考察宇宙时间或许会有解脱之感，尽管这轻松快意也令他战栗。这好比一扇窗子突然打开，一股新鲜的空气来到那封闭而让人不能呼吸的书斋，在那儿，在灯光下，在被遮掩的日光之间和在那书本所散发出来的——感觉上或精神上的——腐败气息下，他的生命已经差不多消耗完了。但那股自由的空气太过清冷，呼吸太久会令人不适。于是，牧师与陪伴他的医生又退回到教会所限定的正统范畴。

罗杰·齐灵渥斯从两个方面认真观察他的病人，一方面观察日常生活中的他怎样遵循惯常的思维；另一方面也探究他身处新的精神境界时，那些鲜为人知的性格特点如何被激发显现。他觉得在着手给病人治病以前，应先了解他。凡是属于有情感、有理智的东西，他的机体上的病症肯定染有那情感和理智的特色。在阿瑟·丁梅斯代尔身上，思想和想象是那么活跃，感觉是那么敏锐，他身体上的疾病必然有一定的根源。所以，罗杰·齐灵渥斯这个技术非常高的人，这个善良友好的医生，专心想钻进他的病人的胸膛，挖掘他的原则，打开他的记忆，以小心的触摸去追求一切，仿佛是一个深入黑洞中的探宝者。很少有秘密能逃过这样的探究者，因为他已得到机会与特许权，同时又具备足够的技能进行这神秘的探索。一个心里藏着秘密的人，尤其应该避免和医生亲近。如果后者具有天生的聪颖和某种还没有定名、我们姑且称为直觉的效果，如果他没有咄咄逼人的利己主义和让人恶心的个性，如果他有一种天生的本领，能把自己的内心和病人的内心融为一体，以致可以使病人在无意识中道出自己的隐私；如果他无动于衷接受病人的表白，而用沉默来回答，难以名状的叹息或偶尔的一言半语表示他已经明白；具备了这些条件，就足以被他人视为心腹知己，再加上医生身份所给与的便利，那么，在某一不可避免的时刻，病患者的灵魂将会溶化，并从一条黑暗而又清澈的溪流中倾泻出来，所以，便把它的全部秘密暴露在外面。

上述所说的品质，罗杰·齐灵渥斯全都有或几乎都有。随着时间的流逝，如我们前文所说，两名颇有造诣的高人已日渐亲密。他们交流的范围这样广阔，几乎关系到人类思想和学术研究的所有领域。他们讨论了伦理学、宗教、公共事务和个人性格等所有问题，他们互相交流了许多看来个人的隐私，可是，医生认定必然存在的那种秘密，却从未由牧师的灵魂深处流进同伴的耳朵。而医生则觉得秘密是肯定存在的。医生简直不敢相信丁梅斯代尔先生就连肉体疾病的真相也从没有向自己披露过，这样的谨慎隐藏真是令人费解！

　　过了些时候，丁梅斯代尔的朋友们受到罗杰·齐灵渥斯的暗示，刻意安排了一所房子，让他俩住在一起，这样，急切、热心的医生就能亲眼看到牧师生命之潮的每一次涨落起伏。当人们非常希望的目标实现后，周围一片欢喜。人们觉得这是为青年牧师造福的最好的办法。除非他能从众多在精神上对他无比敬仰的花季少女中选出一位做他忠贞的妻子，而那些自认为有权过问此事的人也常常敦促他择妻成家。然而，这一办法这时不可能让阿瑟·丁梅斯代尔先生去采纳。此类提议他全部不接受，似乎奉行僧侣单身主义是他的宗教的规定。既然丁梅斯代尔已经认定自己命中注定该吃别人餐桌上的剩饭，除了坐到旁人的炉边取暖以外，就应一辈子忍受寂寞的煎熬，看来，世上能与他终日相伴的人只有那个老医生了，因为那老者经验丰富、仁慈睿智，而且对年轻牧师怀有慈父般的疼爱和恭顺虔敬的尊崇。

　　这两个朋友的新住所，原先住着一个社会地位很高的虔诚的寡妇。正是在那附近地段，后来建造了庄严肃穆的国王礼拜堂。房子的一边是一块墓地，就是当初艾萨克·约翰逊家的屋的地基，它很容易让人产生严肃的回忆，对牧师和医生各自所从事的工作也非常合适。这位善良的寡妇以慈母一样的关怀把前面的一间屋子分给了丁梅斯代尔，屋子朝阳，房间里挂着厚重的窗帷，如有需要，正午时分也可得幽暗阴凉。四周墙上挂着饰花的吊毯，据说是戈白林[①]做

[①] 16世纪巴黎的一家同名针织厂。

的，但不论这是真还是假，它上面画有大卫、拔示巴女皇和先知傩单①等《圣经》上的故事，吊毯没有褪色。不过，画上那美丽的妇人差不多变成了面目可憎的灾难代表者。就在这间屋子里，面色苍白的牧师构筑了他的私人书室。其中有神父们写的用羊皮纸装帧的贵重的对开本，还有拉比②和数个修道士写的著作，对这后一部分作家，新教的学者们尽管一面竭尽攻讦诋毁他们的行事，一面却又必须得利用他们。在这所房子的另一边，老齐灵渥斯布置了他的书斋和实验室。在现代科学家看来，他的实验室相当简陋，只备有一套蒸馏器具和配置药品与化学制品的工具，但那个炼丹术士对这些设备俨然了如指掌，颇能物尽其用。这两位学者有了如此舒适的条件后，就各自坐定下来，安心做自己的工作，然而，他们时常很好奇地互相串门。

像上面所说的，阿瑟·丁梅斯代尔的一些最有见识的朋友们都把这一切合乎情理的想象看作上天为恢复青年牧师的健康而安排的。为了这一目标，有多少人在公开场合，在家里，或在私密处虔心祈祷啊！然而，我们必须指出的是，近来，有些人开始对丁梅斯代尔和神秘的老医生之间的关系提出了他们的想法。未经指导的大众试图凭借自己的眼睛去观察事物时，极易受到蒙蔽。然而，正如习以为常的那样，一旦人们借助伟大的直觉和热烈的情感来做判断时，得出的结论，总是特别深刻，相当正确的，至于它所包含的真理的品格简直可以称得上是一种超自然的神示。我们所涉及的这些人，他们对罗杰·齐灵渥斯的偏见，根本无须用事实或精心准备的论据加以佐证。有一位老手艺匠，在距离本故事三十年前，就在托马斯

---

① 见《旧约·撒母耳记下》第 11 章、12 章。
② 犹太教教士。

·奥弗伯里爵士①被谋杀时，的确曾是一个伦敦市民。他出面证实说，他当时见过这个医生曾和作为奥弗伯里谋杀案肇事者之一的福尔曼医生②（那个著名的方术士）在一起。这医生那时使用的是另一个名字，具体叫什么，老手艺匠忘记了。另有两三个人暗示，那个医术高明的人在做印第安人俘虏时，为了增进医术，曾向蛮夷之族的祭司学过魔法、符咒，据说这些野蛮人僧侣都是非常有法力的妖人，他们经常用他们妖魔的方术创造所谓医学治疗上的奇迹。另有一大部分人——其中不少人头脑不糊涂，观察仔细，他们在其他事情上的意见都很有价值——肯定罗杰·齐灵渥斯自从寓居这个城市以来，尤其是和丁梅斯代尔先生住一起以后，他的相貌发生了很大的变化。最初，他举止从容，常显静默沉思之状，颇有学者风度。现在他的面容上却显得有些丑陋和邪恶，这是先前所没有发现的，人们越是常和他见面，也就越看得清楚。若依据俗人之见，他实验室的火是来自于冥府，借助地狱的燃料熊熊燃烧。因此，正如人们的预料，他的面容就在滚滚浓烟中日趋灰暗、阴郁。

总而言之，有一种观点在四处流传，阿瑟·丁梅斯代尔牧师也像基督教一切时代的其他许多特殊的圣人们一样，不是被撒旦本人，就是被打扮成老罗杰·齐灵渥斯的他的使者吸引了。这个穷凶极恶的魔鬼得到上帝的应允，暂时潜伏在牧师的近旁，设计腐蚀他的灵魂。人们当众声称，没有一个有头脑的人对胜利的归属怀疑过。人们怀着坚定的信念，看着牧师带着必然胜利的光荣，从斗争的洗礼中胜利归来。不过，若赢得最终的胜利，他必得经历痛彻身心的磨

---

① 托马斯·奥弗伯里爵士（1581—1613），英国作家，因反对埃塞克斯夫人与罗切斯特伯爵的婚姻被杀。
② 西蒙·福尔曼（1552—1611），英国医生，参与谋杀奥弗伯里爵士。

难，这一点颇令人感伤。

哎呀！从这位可怜牧师的眼睛深处的忧愁和害怕来看，这场斗争是激烈的，还不能说一定能取得胜利呢！

第十章　医生和病人

老罗杰·齐灵渥斯一生中都是个性情和蔼的人,他尽管无温暖的爱,但却很有同情心,而且在涉及和各方面的关系时,一直是一个纯粹而正直的人。他原以为自己会像法官一样,以严肃、公正的态度进行调查,目的仅在于探寻真相而已。简直把问题看得既不包含人类的情感,也不涉及个人的委屈,完全和几何学中抽象的线和形一样。然而,随着调查的展开,一种可怕的诱惑力,一种看似平静实则暴烈的魔力将这老人牢牢控制,其来势之迅猛使他根本无力挣脱,只能完全听从它的指令。绝不肯把他放松。如今,他像一个矿工搜寻黄金一样的掘进这可怜的牧师的内心。或者更准确地说,像一个掘墓人钻进一座坟墓,可能原希望找到陪葬在死者胸部的珠宝。结果却除去死尸和腐烂之外没得到任何东西。假若那里的确有他要我的东西的话,天啊,让我们为他自己的灵魂叹息吧!

有时候,从医生的眼中露出一线光芒,像是炉火映照一样,燃着蓝幽幽的不祥的预兆,或者我们能说,像是班扬[①]那山边可怕的门洞中射出、在朝圣者的脸上闪着的鬼火的闪光。此时,那阴郁的矿工,在他开掘的土地里,或许发现了些许令他振奋的迹象了。

[①] 约翰·班扬(1628—1688),英国作家,著有《天路历程》,这里所述之火光,为班扬在梦中所见。

"这个人,"他在一次这种场合中自己跟自己说,"虽然人们相信他很纯洁,虽然他看来非常高尚神圣,但他从他父亲或母亲身上沿袭了一种强烈的兽性。让我们沿着这一静脉继续向前掘进一点吧!"

于是,医生对牧师幽暗模糊的内心世界进行了长期的探寻,不料却发觉了许多可贵的品质,如对人类福祉的不倦探求,对生灵的温情热爱,纯洁的情感,与生俱来的虔诚。这些品质因潜修苦思而越发完善,因神谕的启示而熠熠生辉。然而这所有无价之宝于那位探矿人就是一堆废物——他只好失望地转回身来,朝着另一个方向开始探索。他鬼鬼祟祟,左顾右盼,非常小心地向前探索,就像一个偷儿进入一间卧室,想去偷主人看作福珠的宝物,而主人却躺在那里半睡半醒——或者也许还大睁着眼睛。无论他如何谨慎小心,地板还是不时嘎吱作响;他的衣服也会发出窸窸窣窣的声响。一旦靠近床边的禁区,他的身影也会投落到受害者身上。另一方面,丁梅斯代尔先生的敏感的神经经常会产生一种精神直觉的能力,他会模模糊糊地觉察到,对他的平静抱有敌意的某种东西已经和他发生了关联。而老罗杰·齐灵渥斯也具备可以称得上是直觉的感知能力,每当牧师向他投去惊疑的目光,他都是安然静坐,面露热切的关爱与同情,从未显出刺探隐私的神情。

丁梅斯代尔先生如果没有病人经常出现的某种病态,以致对整个人类抱着怀疑的态度的话,他大概会对此人的品性看得更明白些。由于他不把任何人看作可信赖的朋友,所以当敌人实际上已经出现时,仍然认不出来。因此,他依旧与医生保持密切的交往,每日在书房接待老医生,或去他的实验室散心,看看杂草如何被制成灵药。

一天,他拿一只手支着前额,肘部撑在朝坟墓打开的窗子的窗台上,同罗杰·齐灵渥斯谈话,那老人正在观察一簇很丑的植物。

"我的好医生。"他不以为然地瞥了那植物一眼,问道——牧师已不习惯于面对面地正视某物,"你在哪里采到这些草药的?叶子又黑又软?"

"在这前面的坟地里就有,"医生一边继续干活儿,一边回答。"我以前还没看见过这种草。我是在一座坟墓上看到的。那座坟上没有墓碑,除去长着这种难看的野草也没有别的东西纪念死者。这草生于他的内心,也许象征着一个与他一同埋葬的丑恶秘密。他若在有生之年就能坦白,那就更好了。"

"也可能,"丁梅斯代尔先生说,"他诚恳地切望如此,但他不能这样做。"

"那又为什么呢?"医生接口说,"既然全部自然力量都如此诚挚地要求忏悔罪过,连这些黑色杂草都从死者的心中生长出来,昭示了一桩没有说出来的罪行,为什么办不到呢?"

"善良的先生,这不过是你的幻想罢了。"牧师答道,"如果我的预感正确的话,除去上天的宽容,没有什么力量,不管是通过讲出来的语言还是任何形式的标志,可以揭示可能埋在一个人心里的秘密。那颗因怀有这种秘密而有罪恶感的心,也就此一定会把秘密保持下去,直到所有隐秘的事情都要予以揭示的那一天。就我对《圣经》的理解而言,对人类思想行为的揭露,不应作为一种报应或惩罚。这种观点确实是非常肤浅的。绝对不是这样,除非我的见解根本不对,我认为这种揭示只是意味着促使一切智者在知识上的满足,他们把在那一天中等着看到人生中的阴暗方面得以揭示,需要有一种对人心的知识来完全解决那一问题。我认为,一颗心若深藏着凄惨隐秘——正如你所言——那么,在最后一天,它将倾吐所有的秘密,绝无丝毫勉强,而是带有无可言传的喜悦。"

"那么,为什么不及时说出来呢?"罗杰·齐灵渥斯平静地斜视着牧师说，"有负罪感的人为什么不趁早地让自己获得这种难言的宽慰呢？"

"他们多数是这样做的。"牧师说着，紧紧抓住胸口，仿佛忍受着一阵猛烈袭来的心悸，"许许多多可怜的灵魂忏悔过，不仅是在生命弥留的疾病上，而且也在精力旺盛、名声很高的时刻。我亲眼看到，经过这番倾吐，哦，那些有罪的教友们得到了怎样的解脱啊！就像是被自己污浊的呼吸长时间窒息之后，最终吸进了自由的空气。还能是其他情况吗？一个倒霉鬼，比如说犯了谋杀罪，他怎么会宁可将死尸埋葬在心底，而不愿立刻将尸体抛出，让宇宙去处理呢？"

"可是，有些人就是这样保守着自己的秘密的。"那仁慈的医生评论着。

"的确，有这种人，"丁梅斯代尔先生回答说，"不过，无须提出更明白的理由，他们之所以缄口不语，也许正是出于他们的天性。或者——我们是否能这样假设呢——他们虽然有着负罪感，然而却保持着对上帝的荣光和人类的幸福的热情，他们害怕，不肯把自己的阴暗和污秽暴露在人们眼前，因为这样一来，是做不出什么善举的，而且，以往的邪恶也没办法通过改过来赎罪。于是，他们忍受着无可言传的痛苦，周旋于同伴之中，看似如新雪般纯洁无瑕，实则满心邪恶，劣迹斑斑，根本无力摆脱罪恶的纠缠。"

"这些人在自己骗自己，"罗杰·齐灵渥斯用异乎普通的强调口吻说，还伸出食指轻轻比画，"他们理应承担属于自己的那份耻辱，但却畏缩逃避。他们对人类的爱，他们为上帝服务的热忱——这种种神圣的激动在他们的内心中，或者能够或者无法同邪恶的伙伴同时存在，然而这些罪恶的伙伴既是他们的罪孽开门放进来的，就一定会在他们心中繁衍起一个魔鬼的种子。但是，若他们要崇仰上帝，千万别让他们向上天举起脏手！要是他们想为同伴们服务，那就先让自己忏悔他们的卑下,以证明良心的力量和存在吧!噢,明智和虔诚的朋友,你难道让我相信,虚伪的表现比起上帝自己的真理可以对上帝的荣光和人类的幸福更有好处吗?相信我,这样的人不过是在欺骗自己!"

"也许如此吧。"年轻的牧师漠然答道,似乎不想继续这个与他们毫不相干、不合时宜的讨论。的确,他总有一种能力,能够随时摆脱使他那过于敏感和神经质的气质激动起来的所有话题。"然而,目前嘛,我倒要向我的技艺高超的医生请教一下,他对我的羸弱的体格的好心关照,是否的确叫我得到好处了呢?"

罗杰·齐灵渥斯还没时间回答,他们就听见一个孩子清脆爽朗、无所顾忌的笑声,从毗邻的墓地传来。当时正值夏天,牧师禁不住地从打开的窗子向外面望去,发现海丝特·白兰和小珠儿在穿越围栏的小路上走着。珠儿看上去如夏日般明媚靓丽,但此时正陷于恣意妄为的欢乐之中,每当这样的情绪出现,她就会全然不顾他人的存在与感受。此时她正没有尊重地从一个坟墓跳到另一个坟墓,最终来到一位逝去的地位很高——也许正是艾萨克,约翰逊本人——宽大、平整、带纹章的墓石前面,在那上面跳起舞来。听到她母亲又是命令又是请求地要她守规矩,小珠儿才没有跳舞,从长在墓旁的一株高大的牛蒡上采集有很多刺的果实。她摘了满满一把之后,就点缀在母亲胸前的红字周围,沿着笔画全部插满,这些带刺的牛蒡就牢牢地扎在上面了。海丝特并没有将它们摘除。

罗杰·齐灵渥斯这时已走近窗子,朝下面望着,露出阴森的冷笑。

"这孩子的性格里,根本没有对法律的敬畏,也没有对权威的尊崇;世人的宗法礼教,无论对错,她一概毫不在意。"他这样讲着,与其说是在和他的同伴谈话,倒更像是自言自语,"有一天,我发现她在春巷的牲畜的食槽边,竟然向总督身上泼水。我的天,她到底是个什么东西呢?这小鬼是不是完全邪恶了?她有感情吗?在她的身上有任何常人的本性吗?"

"完全没有——只有把法律破坏得体无完肤的自由,"丁梅斯代尔先生回答说,他的态度之安详,简直像是对此自问自答,"能否有善行,我不得而知。"

那孩子大概听到了他们的声音,她抬头望着窗子,面露欢快明媚的笑意,显得十分机敏俏皮。向丁梅斯代尔牧师先生扔上一颗长着刺的牛蒡。那敏感的牧师怀着神经质的害怕,把身子一缩,躲开了那轻飘的飞弹。珠儿看到了他的激动,她狂喜地拍起了小手。海丝特·白兰也同样禁不住抬起头来看,于是这老少四个人便默默地互相瞅着,后来,孩子笑出声了,还大叫着——"走吧,妈妈!不然那个老黑人会捉你的!他已经抓住牧师了。快走,妈妈,不然你也会被他抓住的!但他捉不到小珠儿"。

于是她在死者的坟墓间蹦蹦跳跳,欣喜地拽着她母亲走开了,她那出奇的劲头好像说明她和那逝去并埋葬的一代一点也没有共同之处,也不承认她自己和他们同属一个族类。她像是用全新的元素打造而成,因此必得准许她有自己独特的生活与独特的法律,而她的怪异之处也不能被视为罪过。

"那边走着一个妇人,"罗杰·齐灵渥斯停顿了片刻后接着说,"她不论有什么过错,绝不会被你觉得如此难以忍受的隐蔽着的负罪感所控制。你看,海丝特·白兰是不是胸前佩戴了那红字,就不那么伤心了呢?"

"我的确这么认为,"牧师答道,"不过,我无法替她回答。她脸上的神情依然那样痛苦,这是我不愿见到的。话说回来,我觉得一个受折磨的人能可以像这可怜的妇人海丝特这样,有自由来说出自己的痛苦，总比全都闷在心里要好些。"谈话又停顿了一会儿，医生重新开始查看、整理采集来的那些植物。

"片刻之前，你问过我，"医生终于又开口了，"对你健康的看法。"

"对，我问过，"牧师答道，"我乐于洗耳恭听。请您告诉我实情，不论是生是死。"

"那我就直说吧，"医生说着，一边仍然忙着收拾他那些药草，一边始终面无表情地睨视着丁梅斯代尔先生，"你的身体失调很奇怪，疾病本身并不严重，也不像表现出来的那样严重——到目前为止，至少我所看到的症状是这样。我尊敬的牧师，数月以来，我每日都细心观察你的气色，我觉得你的确病得不轻，不过一个细心谨慎、训练有素的医生还是有希望将你治愈的。可是——我不知道怎样说才是——这病我好像知道，可又不明白。"

"你是在故弄玄虚，博学的先生。"牧师斜视窗外说。

"那好，更坦白地说吧，"医生继续说，"出于我谈话所必须有的坦率，我要请你原谅，先生——如果看来的确有必要的话。作为你的朋友——作为受命于天，对你的生命和身体健康负有责任的人，我来问问你，你是不是已经把你的全部症状暴露给我并向我详细说明了呢？"

"你怎么会提这样的问题？"牧师问道，"既请了医生，又隐埋病情，这岂不成了儿戏？"

"那么，你是想告诉我，所有情况我俱已知晓？"罗杰·齐灵渥斯故意如此说，同时用透着精明的炯炯目光看着牧师的脸。"但愿如此吧！然而，我还是要说！只了解疾病表象的人，通常也仅仅是掌握了要他医治的疾病的一半症状。身体上的疾病，通常被认为是自成体系，与外物毫无关联，但归根结底，它可能是某种精神疾病的表征。如果我的话有点冒犯的话，我的好先生，就再次请你原谅。先生，在我所认识的所有人当中，你的肉体和你的精神，可以说是最相融熔、合二为一的了，对你而言，身体仅仅是精神的工具而已。"

"那我无须再问了，"牧师说着，匆匆起身离开座椅，"我认为，你并不是灵魂的医生！"

"一种疾病，"罗杰·齐灵渥斯用原先的语气继续振振有词，似乎没有留意刚才的话被打断了——仅仅站起身来，把自己那矮小、黝黑和畸形的身体面对着面容憔悴、双颊苍白的牧师——"你精神上的疾病或痛处，我们姑且这么称呼，会立即在你的肉体上有相应表现。你想让医生治愈你身体的顽疾吗？除非你首先向他袒露灵魂中的伤痛、苦恼，不然他怎能治病呢？"

"我不！——不会对你说——我不会对一个普通的医生讲的！"丁梅斯代尔先生激动地大叫起来，同时把他那双瞪得又圆又亮、带着一种凶恶目光的眼睛，转向老罗杰·齐灵渥斯。"不会对你说！倘若真是灵魂上的疾病，我会把自己交给一个医治灵魂的医生！只要他高兴，他能够治愈我，也能够杀死我！让他以他的公正和智慧，随便地处置我吧。可你是什么人，竟然干预这件事——竟敢置身于受难者和他的上帝之间？"

他做了个疯狂的姿势，便走出了屋子。

"走到这一步也很好。"罗杰·齐灵渥斯望着牧师的背影，暗暗地一笑，自言自语地说，"没什么损失。我们很快还会重新成为朋友的。但是看哪，现在他的情绪多么激动啊！让他无法自主了！这种激情能这样，另一种激情当然也一样！这位虔诚的丁梅斯代尔牧师，以前也曾在他内心冲动的激情的驱使之下，做过荒唐事的！"

事实证明这两个伙伴要重建友谊并非难事，而且还恢复到了像过去一样的亲密程度。年轻的牧师经过几个小时独处之后，觉察到自己神经的失调促使他出现了抑制不住地大发脾气，其实，从医生的语言之中丝毫找不出为自己辩解或遮挡的借口。而他居然会怒斥这样一位善良的老人，连他自己都惊诧不已。人家仅仅是在尽职尽责地忠言相劝，何况也正是牧师他本人非常渴望的呢；他怀着懊悔的心情，迫不及待地去向医生赔礼道歉，并请他这位朋友继续为他诊治，即使没有有效地恢复他的健康，但总算把他有病的身体维系到目前嘛。罗杰·齐灵渥斯欣然答应，并继续为牧师进行医疗监督。他诚恳地尽力而为，但每次诊疗结束，医生离开病人房间时，嘴角总会浮现诡秘而又困惑的笑容。医生的这一表情在丁梅斯代尔先生面前是发现不了的，但他穿过前厅时就变得非常明显了。

"罕见的怪病！"医生喃喃自语，"我必须更深入地探查。灵魂与肉体之间竟产生了奇特的共鸣！即便仅仅为了提高医术，我也一定要探究到底！"

就在上述那情景发生之后不久的一天正午，丁梅斯代尔牧师先生无意识地陷入了沉睡之中，他坐在椅子上，前面的桌上打开着一大本黑皮的书卷。这书必是描述了催眠大师的无边法力，居然能让牧师睡意酣沉，要知道平日里他只能断断续续地浅睡，如同栖息枝头的小鸟，动辄惊醒。无论怎样，他这种非同寻常的酣睡，已经让他的精神彻底收缩到自己的天地，以致当老罗杰·齐灵渥斯并没有特别轻手轻脚地走进他的房间时，他居然没有在椅子里惊动一下。医生径直走到病人面前，把手伸向他的胸口，即使在诊疗时，那法衣都严严实实地遮盖着胸部，从未解开过。

此时，丁梅斯代尔先生的确抖了抖，微微一动。那医生稍停片刻，就转身走了。

可是，他露出一种多么疯狂的神情啊，喜悦中混杂着惊异与恐惧！实际上，他的那种让人害怕的狂喜，绝不只是由眼睛和表情所能表达的，所以要从他整个的丑陋身躯暴发出来，他冲着天花板挥舞着手臂，双脚跺着地板，种种狂乱、乖张的举动无不显示出他的喜不自胜！如果是有人看到老罗杰·齐灵渥斯此时的忘乎所以，他就没必要去询问，当一个宝贵的人类灵魂失去了天国，坠入撒旦的地狱之中时，那魔王该怎样举动了。

但医生与撒旦的狂喜之态也稍有不同，前者的喜悦中还流露出惊奇与诧异。

第十一章 内心秘密

在上文描述的那次事件之后，牧师与医生之间的交往，尽管表面看来一如从前，但实际上已发生了质的变化。此时，一个新的想法在罗杰·齐灵渥斯的头脑中思考成熟。这是他所始终都没想到的。尽管，他外表上还是一副沉静、温和、像没发生什么事的样子，可我们担心，在这个可怜的老人的心中，那截至当时深藏着的邪念那时已在蠢蠢欲动，于是他想出了一个缜密的、世间绝无仅有的复仇计划。他把自己装扮成一个值得信赖的朋友，以致使对方徒然地把其所有的恐惧、内疚、痛苦和无用的悔悟和很难摆脱的负罪感全部向他供认出来。对方所有对整个世界隐瞒的烦恼——这个世界的伟大胸怀本来可给用同情和宽恕——却偏要披露给他这个不明白怜悯和宽容的人！他要用尽一切卑劣手段施行报复，只有这样才能了结这笔孽债！

牧师敏感内敛的个性曾阻挠了这一计划的实施。可是，罗杰·齐灵渥斯觉察到这种情况是一种天意，所以几乎没有表示过不满。天意总是按自己的意志来对待复仇者和牺牲者，在看来非常需要惩罚的地方，却每每给予宽容。他几乎可以说，他已揭开一个秘密。这启示是来自天国，抑或其他地方，这对于实现他的目的来说没有什么关系。借助它的帮助，在随后他和丁梅斯代尔相处时，不仅仅是丁梅斯代尔的外部情况，就是他最内在的灵魂都被暴露在他的眼前，被他看个清清楚楚。从此，在那个可怜牧师的内心世界，医生不仅是旁观者，而且还成了主演。他能够随心所欲地操纵他。莫非他是用痛苦的冲动来折磨他？牺牲者理当低头受罚，只需他知道上紧机器的发条就可以，医生观察其中所有的奥秘。他可不可以以突如其来的恐怖去吓唬他呢？只消举起魔杖，就能招来面目狰狞的幽灵—无数奇形怪状的幽灵——带着死亡的恐怖与丑恶的耻辱将牧师团团围住，用手指着他的胸膛！

这一切做得这样阴险而又这样不露痕迹，尽管牧师一直朦朦胧胧地感觉到有某一恶势力在观察他，却始终不清楚它的真相。的确，对那个身材畸形的医生，他时而会起疑心，甚至还怀有深深的恐惧与憎恨。他的姿态，他的走路姿势，他的斑白的胡须，他的最细微的最普通的动作，都是让牧师讨厌的，这显然表明在牧师心中存有根深蒂固的憎恶，而他本人却不愿意承认。因为不能为自己的怀疑和憎恶举出例子，加之他察觉到体内某处的病毒正在折磨整个心脏，他不再为自己的种种预感去寻找其他理由。他责备自己不该对罗杰·齐灵渥斯有恶意，忘了应从他那里吸取教训并竭力要把自己对医生的恶感彻底清除。这一点他是无法做到的，于是便继续与那老头保持密切的交往。于是也就不断给老人以得逞其奸的机会。实际上，作为一个复仇者，这老人是一个被遗弃的值得同情的人，比其他的牺牲者更为不幸。

就在丁梅斯代尔先生肉体上遭受疾病的折磨的时候，灵魂被可怕的烦恼啃噬和折磨从而任凭他的死敌任意摆布的同时，他在神职事业上却获得了辉煌的声誉。说实话，他之所以可以赢得这种荣誉，多半是由于他的忧伤，他的智能天赋、道德洞察力、体验与表达情感的能力全都由于日复一日所经受的痛苦刺激而变得异常活跃。他的名声，虽然还在上升之中，却已盖住了几位很有名气的同行。有些学者在他们的神职工作中，为了钻研深奥的学问所花费的时间比丁梅斯代尔的年龄还大，因此，论及坚实的经学造诣，他们很可能远胜于这位年轻的兄弟。还有些人，他们的心理素质比他要刚强得多，他们拥有更为敏锐，更为坚实，就像钢铁或花岗岩一般的理解力，就像渗以一定的教义修养，就可以被造就成一个非常受人尊重的、雷厉风行而令人望而却步的一类僧侣典型。另外还有一些人，是真正虔诚圣洁的长老。他们埋头于经卷之中，醉心于苦心冥想，磨炼出过人的才智，与天国的精神交流也赋予其超凡的灵性。虽然他们一时还摆脱不了一副没有活力的躯壳，可他们纯洁的生命早已经升华。他们所缺乏的仅仅是基督降临节①时上天降赐给特选的圣徒们的那种天赋——火焰的舌头，比如说，它并不是那种外国语和人们不懂的语言，而是以内心本来就有的语言和全体人类同胞对话的才能。这些长老们或者说使徒们，所没有的就是上天给他们职务上的最难得的证明——"火焰的舌头"②。他们总是没有收获地寻求——如果说他们梦想过这种寻求的话——怎样用日常的语言和形象等最容易的媒介来表述最高的真理。他们的话语皆从惯常所处的高位飘落而下，模糊不清而又遥不可及。

　　对于丁梅斯代尔性格上的许多特点来说，他理当归属于这后一类人。他本应能登上圣洁信仰的最高峰，但罪恶与痛苦的重负却阻碍他勇往直前，他命中注定只能身负重担蹒跚而行。如果不是这重荷把他留在这最低水平，就是天使可能也会倾听和回答他的声音。然而，也正是这一重荷才使他对人类犯罪的同胞能有如这样亲切的

---

　　① 基督教的圣灵降临节，即犹太人的五旬节，在复活节后的第七个星期日，期间50天为复活节。
　　② 见《新约·使徒行传》。

同情，因此他的心能与众人的心一起跳动，包容了他们所有的痛苦忧伤，并将自己心中的阵痛，以忧伤、雄辩的语言传送至千人之众的内心。他的辞令总是那么有说服力，而有时却又那么恐怖！人们不知道那感动他们的力量到底是什么。他们把这位年轻的牧师看作一个传奇的人物。他们把他当成上帝的使者，传达智慧、谴责和爱情的代言人。在他们眼中，连他踩踏过的土地也是神圣的。他所在的教堂的处女们形容憔悴地围在他周围，她们是激情的殉葬品。她们的激情这样浸染着宗教感情，以致和宗教融为一体，她们把它当作圣坛前最受欢迎的祭礼公开珍藏在自己洁白的胸膛。他教区里一些年龄大的人，眼见丁梅斯代尔先生的身体这样虚弱，尽管他们自己气息奄奄，便相信他会先于他们进入天国，于是叮嘱儿孙们务必要把他们的老骨头埋葬在年轻的教区牧师的坟墓近旁。无独有偶，就在这时，可怜的丁梅斯代尔先生每当考虑到自己的墓地，也总是自言自语，这坟上是否会生出青草，由于这底下埋着一个该诅咒的东西！

公众的敬仰竟会使他陷入如此痛苦的境地，这的确令人难以想象！他有着纯真的冲动：崇拜真理，把所有事物看作过眼云烟，认为在人生中，只要舍去了如生命那种神圣的本质，就绝对没有重量，绝对没有价值可言。那么，他是什么？是一个物质？或是一切幻影中最暗淡的一个？他渴望站在讲坛上，以最洪亮的声音告诉人们，他究竟是个怎样的人。"我，你们眼前穿着牧师黑袍的这个人；我，登上讲坛，脸色苍白朝着苍穹，为你们向至高无上的天帝传递信息的人；我，在日常生活中被你们奉为有如以诺[①]一般圣洁的人；我，一个他的脚步被你们视为人间道路上的一缕光明，朝圣者只要跟着他就可以羽化登仙的人；我，亲手给你们的孩子施行洗礼的人；我，

[①] 以诺，与上帝同在的人，见《旧约·传世纪》第5章第24节。

第十一章 内心秘密 | 119

曾经在你们临终的朋友身旁叨念告别祈祷，从他们就要告别的世界对他们缓缓地唱起'阿门'之声的人；我，你们如此尊重、如此信任的教区牧师，完全是一个污秽卑鄙的大骗子！"

好多次，丁梅斯代尔登上讲坛，下了决心非把上述的一番话全部讲出来，就不下来。不止一次，他已漱清了喉咙，战抖着深深吸进一口长气，一旦呼出这口气，他灵魂中幽黑的秘密就会随之涌出。好多次，不，一百次也不止，他真的说出来了！说出来了！然而，他是怎么说的呢？他告诉他的听众说，他卑劣到底，他是最卑劣的人群中一个最卑劣者，一个最坏的罪人，一个令人厌恶的家伙，一个很难想象的邪恶的东西；可他们却视而不见，这是多么的不可思议！他的可怜的身躯由于被上帝愤怒之火的炙烤，早已在他们的眼中萎缩起来！还能比这番话说得更清楚吗？人们何以竟未因为一时冲动，从座位上惊起，从那被他玷污了的讲坛把他拽下来呢？没有，他们的确没有这样做。他们全听见了，然而却更加崇敬他了。他们差不多没想到在这自我谴责的话语中，有一种非常恐怖的用意。"好一个金子一样的青年人！"他们自言自语道。"世间的圣人啊！哎，若在他这般洁白无瑕的灵魂中他都能看到如此的罪恶，那么在你我粗鄙低微的灵魂里，他又将看到怎样恐怖的景象啊？"牧师非常明白，他可真是一个狡猾而又在忏悔的虚伪的人！人们会用怎样的眼光看待他的模糊的供词。他用心良苦想要以披露罪恶的良心来欺骗自己，相反却犯了另一种罪恶，一种自己明白的耻辱，始终没有能够通过自我欺骗的片刻安宁。他说出了真理，却又把这真理变成了真正的谎言。然而，就其天性而言，极少有人能像他那样热爱真实，厌恶谎言。因此，他对这可悲的自我已是深恶痛绝！

内心的痛苦驱使他依照腐旧的罗马天主教教义行事，而非严格遵循他自幼就受其熏陶的较温和的新教教义。在丁梅斯代尔的深锁的密室里，有一条血迹斑斑的鞭子。这个新教徒和清教徒的圣人。他一面自虐，一面刻薄地嘲笑自己，鞭刑就在嘲笑中愈加无情。和许多虔诚的清教徒一样，他也有绝食的习惯。然而，他并不是像他们那样，希望靠绝食来净化肉体，使自己更适合圣光的沐浴，而是作为一种忏悔的行为，处罚自己，直到双脚发抖为止。而且，他还夜复一夜地通宵不眠；有时是置身于一片漆黑之中；有时点一盏昏暗的小灯；有时则对着镜子，用最刺目的强光照自己的脸。他这样持续反省，只是以此折磨自己，并不可以净化自己。在漫长的不眠之夜，他时常会觉得天旋地转，像有无数幻影在面前飞舞飘扬。有时出现在眼前或镜子中，活灵活现。时而是一伙恶魔，对着面色苍白的牧师做鬼脸，插科打诨，向他招手，要带他走；时而像是一群闪光的天使向高天飞去，好像驮着沉重的哀愁，却又越飞越轻灵；有时，出现的幻影是他已故的年少时期的挚友，他那须发如雪的老父，像圣徒似的双眉紧蹙、神情肃然，还有他的母亲，漠然走过时竟然还掉转了脸。一个母亲的幽灵，尽管说是一个模糊的母亲的幻影，按说总得用怜爱的眼神看看他的儿子吧！接着，在这闹鬼的暗室里，海丝特·白兰轻悄悄地走来，她领着身穿大红衣服的小珠儿，孩子伸出食指，指着母亲胸前的红字，继而又指着牧师的胸膛。

　　这些幻想并未完全迷惑他。无论什么时候，依靠他的意志力，他都能透过迷雾一样虚幻的外表分辨出它们的本质，确认它们实际上并不是什么实体，就像那边摆着的雕花的橡皮桌子或皮装铜夹的大方本神学卷宗一样。尽管如此，在某种意义上，它们却成了可怜的牧师当前必须应付的最真实、最实在的东西。像他这种虚伪的生活，设身处地地想，的确有一种难言之苦。我们所处的现实世界，原是上天赐予我们的精神上的欢乐和营养，可现在，它的精华和宗旨早被偷盗得一干二净。对于一个撒谎的人来说，整个宇宙都是假的，都是不可捉摸的，宇宙是虚无的，他什么也抓不住。最后，始终以假面示人的他便也成了一个幻影，或者早已灰飞烟灭，不复存在。使丁梅斯代尔在这世界上还继续作为真实而存在的唯一事实是他内在灵魂中的痛苦和相貌上的诚实的表情。一旦他有了强颜欢笑的能力，那么世上就不会再有此人了。在一个不祥的夜晚，一个我们已微微暗示而忌讳进一步表述的不祥之夜，牧师突然从椅子上吃惊地跳了起来。他冒出一个新的想法，以为或许能从中得到片刻的安宁。仿佛是为了去做公众礼拜似的，他精心地打扮了一番，随即又用同样的细心悄悄地走下楼梯，打开门，溜到外面。

第十二章　牧师的夜游

丁梅斯代尔先生仿佛坠入了恍惚的梦境，或许确实遭受了梦游症的困扰。他一直来到那时海丝特·白兰第一次公开受辱几个小时的地点。还是那一座平台或刑台，因为七年悠长岁月的风吹日晒雨淋已经被腐蚀的斑驳黧黑，而且因为又有许多犯人登台示众已经给践踏得高凹凸不平，不过它依然矗立在议事厅的阳台之下。牧师登上了台阶。

那是五月初的一个漆黑的夜晚。一眼看不到边的云幕蒙住了从天顶到地平线的整个夜空。假设当年海丝特·白兰忍辱受罚时站在那里围观的人群可以重新召集起来的话，他们在这昏黑的午夜依然无法看清楚台上人的面孔，甚至也很难看清那人的轮廓。不过，此时全镇的人都在酣睡，不存在被人发现的危险。只要牧师愿意，他能够在那儿一直站到旭日东升。除去阴冷的空气会袭击他的肌体，风湿症会弄僵他的关节，黏膜炎和咳嗽会妨碍他的喉咙之外，绝对没有其他风险可承担。倘若产生了这些严重的后果，自然会使期望次日就能听他讲经布道的信徒们大失所望，除此之外不会再有其他的风险。没有谁的眼睛会发现他，尽是要除掉那一双始终警觉的眼睛——那人已经发现过他在内室中用血迹斑斑的鞭子捆打自己了。既然这样，他为什么还要来这里呢？难道只是对忏悔加以耻笑吗？

他的确是在装模作样，在愚弄自己的灵魂！这种嘲弄，天使会为之涨红着脸哭泣，而恶魔就会嬉笑着为之庆贺！他是被那追逐得他不能原谅自己的"自责"的冲动驱赶到这里来的，而这"自责"的胞妹和亲密的朋友则是"怯懦"。每当"自责"的冲动催促他来到坦白的边缘时，"怯懦"就一定会用颤抖的双手拽他回去。可怜又可悲的人啊！像他这样的怯弱之辈怎堪承受罪恶的重负？罪恶是那种神经像钢铁的人干的，他们自己可以选择，要么甘心忍受，要么在受压过重时便运用自己凶猛的蛮力，振臂一甩，来达到目的！而这个脆弱敏感的牧师，面对着这两种方式，根本无从选择，只能无休止地左右摇摆，无奈地陷入由蔑视上帝的罪行和无济于事的忏悔交织而成的痛苦死结。

就这样，丁梅斯代尔先生站立在刑台上，进行这场没有用处的赎罪表演，与此同时，一种无以复加的恐惧向他袭来，仿佛宇宙万物都在注视着他裸露的前胸，注视着他心脏上方的一个红色标记。就在那块地方，肉体痛苦的毒牙的确在咬啮着他，而且已经过了很长时间了。他没有了任何意志力或控制力，就大吼一声，这一声嘶叫直插夜空，在一家家住宅间震响，并在背后的丛山之中形成回音，像是有一伙魔鬼发现这声音中有如大量的不幸和恐怖，就把它当作玩物，来来回回地摆弄起来。

"完了！"牧师以手掩面，喃喃自语道，"全镇的人都会惊醒，匆匆跑来，在这儿一眼就会看到我！"

然而，并没有发生这种情况。这尖叫在惊恐万分的他听来不亚于晴空里炸出一声响雷，但实际上并无如此声响。镇上人并没有惊醒，即使惊醒了，那些睡得昏昏沉沉的人也会错误地认为这喊叫是梦中的惊悸，或是女巫的吵闹——在那个年代，在移民聚居区或孤寂的小村庄，时常可以听到巫婆与魔鬼撒旦一道飞越夜空。所以，牧师没有听见任何骚动的征象，便不再捂着眼，并到处张望。在稍远的另一条街上，在贝灵汉总督宅邸的一个内室的窗口，他看到那位老长官把头露出来，手中拿着一盏灯，头上戴着一顶白色睡帽，周身上下裹着一件白色长袍。他那副样子就像是一个从坟墓中不恰当地钻出来的鬼魂。那叫声显然使他受到了惊吓。还有，那座房子的另一个窗口，出现了总督的姐姐，西宾斯老夫人，她手里也拿着一盏灯，虽然距离这么远，仍然能看出她脸上那种很不满的表情。她把头探出窗格，不安地朝天仰望。这老巫婆无疑听到了牧师的叫喊，而且把这回声阵阵的尖声呼叫当成了魔鬼与巫婆们的喧嚣叫嚷。她经常与他们结伴去丛林中游乐，这已是尽人皆知。

　　那老夫人一看到贝灵汉总督的灯光，就急忙一口吹熄了自己的灯，无影无踪了。很可能她飞上了云端。牧师再也看不到她的动静。总督在黑暗中仔细地进行了一番察看，不过漆黑的夜色如同厚重的磨盘，将一切事物通通掩盖，他自然是一无所获，于是也走开了。

　　牧师略微镇定了一些。然而，他的目光很快就看到一道微弱的闪光，开始还在远处，后来就沿街逐渐接近了。那闪光投在周围，能够辨出这里有一根树枝，那里有一段园篱。这儿有一扇隔窗玻璃，那儿有一个空筒和满槽的水。近处还存在一座拱形橡木大门，上面有铁制扣环，下面是一段粗木，当作台阶。可敬的丁梅斯代尔先生即使此时坚信，他的末日已经在他听到的脚步声中慢慢到来，片刻之后，灯光便会照在他身上，暴露隐藏已久的秘密。当那灯光越来越近时，他在那一晕光圈之中发现了他的牧师兄弟——或者说得更准确些，是他同道中的父辈，也是他非常敬重的朋友——可敬的威尔逊先生。由丁梅斯代尔先生此时的推断，他必然是刚从某个弥留者的病榻边祈祷归来。事实确实这样，这位善良的老牧师正是刚刚从温斯洛普总督的存放尸体的房中回来，就在此前不到一小时，老总督从凡间升入了天堂。此时，老牧师像旧日的圣者似的，周围包围着一圈光环，使他在这罪孽的昏夜中发出荣光——好像那已故的总督把自己的荣光遗赠给了他，又好像当老牧师仰望那胜利的朝圣者跨进天国时，那遥远的天光照射到了他身上——简言之，善良的威尔逊神父正在返家途中，提着一盏灯笼为自己引路。也就是那盏灯的暗光，触发了丁梅斯代尔先生的上面奇思异想，使他绽出了微笑——不，他可以说是对那想法放声大笑之后就怀疑自己是不是要发疯了。

威尔逊牧师走过了示众台，一只手拽着黑色法衣紧紧地裹住身子，另一只手在胸前提着灯笼。就在这时，丁梅斯代尔牧师差不多禁不住要说出口了："晚上好，可敬的威尔逊神父！我请你到这里来，陪我度过一小时欢乐的时光吧！"

天啊！丁梅斯代尔先生的确说出声了吗？刹那间，他以为这些话确已说出，但其实只是在他想象中说的。那可敬的威尔逊神父仍然缓缓地朝前走着，眼睛注视着脚下的泥路，根本没向刑台看一眼。在那闪亮的灯光慢慢消逝在远处之后，牧师在袭来的一阵昏迷中看到，刚才那一刻间，的确有一种非常焦心的危机；尽管他不由自主地做出轻松戏谑之状，竭力求得解脱，但依然感到一阵眩晕。

紧接着，那同样可怕的玩世不恭的念头又悄悄渗入了他充满严肃幻想的头脑。他感到因为不习惯夜间的凉意，四肢慢慢僵硬，并且怀疑自己还能不能走下刑台。黎明的晨光会将他暴露在台上。附近的居民就要起床了。最早起床的人踏入晨曦的微光，就会看到有个轮廓模糊的身形高高站在耻辱台上，于是就会在半害怕半好奇之中走开，一家接一家地敲开大门，叫人们出来看这已经去世的罪人的鬼魂——幽暗的精灵将扑扇着翅膀，将骚乱四处传送。之后，清晨慢慢到来，老汉们会匆忙起床，穿上法兰绒长袍，主妇们就顾不上脱下她们的睡衣。那些端庄守礼的大人物们，平日里容不得自己的头发有丝毫凌乱，此时却会如梦魇般仓皇失措、形容不整地出现在公众面前。老总督贝灵汉会歪戴着他那詹姆士王时期的环状皱领，绷紧着脸走出来。西宾斯太太，因为彻夜邀游不曾合眼，脸色会比平时更加难看，而裙上还会沾着林中细纹。还有善良的威尔逊神父，在灵床边守了半夜，又早就被人搅扰了光辉圣徒的清梦，自然也是满脸怨气。到这里来的还会有了梅斯代尔先生教堂里面的长老们和执事们，和那些对自己的牧师无比崇拜、在她们洁白的心胸中为他立了圣洁的少女们。现在，她们如此匆忙慌乱地赶来，几乎无暇顾及用头巾遮面。一言以蔽之，全部人都会磕磕绊绊地通过门槛，在刑台四周抬起让人害怕的面孔。他们会模模糊糊看到那里站着一个人，额上衬着东方的红光，那会是谁呢？除去可敬的阿瑟·丁梅斯代尔先生还会是谁！他已经冻得半死，正满面羞惭地站在海丝特·白兰以前示众的地方！

牧师陷入了荒诞恐怖的幻想，突然又毫无意识地爆发出一阵狂笑，连他自己都惊恐不已。这狂笑马上得到一声轻灵的童稚笑声的回应，随着一阵心悸——然而他弄不清究竟是出于剧烈的痛楚还是极度的欢乐——他从笑声中分辨出了小珠儿的腔调。

"珠儿！小珠儿！"他停顿了片刻叫道，随即又压低了声音，"海丝特！海丝特·白兰！是你在那儿吗？"

"是的，我是海丝特·白兰！"她惊讶地答道。牧师听见她从人行道那边向他走来。"是我，还有我的小珠儿。"

"你来自哪里，海丝特？"牧师问道，"你为什么到这儿来啦？"

"我刚刚守护在一个死人的床边，"海丝特·白兰回答说，"是在温斯洛普总督床边，我给他量了袍子的尺寸，现在正往家里赶呢。"

"来这里吧，海丝特，你，还有小珠儿，"可敬的丁梅斯代尔先生说，"你们母女俩已经在这儿站过了，然而我当时没和你们在一起。再上来一次吧，我们三人站在一起！"

她默默地踏上台阶，并且站到了台上，手中始终牵着小珠儿。牧师摸到孩子的另一只手，紧紧地握着。刹那间，一股新生命如汹涌的潮水一般，注入他的心胸，涌向他全身的血管。冲过他周身的血管，好像那母女俩正把她们生命的暖意传递给他半麻木的躯体。三人组成了一条闭合的电路。

"牧师！"小珠儿悄声说。

"孩子，你想说什么？"丁梅斯代尔先生问道，"你希望在明天中午的时候，跟妈妈和我一起站在这儿吗？"珠儿询问着。

"不行，不能那样，我的小珠儿，"牧师回答说。由于片刻前新生命力的注入，牧师又感受到当众暴露罪行的恐惧。而且，他对现在的这种团聚——尽管说也有一种陌生的欢愉——已经战栗不安了，"那样不可以，我的孩子。真的，有那么一天，我会跟你和你妈妈站在一起，但不是明天！"

珠儿笑着，想抽出她的手。然而，牧师紧紧地握住了。

"再待一会儿，我的孩子！"他说。

"但是你一定要答应，"珠儿问道，"明天中午握着我的手和妈妈的手，行吗？"

"明天还不可以，珠儿，"牧师说着，"得改个时间。"

"那在何时呢?"孩子追根究底。

"可究竟是什么时候呢?"孩子追问说。

"在最后审判日,"牧师低声说,说来奇怪,是他身为传播真理的牧师的职业感驱使他这么回答孩子的,"到那时,在那里的审判席前,你妈妈,你,还有我,必须站在一起!但这一世界的阳光是看不到我们相聚的!"

珠儿又笑了。

然而丁梅斯代尔先生还没把话讲完,乌云遮蔽的夜空上就远远地闪过一道宽阔的亮光。"到那时,在那里的审判席前,你妈妈,你,还有我,必须站在一起!但这一世界的阳光是看不到我们相聚的!"它散发出的光辉非常强烈,把天地间浓厚的云层照得通明。那广漠的天空变得雪亮,好像一盏巨灯的圆顶。它就像白昼一样清晰地勾勒出街上熟悉的景色,然而也好像添了那种由不寻常的光线照到熟悉的物体上都可以产生的可怕印象。那些附有突出的楼层和古怪的角顶的木屋;门阶、门槛旁长满早早破土而出的小草;那些覆着新翻出的黑土的花园;那些有点旧,甚至在市场一带两侧都长满了绿草的车道——所有一切全都清晰可见,然而都露出一种独特的模样,似是给这些世上的事物一种从没有过的另一种道义上的解释。就在那儿,站着牧师,他一手摸着心脏;还有海丝特·白兰,胸前闪着刺绣的字母;和小珠儿,她本人即是一个象征,将那两人紧密相连。他们立于灿若白昼的奇异圣光之中;那光辉仿佛是能揭开一切隐秘的神奇之光,是能将相属之人聚为一体的破晓之光。

小珠儿的眼中闪着妖气,当她抬头看着牧师时,脸上带着那种顽皮的微笑,让她的表情时常都是那么鬼精灵一样。她从牧师手中抽出手来,指着街道对面。但他却双手紧扣胸前,目光投向了天顶。

在那一年代，只要出现流星或其他不如日月升落那般规则有序的自然现象，通常都会被解释为超自然的启示。于是，在午夜的天空中，假如看到一支闪光的长矛、一支冒着烈焰的剑、一张弓、一支箭这类形象，就会认为是印第安人要打仗的征兆。瘟疫，则多有人都知道是由一阵红光示警的。从移民时代直到革命年代，凡是发生在新英格兰的重大事件，不管好也罢，坏也罢，恐怕都受过这类性质的一些景象的事先警告。天象时常为众人所见，但更多的时候，预兆的真实性取决于某一单独目击者的可信程度。他拿想象中那种有色的、放大的和变形的中介来观看这种奇迹，再在之后的回忆中更加明白地勾勒出来。国家的命运竟然会在无限的天际中用这些可怕而难以理解的符号揭示出来，这种想法实在伟大。对于上苍而言，在这样广漠的轴卷上记录下对一个民族的判决，也许也不能算太大。我们的先祖坚信这类事情倒是好事，由于这说明他们的新生的共和国，是在天意的垂青和严格监视之下的。然而，当某人发现出现在同样很大面积的卷面上的一个启示只是针对他一人的时候，我们又该作怎样的评论呢？在这种情况下——一个人因强烈、持久的隐痛而陷入病态的自省时，他的自我中心主义就会膨胀至整个自然界，最终他会将天穹视为仅供记录他个人历史命运的一张书页。

因此，当牧师仰望夜空看到出现了用暗红色的光线表现出的巨大字母"A"时，我们只能得出结论为他由于心病而眼睛出了毛病。这并不是说当时确实没有流星存在并在云霭中慢慢燃烧，而是说并没有他那负罪的想象力所赋予的那种形状。或者，至少是几乎不具备什么确定的形状，犯有另一种罪行的人可能会从中看到另一种标记。

当时还有一个特殊的细节能够说明梅斯代尔先生的心理状态。

在抬头看天顶的整个过程中,他一直非常清楚,小珠儿在指着站得离刑台很近的老罗杰·齐灵渥斯。牧师在认出那个神奇的红字时,显然就已看见了他。流星的亮光,就像对所有其他物体一样,也给予他的容貌一种崭新的表情;或者是医生此刻不如平时那般小心谨慎,他对牧师的怨恨已显露无遗。诚然,如果那流星照亮了天空和大地,并以末日审判来要挟海丝特·白兰和牧师的话,那么,罗杰·齐灵渥斯就能够看做是魔王,他愤怒而狞笑地站在那里,等候着来认领他们。他的表情这样真切,或者说,牧师对那种感觉是那么强烈,当流星陨落,街道及周围的景物俱已黯淡之后,那神情依然清晰如画,留存于夜色之中。

"那人是谁,海丝特?"丁梅斯代尔先生非常害怕地喘着气说,"我看到他就发抖!你知道那个人吗?我恨他,海丝特!"

她记起了曾经的誓约,默不作声。

"我跟你说,一见到他,我的灵魂就发抖!"牧师又小声说,"他是谁?他是谁?你不能帮帮我吗?我对他有一种莫名的恐惧。"

"牧师,"小珠儿说,"我能跟你说他是谁!"

"那么,快说呀,孩子!"牧师说着俯身将耳朵凑近她的小嘴,"快说呀!——悄悄地告诉我。"

珠儿在他耳边说了几句,听着倒真像说话,其实仅仅是儿童们在一起玩的时候所发的莫名其妙的音符。不管怎样,即使其中包含着关于老罗杰·齐灵渥斯的秘密信息,也是博学的牧师所不明白的,只能白白增加他的困惑罢了。接着,精灵孩放声大笑起来。

"你在嘲笑我?"牧师说。

"你不勇敢——也不诚实!"孩子应声答道,"你不愿答应明天中午握着我和妈妈的手!"

"尊贵的先生,"医生一边回答,一边走到平台脚下,"忠诚的丁梅斯代尔牧师,难道真的是你吗?哎哟,真的是的!我们这些做学问的人,只知道埋头书本,真得需要好好照看!我们醒来时常做梦,在梦中却四处乱走。来吧,尊敬的先生,我亲爱的朋友,让我领你回家吧!"

"你怎么知道我在这儿?"牧师惊恐不安地问道。

"说实话,我讲的是实话,"罗杰·齐灵渥斯回答,"我什么都不知道。我在那令人崇敬的温斯洛普总督的床边守候了大半夜,尽拙技的能力为他减轻痛苦。他现在正在返回他美好世界的家,我呢,也在回家的路上,就在这个时候闪出了那道奇怪的光。牧师先生,我请求您,跟我走吧:不然明天的安息日你就没法履行圣职了。啊哈!瞧啊,这些书本多么让人讨厌啊——这些书本!这些书本!你要少读点书,好先生,想方设法散散心不然夜游症会加重的!"

"我就和你一起回家吧,"丁梅斯代尔先生说。

牧师像是从噩梦中惊醒,心灰意冷,浑身麻木,只得顺从地跟着医生走了。

第二天正好是安息日,他的布道被认为是他宣讲过的最丰富、最有力,同样是最神圣的。听说,不仅仅一个人而是很多的灵魂明白了那次布道的真谛,在内心中发誓将来要永远怀着对丁梅斯代尔先生的神圣的感激之情。可是,他走下讲坛台阶时,胡须斑白的教堂司仪迎了上来,手里还拿着一只黑手套。牧师一眼就认出是自己的手套。

"这是,"那司仪说,"今天一早在做坏事的人示众的刑台那儿看到的。我想肯定是撒旦丢在那儿,故意中伤阁下您的。然而,说实在的,他还是和平常一样,又瞎又蠢,而且会总是如此。一只纯洁的手是没必要用手套来遮掩的！"

"谢谢你，我的好朋友。"牧师答话时故作镇定，可内心却颇为惊恐，他的记忆相当混乱，几乎把昨夜的事当作幻象了，"是的，的确是我的手套！"

"既然撒旦存心要偷，阁下您以后对付他时，就不用戴手套了。"那老司仪假笑着说，"然而，阁下您听说昨天夜里人们发现的征兆了吗——天上显出一个大红字母'A'，我们都解释是象征'天使'。由于昨天夜里，我们那位善良的温斯洛普总督变为了天使，所以不用说，上天要显灵才是呢！"

"没有，"牧师道，"我没听说这事。"

第十三章　海丝特的另一面

　　从最近这次和丁梅斯代尔先生的奇特的会见中，海丝特看到了牧师的处境，牧师衰弱不堪的样子令她极为震惊。他的精神彻底崩溃了。他的精神力量衰弱到连小孩都比不上。虽然还保持原先的智能，也许还有疾病赐予的病态精力，但他的精神已然匍匐在地，无药可救了。因为她知道别人所不知道的许多隐情，所以她马上断定除了他自己良心上的普通活动外，一架恐怖的机器正在骚扰着他，并继续骚扰丁梅斯代尔先生的安宁和平静。她熟悉这个可怜的衰朽男子以前的情形，所以，当他怀着恐怖的战栗求救于她这个被抛弃的女人，以抗御他凭借本能所看到的敌人时，她所有的灵魂受到了震动。她断定，他有权得到她的倾力相助。由于长期和社会隔绝，她不大习惯于用她自身以外的其他标准来衡量她自己的是非观念，她发现——或者说好像看到——对于牧师，她承担着一种责任，而这是她对别人，对整个的世界都不用承担的。那些使她和其余的人类相结合的链环——就像由花卉、丝绸、黄金或别的各类物质构成的链环——早已彻底断裂。而连接他们两人的却是共同犯罪的铁链，无论他或她都无法切断。这铁链如同其他纽带一样，带有与之俱来的责任。

　　海丝特·白兰目前的处境，已和她初期受辱时我们见到的情况不一样。年复一年，时光飞逝。很快小珠儿已7岁了。作为珠儿的母亲，她胸前佩戴的红字，装饰着不平常的刺绣，闪闪发光，这早已成为镇上所有人都知道的标记。往往会有这种情况：当一个人身处某种突出的位置，同时又绝不妨碍公共利益或个人便利，她往往最终会赢得人们的尊重。海丝特就是这样。涉及人类的天性，除了自私心非常活跃外，爱总比恨来得容易。恨，如果不是持续受到新的刺激，经过缓慢和平静的发展，甚至可以成为爱情。在海丝特·白兰这件事上，既无什么刺激，也不损害他人。她从不与公众对抗，只是毫不抱怨地接受最恶劣的境遇．她受尽苦难，却未索要补偿，也从未奢望得到同情。再说，这些年来，她改邪归正，纯洁无瑕，人们对她的好感逐渐增多。如今，面对世人她感觉再没什么可损失了，既没有希望，也没什么要求的，作为一个可怜的漂泊者，她之所以回归正道，完全是由于美德的感召。

人们也发现尽管海丝特本人对世间哪怕是最微不足道的权利，都从未要求分享。——除了呼吸共同的空气和用自己双手诚实的劳作为小珠儿和自己赚取每天的食粮外，然而一旦她可以给人捐助时，她总是毫不迟疑地认为自己是人类的共同姐妹。即使穷人以刻薄的嘲讽来回报时常送至门前的食物，用恶毒的咒骂来迎接能织绣王袍的巧手为他缝制的衣服。当城里瘟疫肆虐时，没人有像她似的献身精神。的确，只要有灾难到来，不管是大家的，还是个人的，这个被社会所抛弃的人总会勇敢地站出来。她进入受难者家门，不是作为客人，而是作为应该来的命运与共的人；不幸的阴云仿佛成了一种媒介，使她能够与同胞进行交流。她胸前那刺绣的字闪着圣洁的光，给人们带来安慰。在其他地方，它是罪恶的标记，而在病房里，却成了温暖的烛光。它把光明甚至可以投射到受难人生命的尽头，直至下辈子。凡尘之光迅疾黯淡，来世之光尚未来临时，这烛光指引他们迈步前行。在这关键时刻，显示了海丝特本性中的温暖和丰润，它能够满足所有现实的要求，纵然是最大的要求，它也能够应付自如。她那佩戴耻辱标志的胸脯为需要者提供了舒服的枕头。她是自封的"慈悲女神"，或者我们可以说，是严酷的世人赐予她这一封号。不过，无论是世人还是她本人都未曾预料到这一结果。后面的是她职责的标志。在她身上，助人的力量是这样的强大，同情又是这么多，以致许多人不按原来的想法①来解释它。他们说那是"可以干"（Able）的意思，就像海丝特·白兰虽然是一个女人，却这样强有力。

只有阴云笼罩的屋子才能留下她。一旦拨云见日，她就不在那里了。她的影子早已迈过门槛了。这个助人为乐的人离去时，绝不回头看看人们对她的感激之情，如果说那些从她那里得到恩惠的人们还有感激的话。街头相遇，她从不抬头接受他们的感激。要是他们坚决上来打招呼，她就将手放在红字上，匆匆走过。这或许是出于骄傲，可更像是谦卑。从而改变了舆论对她的观点。公众的脾气从来是任性的：一种普遍的权利当它被强调地有些过分时，人们也许会否定它。而当它被某些暴君任意践踏时，它却更受重视。因为人们将海丝特·白兰的做法看成是一种吁求，所以，乐意对这个以前的牺牲者传达一种比她所企求的，这恩典已超过了她的索求，或许也超越了她应得的补偿。

对海丝特优秀品质所带来的影响，统治者们和社会的明智博学的人，在认识上比普通人却要迟。他们与众人一样都曾对她怀有偏见，而这偏见也因理性的铁框而愈加根深蒂固，若要清除，绝非一日之功。然而，一天又一天，他们脸上的这种深深的皱纹，毕竟在渐渐舒缓，经过一段时间，大概会变为一种近似慈爱的表情。那些

---

① Adultery 指"通奸"。

地位显赫、承担教化民众之责的人身上恰恰就发生了这种变化。与此同时，那些平民百姓却早已把海丝特·白兰的错误忘记了。不，说得更确切些，他们已开始不再把这红字视为一种罪恶——为了这罪恶，她忍受了长时间而痛苦的煎熬——的标记，而是把它作为她犯罪后许多善行的代表。"你见到那个佩戴刺绣标记的女人了吗？"他们会这样对陌生人说，"这是我们的海丝特——只有本城才有的海丝特，她对穷人、病人和不幸者是这样关心体贴，这样乐于奉献！"诚然，揭人之短是人性固有的劣根性，人们时常会不由自主地嘀咕已过去多年的丑闻。然而，这没关系，在说这些话的人的心目中，这红字等同于修女胸前的十字架。它给佩戴者以一种神圣性，使她可以逢凶化吉。即使她确实落入强盗的手中，她也会转危为安。据说，一个印第安人曾对准那个标记拉弓射箭，一箭中的，但是箭竟然被弹落在地。

这一符号的影响，或者，说得更准确些，由这一符号所代表的社会地位，在海丝特·白兰本人的心底，产生了强烈而奇怪的影响。红字仿佛是一块火红的烙铁，炙烤着她性格中一切轻快优美的成分，使它们如同树叶一般枯萎凋零，只剩下一副光秃秃的树干轮廓。如果说，她还有哪些朋友和伙伴，那也早已被她吓跑了。就连她自己的魅力，也发生了类似的改变。她的衣着极其俭朴，神情严肃，喜怒不形于色。此外，她那富丽绰约的头发应该是剪掉了，要不就是全部塞在帽子里，从没看见过一丝秀发辉映在阳光之中，这种变化特别可悲。由于上述原因，加上其他原因，海丝特的脸上已很难看到爱的痕迹，她的身材依旧如雕像般端庄挺拔。但已无法燃起异性深情相拥的激情；她的胸脯也不会成为爱神之枕了。女性不能没有的某些禀赋已离开她。当一个女人遇到或经受了非常严酷的经历后，她作为女人的性格和人品通常会有这样的结局。如果她仅仅有温柔，

第十三章 海丝特的另一面

她就会死去若要活下来,就得将温柔品性彻底清除,或是深埋心底,不再有任何的温情流露,而两者的外在表象是完全相同的。后一种大概更为合情理。然而,一个从前是女人,而此时不再是女人的人,随时都能再变成女人,只要有促成这一转变的魔法。至于海丝特·白兰是不是会接受这种魔法的点化,从而完成这一转变,日后将见分晓。

海丝特给人的印象就像冷峻的大理石,这显然要归咎于她生活状态的转变——在很大程度上,她生活的重心已由情感转到了思想上。她独自立足在这个世界上——她是这样孤独,她和社会已没有关系,只有小珠儿要她指导和保护。她孤独得以致不再奢求恢复她的地位——她与人世的联系仅存一条断裂的锁链,如今她连断链的碎片都已通通抛弃。世俗的法律不再是她心中的法律。她所处的时代,人类的思想刚刚解放,比过去的许多世纪,得到了更加活跃,更加广阔的空间。持剑者推翻了国王与贵族,比持剑者更为勇敢的人推翻并重组旧时的狭隘偏见以及与之相连的道德原则。当然,这仅限于理论领域,理论就是他们最真实的活动场所。海丝特·白兰接纳了他们的观点。她采取了一种自由思考的方式,这在大西洋彼岸是不值得奇怪的,可要是让我们的祖先知道了,准会被看成比红字烙下的罪过还要严重。前来海岸边孤独的茅屋造访她的这些观点,可不敢闯进新英格兰的别的宅院,倘若这些幽灵似的访客在频繁叩门时被人看到,人们定会视其为恶魔,款待者也会遭遇灭顶之灾。

令人称奇的是,思想最激进大胆的人往往能最平静地遵从外部世界的各项准则。仅仅有思想上的满足就足够了,不必付诸实际行动。海丝特的情况好像就是如此。然而,要是小珠儿不从精神世界降临到她头上,她大概会大不一样。她也许会与安妮·赫钦森一起,作为一个教派的创始人而让后人铭记。说或在生命的某一阶段成为女预言家，或者很有可能背上试图削弱清教统治基础的罪名，被严酷的法庭处以极刑。然而，由于教育她的孩子，作为母亲，她对思想的热忱可能会有所减退。上帝赐予她这个孩子，就是令她珍爱、庇佑女性的胚芽、蓓蕾，在无尽的艰险苦难中让幼苗茁壮成长。所有这些都在反对她。世界对她存有敌意。孩子的天性中也有一种不寻常的东西，它表明作为一个母亲的不合法热情的产物，她的出生就是错误。因此，海丝特时常痛心地追问："这可怜的小家伙降临人世，究竟是祸是福？"

事实上，在心底，她对全体女性时常存有一种悲观的疑问。即使是最幸福的女人，她的生活就真的有意义吗？她早已给出否定的答案，并认为这点已有定论，无须理会。沉思的习惯，尽管说可以使女人变得安静——就像男人们所看上去的那样，却令她感到悲哀。也许，她已经肯定摆在她面前的是担当不了的重负。第一步应是摧毁整个社会制度，建立全新的体系。其次是，男人的本性或者说男人已经当作本性的长期遗传的习惯，必须完全改造，只有在这时，女人才有可能享有看上去公平而合理的地位。最后，即使所有其他困难都已清除，女人仍然无从享受初步改革之利，除非自身已经历更为巨大的变化。而经受这一巨变，她的实际生命得以存在的缥缈的精灵，大概早已经挥发殆尽。一个女人不管怎样绞尽脑汁，也永远不能解决这些难题。它们无法解决，或者说仅仅有一个解决方式。如果一个女人把心灵的感受置于首位，这些问题就会立刻消失。而这时，海丝特·白兰的心已没有了正常健康的搏动，就只有漫无目的地徘徊在黑暗的心灵的歧途上。时而由于无法跨越的悬崖绝壁而改变方向，时而因为面临深渊而吓得倒退几步。她的四周一片荒凉，四处没有她的家，没有她的安慰。一种恐惧的疑问常常试图占据她的灵魂，那就是如果把珠儿送到天上，让自己走到那个为"永恒的裁判"所判定的未来世界，这是不是会更好一些呢？

那个红字还没有完成自己的使命。

然而现在，自从那天夜里丁梅斯代尔先生夜游时他俩见过面以来，她得到了新的思考命题，并树立一个新目标，为此她甘愿倾尽全力，牺牲一切。她已经看到了牧师是在多么剧烈的痛苦之中挣扎着，或者更准确地说是如何停止挣扎的。她亲眼目睹，他已经站到发疯的边缘——无论隐秘的悔恨给他带来多少如蜇伤般的痛楚，为他提供解脱的援手已将一种更致命的毒液注入他体内。一个秘密的敌人，假借朋友和救护者的名誉，时刻不离他的身边，并借此机会撬动丁梅斯代尔先生性格中纤弱的锁簧。海丝特禁不住问自己：她是否在诚实、勇气与忠诚方面原本就有所欠缺，竟然能听任牧师被抛入困境——一个显然是灾祸重重，绝无任何侥幸的境地她唯一可以自我辩解的就是除去默许罗杰·齐灵渥斯隐姓埋名之外，她原本没有其他办法使牧师免遭比她承受的还要阴暗的毁灭。她那时认定，除此别无他法。冲动之下，便做出了选择。现在看来却是选了两者中更残酷的一个。她决心在所有可能的情况下来补偿自己的错误。经过很多年艰苦和严正的考验，她已经坚强多了，自信不像当年那个夜晚那样不是罗杰·齐灵渥斯的对手了。当晚他俩在牢房中谈话时，她是开始肩负犯罪的重压，并为羞耻之心逼得要疯了的。如今她已奋力攀上了一个较高的位置。而那老头却因为疯狂卑劣的报复，降到了与她接近，或许比她还要低的水平。

最终，海丝特·白兰决定去见她原先的丈夫，尽全力来解救明显已落入对方控制之中的牺牲品。没多久，她便找到了机会，一天下午，在半岛上一处荒凉的地点，她带着珠儿散步，恰恰看见那老医生，他一手挽着篮子，一手拄着拐杖，正沿路弯腰搜寻制药的根茎、药草。

第十四章 海丝特和医生

　　海丝特让小珠儿跑到水边去玩贝壳和缠结的海藻,等她和那边的采药人谈完话再回来。那孩子便像鸟儿般地飞了开去,她那双赤裸着的白嫩的小脚丫,一路拍着水在潮湿的海边跑着。她随时会收住脚步,好奇地盯着退潮时留下来的小水塘,把它当成照脸的镜子。水洼里,一个满头长着乌黑闪亮的鬈发、眼中带有小精灵般微笑的小姑娘,在看她,珠儿因为没有别的玩伴,就伸手邀她同自己进行一场赛跑。但那映象的小姑娘,也同样和她伸手招呼,好像在说:"我这儿更好!还是你到水塘里来吧!"珠儿一脚踏进去,水没到了膝盖,她看见的只是水底的自己的白嫩的小脚。同时,从更深的一层水下,映出了一种残缺的微笑,在动荡的水中上下漂浮闪动。
　　与此同时她的母亲已经在跟医生谈话了。
　　"我想和你谈谈,"她说,"跟我们密切相关的事。"
　　"啊哈!原来是海丝特太太有话要和老罗杰·齐灵渥斯说吗?"他站直了回答说,"非常乐意!啊,夫人,我从各方面都听到关于你的好消息。就在昨天晚上,一位长官,一位圣明的人,还说到了你的事,海丝特太太,他悄悄跟我说,在议会中曾经提到关于你的问题:大家议论起,如果把你胸前的红字取下来,是不是会对公众的好运有妨碍。我敢肯定,海丝特,我可是恳求法官大人立刻摘下你的红字。"

"这个标记能否取下,并不取决于法官们的意愿。"海丝特平静地应道,"要是我有资格把这东西取下来,它就会很自然地落下去,或是变成表示其他意思的东西了。"

"那么就戴着吧,既然你觉得带着更合适。"他接着说,"说到女人的饰品,她当然可以随意装扮。这红字绣得多么华丽啊,点缀在你胸前,真是恰到好处!"

在他俩谈话的时候,海丝特一直紧紧盯着那老人,她发觉在过去的七年,他居然发生了如此显著的变化,着实令她惊骇不已。那倒不是说他又老了多少,因为虽然可以看出他年龄增长的痕迹,但就他的年纪来说,仍有坚韧的精力和机敏,可是,她原来印象最深的他以前那种聪慧好学的品格,那种平和安详的态度,如今已经没有了,取而代之的是急不可耐地四下搜索,却又小心翼翼、处处设防的凶恶神情。他好像有意用微笑来遮掩,但那种微笑却显示出他的虚伪,在他脸上时有时无,似是在捉弄他,使旁人更加清楚地看出他的阴险。他的眼睛中还时常闪出阵阵红光,像是那老人的灵魂正在燃烧,却藏在心底,只是偶尔不小心受到激情的蛊惑,才会喷出瞬间的火焰。然而,他会迅速将火焰扑灭,尽量表现得若无其事。

总之,老罗杰·齐灵渥斯是一个很明显的实例,证明人只要甘心从事魔鬼的勾当,经过很长时间,就可以靠他本人的智能把良身变成魔鬼。这个郁闷的人之所以发生了这一变化,七年来,这个不幸的人一直专心致力于剖析一个被痛苦灼烧的心灵,还不时往炙热的烈焰上添加燃料。

红字在海丝特·白兰的胸上燃烧。因为这里又多了一个被毁灭的人,它的责任,部分要属于她。

"在我脸上看到什么了?"医生问道,"你看得那么入神?"

"如果我还有多余的心酸的泪的话，我会为一件事而哭泣的，"她回答说，"然而，算了吧！我还是来谈谈那个痛苦的人吧。"

"谈他的什么事呢？"罗杰·齐灵渥斯很着急地叫着，好像他喜爱这个话题，很希望有个机会能和这个唯一能够说悄悄话的人讨论讨论，"咱们不骗人，海丝特太太，刚巧我也正忙着考虑那位先生的事呢。有话尽管说，我有问必答。"

"我们上次谈话的时候，"海丝特说，"是在七年以前，当时你强迫我答应为你我之间之前的关系保密。因为那人的性命与名誉都掌握在你手中，我别无选择，只能服从你的命令保持沉默。然而我受到这一承诺的束缚，不能不很忧心。因为我尽管抛弃了对别人的一切责任，却还保有对他的责任。而有一个声音在轻声对我说，在我发誓为你保密的时候，就背叛了这一职责。从那时开始，谁都没有像你这么接近他。你总是紧跟在他身后。无论酣睡还是清醒，你都在他身旁。你探寻他的思想，挖掘他的内心，使他痛苦难耐！你玩弄他于你的手掌中，让他整天备受死去活来之苦，可是他对你竟一点也不了解。他是上天留给我保持忠诚的唯一的一个人，我却让你对他这般肆虐，我的确扮演了一个虚伪的角色！"

"难道你还有其他出路吗？"罗杰·齐灵渥斯问道，"我只要轻轻一指，就会让他从讲坛坠入地牢———或许再从地牢登上绞架？"

"那样大概更好！"海丝特·白兰说。

"我对那人做错了什么呢？"罗杰·齐灵渥斯又问道，"我跟你说，海丝特·白兰，我对这个倒霉牧师的精心照料，用国王支付给医生的最昂贵的诊费也买不到！如果不是我给你援助之手，他和你犯下罪孽之后的开始两年里，他的生命就会在备受折磨之中化为灰烬了。海丝特，因为他的精神缺乏你那种力量，支撑不了你所受的红字的那种重压。我完全能够揭发一项天大的秘密！只要一张口就

第十四章 海丝特和医生

足够了！我已经竭尽全力，将我的医术发挥到极致。他现在还能苟延残喘地活在世上，全是我的功劳！"

"他还不如马上去死呢！"海丝特·白兰说。

"对，女人，你说得对！"老罗杰·齐灵渥斯叫着，内心的火焰在她眼前烈烈燃烧，"他不如立刻死掉！他遭的那份罪还没人受过呢。而且这所有的一切全都让他最恶毒的政敌看在眼里！他已意识到我的存在。他已经感觉到有个像是诅咒的势力一直在他身边徘徊。他借助某种精神的感觉——造物主从来没造过像他这样敏感的人——可以知道，挑动他心弦的并不是什么友谊之手，而且还明白，有一双好奇的眼睛正在看着他的内心，一心要寻找邪恶，并且已经发现了。但他并不知道那是我的手，我的眼睛！他也有他的牧师兄弟们都有的那种迷信，幻想着自己已经被交给一个恶魔，受尽恐怖的梦幻、绝望的想法、悔恨的螯刺和无望宽恕的折磨；像是让他预先尝一尝等待着他的进入坟墓之后的是什么滋味。可是这个挥之不去的阴影完全是我一手造成的——一个受到他最卑劣的委屈的人的最紧密的接触——那个人已经变得只是因为极端的复仇的毒剂的永恒的驱使才得以活着！是啊，他是正确的！他没有弄错！确实有魔鬼在他身旁！一个曾具有寻常人心的人已成了专门折磨他的魔鬼了！"

那痛苦的医生，一边说着这番话，一边神色慌张地举起双手，就像他看到了某个不认识的怪影在镜中吞噬了他的映象。这样的情形好多年才会有一次。当心灵之目真切地看到自己的精神面貌时，便会出现如此神情。

"难道你折磨的他还不够吗？"海丝特注意到了那老人的表情，就这么问他，"他还没还清欠你的债吗？"

"没有！没有！他欠我的有增无减！"那医生回答说；在他说下

面的话的时候,他的神情不再是凶恶的,而变得阴郁了。"你还记得我九年前的样子吗,海丝特?即便那时我已青春不再,处于生命之秋,甚至连初秋也算不上了,但我的所有生活都是由真诚、勤学、沉思和宁静的岁月所组成的,我忠实地把它们奉献给为自己拓展知识,也同样忠实地把它们奉献给为人类造福——尽管说这后一个目标与前一个相比只是加上的。上天对我如此慷慨,让我活得安宁自在,清白无瑕,几乎无人能比。你还记得那时的我吗?尽管说你可能觉得我冷酷无情,难道我不是为他人着想,很少为自己打算吗——就算我不是温情脉脉,难道我不是善良、真诚、正直,对爱情执着到底的人吗?我过去不是这样吗?"

"是这样子的,而且还不仅仅这些。"海丝特说。

"可我现在成了什么样子?"他追问道,目光咄咄地逼视着她的脸,内心所有的邪恶都显露在眉宇间。"我已经告诉你了,我成了一个魔鬼。是谁把我害成这样?"

"就是我!"海丝特浑身发抖着说,"是我!我的责任并不比他小。然而,你为什么不报复我呢?"

"我把你留给了红字,"罗杰·齐灵渥斯回答说。"如果红字还不能为我出气,我也没有其他办法了!"

他伸出手指,按着红字,脸上掠过一丝笑意。

"它已经为你报仇了!"海丝特·白兰说。

"我也这么认为。"医生说,"现在,关于那个人,你要和我谈什么呢?"

"我要揭穿这一秘密,"海丝特坚定地回答说,"他必须认清你的真面目。结果怎样我不得而知,但我很久以来向他隐瞒真相的这笔债,现在总该偿还了,恰恰因为我才毁掉他的啊。至于他的良好的名声和他在这个世界上的地位,或许还有他的生命,要还是不要都在你的掌握之中。而我呢，红字已让我迷途知返，皈依真理。虽然那真理就像熨铁一样火热，深深地烙进了我的灵魂，而他那鬼一般空虚的生活再继续下去，我也看不出还有怎样的好处，因此我也不会卑躬屈膝地希望得到你的慈悲。随便你怎么处置他吧！对他没有什么好处，对我没有什么好处，对你也没什么好处！对小珠儿也没什么好处！我们陷入了阴惨的迷宫，根本就没有出路！"

"女人，我当然能够可怜你的！"罗杰·齐灵渥斯说，因为她表现出的绝望中有一种好像庄严的气质，连他也禁不住肃然起敬了。"你气质非凡，禀赋过人，若能早点遇上一个比我更好的爱人，可能悲剧就不会发生了。我真是可怜你，天生的美玉无人赏识啊！"

"我也可怜你。"海丝特·白兰回答说，"因为仇恨已经把一个聪明而正直的人变成了恶魔！你还愿意把仇恨排挤出内心，再恢复成人吗？即使不是由于他的缘故，那么总是更多地为了你自己嘛！原谅他吧，把他交给轮回报应的神力吧！我刚才说过了，像目前这样，不管对他，对你，或者对我，都不会有什么好处，我们是在这片阴惨的邪恶歧途中一起徘徊，在我们铺设在路上的罪孽上每前进一点都要跌跌撞撞。事情本不该这样的！因为你一直深深受到委屈，你就用一切极力来宽恕，你能够因此从中获益，只有你才存在这种可能，你是罪恶的受害者，能否宽恕全在于你。你要放弃这唯一的特权吗？你要拒绝这个无价的馈赠吗？"

"小声点，海丝特，小声点！"那老人阴沉地恐吓道，"上天没有给予我宽恕的品德，我也没有你提到的那种权力。我想起一条忘却已久的老信条，刚好能解释我们的所作所为和遭受的苦难。因为第一步走邪了，你就种下了邪恶的胚胎。但从那开始，它也就成了一种阴暗的结果。不过，使我受到伤害的除非处于一种典型的错觉之中，倒不是罪过。而我呢，尽管从魔鬼的手中夺得了他的职责，但我和恶魔毕竟不同。这是我们的命运。听任黑色的罪恶之花肆意开放吧！现在，你走你的路，至于那个人，就按你的心意去应对吧。"

他冲她挥了挥手，又开始采草药了。

第十五章 海丝特和珠儿

于是，罗杰·齐灵渥斯——这个身材畸形、嘴脸古怪得让人很难忘记的老人——离开了海丝特·白兰，一路弓着背蹒跚走去。他沿着路面弯腰前行。不时采摘一株草药，挖出一块根茎，放进臂上挎着的篮子里。他佝偻着身子，花白的胡子几乎触到地面。海丝特向他身后凝视了片刻，怀着差不多异想天开的好奇心，看看那初春的嫩草是不是会在他的脚下枯萎起来，他的足迹是不是在一片郁郁葱葱的原野上踩出一条褐色枯萎的弯曲小路。她想知道那老头儿费心采集的究竟是哪一类的草药。大地是不是会因受了他目光的感应马上怀着恶意，在他的脚下迸发出从来没有过的一种毒草来迎接他。或者一种健全的草木，在他的一触之下，马上变成恶毒的东西，就会让他满意了呢？普照万物的灿烂阳光真的也在照耀他？他那畸形的身体无论转向哪里，的确会伴有一圈不祥的影子吗？他现在要去哪个地方？他是不是会突然沉落到地下，从而留下一块荒芜之地？经过好多年以后，龙葵、山菜萸、天仙子和别的一切在这气候条件下可能生长的毒草，都会疯狂地繁殖起来。或者他会展开蝙蝠之翼飞逃而去？是否飞得越高，其面目就越发丑恶狰狞？

"不管他是不是有罪！"海丝特·白兰痛切地说，依然望着他的背影，"我恨这个人！"

她责备自己不应该有这个想法，但她既克服不了它，也不能消除它。为了平息情绪，就开启了尘封已久的记忆。想当年，在那遥远的国度，每到黄昏，他从静寂的书斋里走到家里炉火旁，欣赏妻子的微笑。他说，他需要享受妻子的微笑，为了从他那学者的胸中把连续几个小时从书本上吸来的寒气驱逐彻底。这样的情景似乎曾令她感受到幸福，但经历了随之而来的索然无趣的日子之后，她只能将此作为最不堪回首的记忆。她惊讶当时为什么会有这样的场面！她惊诧，她为什么会想和他结婚！她醒悟到开始她忍受那半死不活的握手以致主动和他相握，对他笑脸相迎乃是她一生中最需忏悔的罪过。她觉得当她还不明白爱情的实质时，他哄骗她相信，和他在一起就是幸福，罗杰·齐灵渥斯他那时犯的这一罪恶比后来别人对他所犯下的罪恶更为可恶！

"是的，我恨他！"海丝特越发怨愤不平地说，"他愚弄我！他对我的伤害远远超过了我对他的背叛！"

男人啊，凭借婚约得到的女人会让你瑟瑟发抖，除非你能同时赢得她最炽热的芳心！像罗杰·齐灵渥斯所遇到的情况一样，当一个更强的接触唤醒女性的所有感官时，你甚至还会遭受谴责，因为你强行赐予她恬静安宁的生活和平淡无奇的幸福，并以此作为现实的温情。然而，海丝特早该不再想到自己委屈才是。这从哪里说起？难道七年来在红字的折磨下，所蒙受的那么多的苦难还没有让她萌生忏悔之心？

当她凝望老罗杰·齐灵渥斯弯曲的背影时，竟有如此情绪涌上心头，泄露了许多她在别的情景下不愿对自己承认的心思。这不仅令她黯然神伤。

他走开后，她去找孩子。

"珠儿，小珠儿！你去哪里了？"

珠儿，这个精力旺盛的孩子，在她母亲和采药老人谈话时，她正玩得尽兴呢。上文已说过，最初她幻想与自己在水中的倒影嬉闹玩耍，招呼那个幻影出来，可幻影似乎拒绝冒险，于是她便寻路进入那片不可捉摸的虚幻天地。然而，她马上发现不管是她，还是这个影子都是可以看见却摸不着的。她用桦树皮做了大量小船，装上蜗牛壳，把它们放向深海，浩浩荡荡，小船数目之多，超过了新英格兰任何一个商人的船队，可大部分都在近岸处沉没了。她捉住过一条活的马蹄鱼的尾巴，抓住过几个五指鱼，并把一个海蜇放到暖和的阳光下去晒太阳。接着她从潮头捧起白色泡沫，撒在微风里，飞跳着追赶过去，想在它们还没落下时抓住它们。忽而，她又看到一群海鸟，在岸边扑扇着翅膀觅食。这淘气的孩子就拣了一围兜碎石子，在嶙嶙礁石上边爬边追赶它们，用石子敏捷地打它们。有一只白胸脯的灰色小鸟，珠儿肯定它已被石子击伤，没想到它竟然舞着受伤的翅膀逃跑了。这时，珠儿突然叹起气来，并不玩这种游戏了，伤害了那样一个像海风一样自由自在，像她自己一样随性而为的小生命，她怎能不难过呢？

她最后一项活动是采集各种各样的海草，为自己做了一件披肩或斗篷，还有一块头巾，装扮成小美人鱼的样子。她继承了她母亲的服装设计方面的才气。作为她的美人鱼服装的最后装饰，珠儿用一片大叶藻，冥思苦想地模仿母亲胸上那个红字，也在自己的胸上做了一个，然而是鲜绿色的，而不是大红色的。孩子垂下头，下颌抵在胸前，饶有兴趣地打量着这个装饰，仿佛来到人世的唯一目的就是要探究这个字隐藏的含义。

"我不知道妈妈是不是会问我这是什么意思？"珠儿想。

正在这时，她听到了母亲的叫声，于是像小鸟似的飞到海丝特·白兰的面前，边跳边笑，用手指着自己胸上的装饰。

"我的小珠儿,"海丝特沉默了片刻后说,"在一个孩子胸上戴上绿色的字,是没什么意思的。可你知道吗,我的孩子,妈妈非戴不可的这个字有什么意思吗?"

"妈妈,我知道,"孩子说,"那是一个大写的 A 字。你在识字课本上教过我了。"

海丝特仔细看着她的小脸,虽然那脸上有她时常发现的奇异的表情,然而她不能确认这孩子是不是真的明白这个符号的意思。一种病态的欲望驱使她探问究竟。

"孩子,你知道妈妈为什么要戴这个字?"

"我肯定知道!"珠儿回答说,眼睛有神地看着她母亲的脸,"那和牧师把手拢在胸口是一个道理!"

"那么,这到底是什么道理呢?"海丝特问,她先是觉得孩子的话荒唐可笑,可转念一想,她立刻面色苍白如纸。"这个字和别人的心有什么关系?"

"不知道,妈妈,我知道的都告诉你了。"珠儿说,神情比平时更严肃,"去问刚才和你聊天的那个老人吧!他也许可以告诉你。然而,现在说真的,亲爱的妈妈,这个红字到底是什么意思?你为什么要戴着它?那个牧师又为什么把手拢在胸上?"

她双手握住母亲的手,直视着母亲的眼睛,满是诚挚、认真的表情。这么狂野任性的孩子居然会有这样的神情,还真是难得。海丝特忽然感觉到这孩子或许真的在以她孩子的信任寻求接近自己,竭力以她的聪颖和自己建立感情上的共鸣。正因为这样,她才会显示出这种不寻常的表情。一直以来,母亲将满腔的热情关爱都倾注在孩子身上,但也不时告诫自己,孩子只会像四月风一般任性而为,她不能奢望任何回报。她常常用无谓的游戏来虚度时间,她会突然涌起奔放的热情,兴高采烈的时候忽又大发雷霆,你把她搂在怀里,她却让你失望。为了补救自己的过错,她会以一种神秘的温顺来吻你的脸,温和地抚弄你的头发,紧接着又跑开去做些不相干的事,给你的心坎留下虚幻的欢欣。这就是一个母亲对孩子性格的评价。若换作别人,可能只会看到她任性无礼的特点,给出一个更糟的评语。而这时,海丝特强烈地感到,珠儿,因为她的早熟和聪敏,或许到了能够和自己交朋友的年龄。她完全可以分担母亲的惆怅,而不至于给母女双方带来什么麻烦了。在珠儿混沌不明的个性中,正显露一些可能与生俱来的特性——不屈不挠的勇气与决心,不受束缚的意志力,可以培养为自尊的傲气,以及对一切虚伪之物的无情蔑视。此外,她感情丰富,虽然迄今为止总像还没成熟的果实一样,酸涩难吃。海丝特考虑,这个具有纯正天赋的小精灵一样的孩子如果不能成长为一个贵妇人,那可能就是她从母亲那里沿袭下来的罪恶确实太严重了。

珠儿始终对红字怀有无可遏制的好奇,这似乎是天生的本性。自从刚刚具有最初的意识,她就开始探究红字之谜,仿佛将此作为她所肩负的使命。海丝特经常这样幻想,上天所以把这一特别的癖好赋予这个孩子可能有一个劝善惩恶的考虑,直到目前,她才问自己,这一考虑是不是出自一种大发慈悲的目的?如果说,小珠儿不仅仅是凡间的孩子,还能被视作灵魂的使者,得到她完全的信赖,那么孩子能否承担使命,抚慰她冰封心底的哀愁,令她心如止水,荣辱不惊?她是否能够克服那曾经使她母亲疯狂过一时、直到现在仍未死亡和安息的热情,那个被牢牢地关押在坟墓一样心中的热情?

这些就是这时活跃在海丝特心中的一些想法,其印象是那么鲜明,仿佛是真有人在她耳边低声提醒呢。这时候,小珠儿双手握着妈妈的手,仰着小脸,一而再,再而三地追问着。

"妈妈,这个字是什么意思?你为什么要戴它?为什么牧师要把他的手放在胸上?"

"叫我如何解释呢?"海丝特自我思忖着,"不能说!假如这就是得到孩子同情的代价,我根本无力偿付!"

于是她大声回答:"傻珠儿!这是些什么问题呢?世界上有很多事情是一个孩子不该问的。我怎么会明白牧师的心?说到这个红字,是金丝线绣的,所以我才戴着它。"

七年来,海丝特·白兰从来没有对胸上的符号撒谎过。它就像是一位面色峻厉的保护神赐予她的护身符。可现在这保护神却弃她于不顾了,因为他看到尽管已受到严密监管,她心中又悄然滋生新的罪恶,或者原有的罪恶根本未曾驱除。至于小珠儿,她的诚挚的表情迅速就从脸上消失了。

然而,小珠儿不肯善罢甘休。母女俩回到家,她问了两三次;晚饭时,母亲为她铺床睡觉时,她再问;熟睡前又抬起头问了一次。她的黑眼珠俏皮地闪闪发光。

"妈妈,"她说,"红字是什么意思?"

第二天早晨,孩子醒来的第一个标记就是她从枕头上抬起头,问了另一个问题——这问题一直和她对红字的探讨很难分开。

"妈妈!妈妈!为什么牧师要把手放到胸口?"

"闭嘴,顽皮鬼!"母亲答道,她的声音异常刺耳,透出前所未有的严厉,"别烦我,不然,我把你关进黑屋子!"

第十六章　林中散步

　　海丝特无论眼下有什么痛苦或日后有什么结果，也愿意冒风险，一定要对丁梅斯代尔先生揭示那个钻到他身边的人的确切身份。她知道他有漫步遐思的习惯。沿半岛的海岸和附近乡郊的山林是他常去之处。可是，等了几天，都未找到和他单独谈话的机会。当然，她即便是到他自己的书斋去拜访，也不会传来什么谣言，更不会对牧师那圣洁的名声有任何影响，因为本来就有许多人到他的书斋中去忏悔，他们所招认的罪孽的深重程度，或许深于红字所代表的那种。可是，一来她担心老罗杰·齐灵渥斯会暗中或公然捣乱；一来她自己心里疑神疑鬼，尽管说别人并不会猜测。而且，和牧师谈话，两人需要共有一个广阔的天地。考虑到这一切原因，海丝特从来没想过不在众目睽睽之下在这么狭窄的私下场所去见他。

　　终于良机出现，她到一家病人的房中去帮忙，而丁梅斯代尔牧师先生先前也曾被邀请去作道祈祷，她才在那里听说他已经在昨天就走了——到他的印第安信徒中看望使徒艾略特去了。他大概要在第二天下午才回来。于是，到了第二天那个钟点，海丝特就带上珠儿出发了——尽管孩子会带来诸多不便，但母亲所到之处必有她同行。

　　这两个行路人从半岛登上大陆，踏上了一条羊肠小径，蜿蜒探入神秘而又深邃的原始森林。树木紧紧夹住窄窄的小路，矗立在两旁，浓密荫蔽，让人很难看得见天空。在海丝特看来，这正好是她多年来徘徊其中的道德荒野的写照。天阴沉沉的。寒气袭人。一片灰蒙蒙的云朵笼罩头顶，微风过时，稍有飘移；星星点点的阳光间或闪现，孤独游弋于林间小径。这种片刻的欢快，总是闪现在森林纵深的远处。在天气和景色的一片阴霾中，那嬉戏的阳光——充其量仅仅是微弱地闪烁——在她们走近时就退缩了，原本希望看到阳光欢悦的光亮之地，此时却变得越发幽暗了。

"妈妈，"小珠儿说，"阳光并不爱你。它逃走躲起来了，因为它害怕你胸口的东西。你看啊！它在那儿跳呢，远远地跳。你站在这儿，我跑过去捉住它。我只是个孩子，它不会躲开我的，我胸前可是什么都没戴！"

"我的孩子，我希望你一辈子也不要戴它。"海丝特说。

"可为什么不戴呢，妈妈？"珠儿问道，她刚要拔腿朝前跑，突然停下了脚步，"等我长大了，难道它不会自然有吗？"

"快跑吧，孩子，"她母亲回答。

"快跑，孩子。"母亲答道，"捉住阳光！它一会儿就不见了。"

珠儿很快地跑去，海丝特微笑着发现，她的确抓住了阳光，并且沐浴在阳光中放声大笑，全身披着的灿烂的光彩，还随着她快速移动的活跃激荡着而闪闪发亮。阳光逗留在孤独小孩的身旁，不忍离去，仿佛喜欢与她为伴。母亲也走近了，几乎一脚就可跨进这个魔幻的光圈。

"这下它要走了。"珠儿摇着头说。

"看！"海丝特微笑着回答，"我可以伸手捉住一些阳光了。"

她刚一伸出手，阳光就消失了。或者，从珠儿脸上出现的焕发的容光来判断，她母亲也可能认为是孩子把阳光吞了进去，只等她们步入更幽暗的地方时,再露面照亮她们的小路。在珠儿的秉性中,这种永不衰竭的精神活力带有一种藏着崭新精力的感觉,给她的印象最为深刻。她从未得过忧郁症,而现今几乎所有孩子都患有此病,多半是从饱受磨难的先人那里,连同淋巴腺结核,一并继承了。大概这种活泼同样是一种疾病,仅仅是珠儿降生之前海丝特用来遏制自己的忧伤的那种野性的反映。这种活力在孩子的性格上平添了一种坚硬的金属一样的光泽,它的魅力非常值得怀疑。她需要一种忧伤——这忧伤有些人终生需要——来深深触动她,从而使她通晓人性,懂得悲悯与同情。好在对小珠儿来说,还有很多时间呢。

"过来,我的孩子!"海丝特一边说着,一边从珠儿刚刚在阳光中站着不动的地方向四下张望着,"我们在林子里再走一会儿,就找个地方坐下休息。"

"我还不累呢,妈妈,"小姑娘回答说,"然而,你要是愿意借这个机会给我讲个故事的话,我倒愿意坐下来。"

"讲个故事,孩子!"海丝特说,"讲什么故事呢?"

"噢,讲个关于黑男人的故事吧,"珠儿回答着,她拉着母亲的衣服,抬起头望着母亲,嬉笑顽皮的神情中透着一股认真劲儿。"讲讲他怎么在这片树林里走动,还随身带着一本书——一本又大又沉的册子,上面还有铁箍;讲讲这个长得很难看的黑男人怎么向在这林子里碰见的每一个人拿出他的册子和一支铁笔;让他们拿自己的血写下他们的名字。接着他就在他们的胸前记下他的记号!你以前见过这个黑男人吗,妈妈?"

"是谁给你讲的这个故事,珠儿?"母亲这样问着,她知道这是当时一个流传很广的迷信。

"就是昨晚你照看的那家的老太婆,她在屋角的炉灶那儿讲的,"那孩子说,"她讲的时候还以为我睡着了呢。她说,有数以千计的人在这儿碰见过他，在他的册子上写下了名字，身上也让他打了记号。那个脾气很不好的西宾斯老太太就是一个。还有，妈妈，那个老太婆说，这个红字就是黑男人记在你身上的记号，你半夜到黑林子跟他见面时，这字就会像着火似的发出红光。妈妈，是真的吗？你夜里去见过他吗？"

"你夜里醒来时，有什么时候发现你妈妈出去了？"海丝特问。

"我记得没有啊。"孩子说，"要是你害怕把我一个人留在咱们的小屋里，你应该带我一起去那儿嘛。我可高兴去呢！然而，妈妈，现在就告诉我吧！是否有这么一个黑男人？你碰到过他吗？这是不是他的标记？"

"我说了，你就不再烦我吗？"母亲问。

"可以，你可得全告诉我。"珠儿回答。

"到目前为止，我就见过那黑男人一次！"她母亲说，"这个红字就是他的记号！"

这样说着话，母女俩已走进树林深处，林间小道上偶尔出现的过客不会再看到她们了。她们这时在一堆繁茂的青苔上坐着，这地方在一个世纪以前，曾经长过一棵很大的松树，树冠高耸入云，树根和树干遮在浓荫之中。她们坐着的地方是一个小小的山谷，落叶飘零，撒满溪底与两边略微凸起的溪岸。悬在溪上的树木很多年来投下的大树枝，阻碍了溪流，在一些地方形成了漩涡和深潭。而在溪水畅通、流得欢快的地方，则露出河底的石子和闪光的褐沙。她们放眼沿河道望去，能够看见在林中不远的地方水面粼粼的反光，然而没多久，就在盘错的树干和灌木中没有了踪迹，而不时为一些长满灰色地衣的巨石遮挡了视线。这些大树、巨石似乎刻意营造了小溪的神秘气息，或许是害怕滔滔不绝的溪水轻声道出古老森林的心事，抑或是担心它在平滑如镜的水面映出林间隐秘。的确，当小溪持续地偷偷前进时，一直在潺潺作响，那声音和蔼、平静又亲切，然而总带点忧郁，就像一个婴儿时期没有玩痛快的小孩子，仍然不知怎样在伤心的伙伴和阴暗的事件中得到快乐。

"小溪啊！你这傻乎乎、死气沉沉的小溪！"珠儿聆听了片刻流水的谈话后这样叫着："你为什么这样伤心？精神点，别总是唉声叹气的！"

然而在林间流过它短短生命的溪水，它的经历是那样地肃穆，不可能不说出来，而且看来也没其他可说的了。珠儿与小溪略有相似之处，她的生命之源同样也神秘莫测，其流经之地也是阴森凄凉。但她又和溪流迥然相异，她的生命之流熠熠生辉，沿途皆有轻歌曼舞，欢声笑语。

"伤心的小溪在说什么呢，妈妈？"她问。

"如果你也有忧伤，小溪就会告诉你了。"她母亲回答，"就像它在跟我说我的忧伤一样！然而，珠儿，这会儿我听到有脚步声近了——还有拨开树枝的声音。我想让你自己到别处去玩，留下我和走来的那人聊会儿天。"

"是那个黑男人吗？"珠儿问。

"你去玩儿好吗，孩子？"她母亲重复了一遍，"然而别在林子里走得太远。小心些，我一叫你就回来。"

"好的，妈妈，"珠儿回答说，"然而，要是那个黑男人，你就让我稍稍待上片刻，我想看看他，看看他夹在胳膊底下的那本大书。"

"走吧，傻孩子！"她母亲有些烦地说，"他不是黑男人！你现在就可以看到他，正在穿过林子走来。那是牧师！"

"真的是他！"孩子说，"妈妈，他的手正放在心口上呢！是否是因为牧师在册子上写下名字的时候，黑男人在那地方打下了记号？

然而他为什么不像你一样，把记号戴在胸口表面呢，妈妈？"

"马上离开吧，孩子，过一会儿再来缠我，"海丝特·白兰叫喊着，"不过别跑远了。要待在能听见水声的地方。"

孩子沿着小溪的水流方向，唱着歌走开了，她希望把更明快的歌声融进溪水的忧郁腔调中。然而那小溪并没有因此而获得安慰，仍然持续地唠叨着在这阴森的树林中已经发生的一些非常哀伤的故事——或是预言某些即将发生的事情的伤心的地方——诉说着其中不能猜测的隐秘。于是，在她小小的生命中已经存在太多的阴影的珠儿，就放弃了这条如泣如诉的小溪，不再和它交往。她注意到一块高高的岩石，开始采摘裂缝间的紫罗兰、银莲花和红色的耧斗菜。

海丝特·白兰等她的小精灵孩子走远之后，就向那穿过森林的小径上走了一两步，然而仍遮在树木的暗影之中。她注意到一块高高的岩石，开始采摘裂缝间的紫罗兰、银莲花和红色的耧斗菜。他看上去憔悴无力，露出一种失魂落魄的无奈神情，这是他在居民区周围或别的他认为显眼的地方散步时，从来在他身上发现不了的。然而，在这与世隔绝的处所，在这令人备感精神压力的密林，凄怆无助的表情顿时显露无遗。他无精打采，举步维艰，好像他不明所以，不愿意向前，也根本不想再迈一步，如果他还有其他可高兴的，大概就是希望在最近的一棵树下躺倒，什么也不用做地躺上终生。树叶会撒落在他身上，泥土会逐渐堆积，从而在他身上出现一个小土丘，不用问他的躯体内还有没有生命。死亡是一个太过明确的目标，无可期待，也无法逃避。

在海丝特看来，丁梅斯代尔牧师先生除去像小珠儿曾经说过的那样，一直用手捂着心口之外，没有表现出显而易见的受折磨的标志。

第十七章　教长和教民

牧师缓缓而行，几乎要走过去了，海丝特·白兰还是没有勇气放声叫他。终于，她喊出声来。

"阿瑟·丁梅斯代尔！"她叫道，先是声音微弱，随后就声音大了些，不过声音嘶哑。"阿瑟·丁梅斯代尔！"

"谁在叫我？"牧师应声答道。

他赶忙提起精神，挺直了身体。一个人处于不愿被旁人见到的状态时，如果猛然受惊，大多会有这样的反应。他不安地把眼睛转向发声的方向，模模糊糊地发现树下有一个人影，这人衣服穿得这样灰暗，在这阴霾的天空下和被浓密的树叶遮掩得昏天黑地的中午的时候，很难从幽暗的光线中辨认出来，他看不出这是个妇人还是仅仅是个影子。也许在人生旅途上，总会遭遇从思想中偷偷溜出的幽灵。

他走近一看，看到了红字。

"海丝特！海丝特·白兰！"他说，"果真是你？你还活着？"

"不仅仅活着！"她答道，"和以前一样，活了七年了！然而，你，阿瑟·丁梅斯代尔，也活着吗？"

这样相互询问对方实体的存在，甚至质疑自身的存在，其实不足为奇。他俩在这幽暗的森林里出乎预料的相遇就像两个幽灵在阴曹地府第一次邂逅，尽管他们生前有过密切的交往，但由于还不了解对方的现状，此外，又不习惯于和非肉体存在的交往，所以总不免彼此心怀恐惧。两人都是幽灵，彼此惧怕的幽灵！他们就是对自己也不会不心存畏惧。这一紧急时刻重新唤醒了他们的感觉，各自在心中展现了自己一生中的不是常人所能有的历史和遭遇。灵魂在过去的镜子中看到了自己的相貌。阿瑟·丁梅斯代尔浑身战栗，惴惴不安，缓缓而又没有办法地伸出他死人一样冷冰冰的手，去触摸海丝特·白兰的手。两人的手都是冰冷的，但握在一起却驱散了会面之初的恐惧与疑虑。至少，他们已有了来自同一世界的认同感。

不用多说，也不用谁带头，凭着双方的默契，他们静静地退到海丝特刚才出来的森林阴影中，就坐在她和珠儿曾坐过的一堆苔藓上。终于，他们能够开口说话了。最初只是像熟人见面似的，进行一番寒暄客套，谈谈天色阴沉、暴风雨即将来临之类的话，然后还询问了彼此的健康状况。就这样，他们谈着，非常谨慎地而又一步一步地进入了那深埋在他们心中的话题。因为命运和环境的不同，他们长期以来越来越远了，他们需用轻松随便的寒暄来开头，之后才能打开谈心的大门，从而让真实的思想到来。

过了片刻，牧师注视着海丝特·白兰。

"海丝特，"他说，"你平静了吧？"

她凄然一笑，俯视着前胸。

"你呢？"她问。

"没有！除了绝望一无所有！"他回答道，"像我这样的人，除了过当前这种生活，又能奢望什么呢？如果我是一个唯物主义者，一个没良心的人，一个粗鲁野蛮的坏蛋，大概早就得到了平静。不，我本来就不该失去的！可是，就我的灵魂而言，不论我原先具有多么优秀的品质，上帝赐予的美好品性都成了精神折磨的帮凶。海丝特，我是世界上最痛苦的人！"

"人们都尊敬你，"海丝特说，"你为人们做了好事！这难道不会给你带来安慰？"

"这给我带来更多的痛苦，海丝特，只能是更加难过！"牧师苦笑着回答，"至于看上去我在做好事，其实，我可不信什么。那仅仅是虚幻而已，像我这样一个灵魂已经毁灭的人，对于拯救别人的灵魂又会有什么作用呢？或者说，一个被玷污的灵魂如何能净化他们的灵魂？说到别人对我的尊敬，在我希望它变成轻蔑和憎恨才好！海丝特，你能觉得这是一种安慰吗？我必须站在我的布道台上，面对着仰视我的那么多眼睛，好像我的脸上正放射着天国之光！我必须注视我那些渴望真理的教民，让他们聆听我的教诲，好像我真有一条善于说教的'像火焰一样的舌头'！而我从内心里一看，就会发现，他们所崇拜的东西居然那么黑暗！我心之痛，苦不堪言！我耻笑自己的表里不一！魔鬼撒旦也在嘲笑我！"

"你这样对待自己不公平。"海丝特温柔地说，"你已深刻而沉痛地忏悔过去了。你从前的罪过已经过去了。说真的，你现在过的生活和人们所崇奉的神圣生活没有什么区别。你的悔过不是已经由善行做出检验与明证了？为什么还不能给你带来安宁呢？"

"不能，海丝特，不能！"牧师回答，我的忏悔空洞无物！它冰冷，死寂，对我毫无用处！赎罪，我做得够多的了，然而忏悔却一点也谈不上！要不然，我早就该脱下这一身道貌岸然的袈裟向众人暴露自己的真实面貌，像人们在审判席上所看到的那样。你是幸福的，海丝特，你能公开地把红字戴在自己的胸前！我的红字却只能在隐秘处灼烧！你也许不知道，在经过了七年的欺骗的折磨以后，在大家一双眼睛终于认清我是什么东西时，我所感悟到的那种如释重负的感觉。要是我有一个朋友，或者，哪怕是最坏的敌人，我在受到别人赞扬非常痛苦时,我能随时到他那里,告知他,我是所有罪人中最坏的一个,我想,这样或许我还能保持灵魂不灭。即便只有这么一点真诚,就可以挽救我!可现在,生活充斥着彻底的虚伪!无尽的空虚!冰冷的死亡!"

海丝特·白兰凝视着他的脸,好长时间没有说话。他如此激愤地倾诉压抑已久的情绪,话到此时,正好给她提供了一个极好的机会,把到这里来要说的话一吐为快。她克服了畏惧,开口了。

"像你此时所希望有的那样一个朋友,"她说,"以便能够哭诉一下你的罪过,不是已经有我了吗——我是你的同案犯啊!"她又有些犹疑,但还是努力说下去,"你也早已有了这样一个敌人,就和你住在同一屋檐下!"

牧师突然站起身来,大口喘着粗气,紧紧抓住胸口,像是要把心揪出来。

"啊!你说什么?"他大叫起来,"一个敌人!就在我屋檐下!你什么意思?"

海丝特·白兰这时才充分意识到这个痛苦的男人所受的伤害有多深,她对这件事是有责任的,她不该让他沦入那个居心叵测的恶人手中这么多年,其实就连片刻都不应该。那个心怀叵测的人不管戴着什么面具来遮掩,仅仅接近一下像阿瑟·丁梅斯代尔那样敏感的人,就足以能够扰乱他的方寸了。有一段时间,海丝特没怎么去想这一点也许是因为她自己悲痛万分,在她的想象中,牧师的境遇比她要好过许多,于是就听任牧师遭受命运摆布了。然而自从他那天晚上夜游以来,最近她对他的所有同情都变得又温柔又坚强了。如今她更明白他的心了。她肯定罗杰·齐灵渥斯没日没夜地守在他身边,他那不能告诉别人的险恶用心毒化了他周围的气氛,他以医生的身份,名正言顺地干预牧师精神上与肉体上的疾患,所有的这些作恶机会都被用于达到一个阴险残忍的目的。所以，使那个受苦人的良心一直处于一种烦躁状态，长此以往，不但不可以有益健康的痛苦治愈他，反而会紊乱和腐蚀他的精神世界。结果，尚在尘世时，十有八九会变成精神错乱；尔后，便与"善""真"，与上帝永远疏离，其在尘世的表象就是疯狂。

这就是她使他遭受的毁灭。而那个男人正是她曾经——唉，我们为什么不直说呢——而且目前仍满怀激情地爱恋着的！海丝特认为，正像她最近对罗杰·齐灵渥斯所说，牧师即使失去良好的声誉，甚至失去性命，也要远远强过她为他选择的这种活法。目前，与其把这非常严重的错误说出来，她宁可兴奋地躺在这林中落叶之上，死在阿瑟·丁梅斯代尔身边。

"啊，阿瑟，"她叫道，"原谅我吧！做其他任何事情时，我都力求诚实！诚实是我能够坚守的美德，而且无论有什么艰难险阻，我也确实牢牢坚守着这一美德；只有这一次例外，这事与你休戚相关，关系到你的利益——你的生命——你的名誉！只有在这时，我才答应采取欺骗的手段。然而说谎永远不能算是好事，哪怕退路是死亡的后果！你难道还不懂我要说的话吗？那个老人——那个医生——就是人们叫他罗杰·齐灵渥斯的那个人——他是我以前的丈夫！"

牧师猛然盯着她看，刹那间，他的目光迸射出他所蕴藏的全部的狂野激情。这激情与他品性中较为崇高、纯洁、温柔的成分交织在一起，呈现出各种变幻的形态。事实上，他天性中暴烈、激愤的部分已沦入魔鬼之手，魔鬼还在试图掌控他的全部。他双眉紧蹙，脸色铁青，面露凶狠残暴之气，海丝特还从来没见过这么暗淡、凶猛的脸色。在那里皱眉的瞬间，那确实是一种阴森的变脸。然而他本人已经被折磨得特别虚弱，即使这种较低劣的表现也仅仅只能是转瞬即逝的挣扎。他突然坐在地上，用手捧着脸。

"我早就该知道了，"他无奈地说，"我真的知道！自从我第一眼看到他，以后每次见到他，我心里都会不由自主地紧张、畏缩，这不是在告诉我这个秘密吗？为什么我就不明白呢？噢，海丝特·白兰，你简直，你根本不懂这件事有多恐怖！有多无耻！有多粗鄙！居然把一颗病弱和犯罪的心暴露给幸灾乐祸地注视着的眼睛！这是多么恐怖！可恶！可耻！女人哪，女人，这一切都得由你负责！我不能原谅你！"

"你应该原谅我！"海丝特一边叫着，一边扑倒在落叶上，躺在他身边，"请上帝来惩罚吧！你得原谅我！"

她心中突然涌起不顾一切的柔情，张开双臂抱住他，将他的头紧紧揽在怀中。她没有想到这样一来，他的面颊恰好贴在那红字上。他本能地抽身出来，然而动弹不得。海丝特不肯放松他，以免看见他盯着她脸上的那种严厉表情。整整七年，全世界都曾经对她冷漠，她默默承受了这一切，从未有过逃避，甚至没有一次调转她那坚定、忧伤的眼睛。上天也同样向她皱眉，但她活了过来。然而，这个苍白虚弱、负罪而伤透心的男人的皱眉，却让海丝特受不了，会让她死掉的！

"你还能原谅我吗？"她一遍又一遍地重复着，"可以不那样看着我吗？你能原谅我吗？"

"我肯定原谅你，海丝特，"牧师终于回答了，同时深深地叹了一口气，那是由于慈悲，而不是愤怒。"我已经完全原谅你了。希望上帝能原谅我们两人！海丝特，我们并不是世上最坏的罪人。还有一个人，甚至比受到侮辱的教士还要坏！那老人的复仇比我的罪恶更见不得人。他残酷无情地侵犯、践踏人性的尊严。你和我，海丝特，从来没做过这种事！"

"没有,从来没有!"她轻声说着,"我们所做的事,自有其神圣的献身意义。我们的确这么认为!我们彼此这样说过!你忘记了吗?"

"哎,海丝特!"阿瑟·丁梅斯代尔说着,站了起来,"没有,我还记得!"

他们又在那长满青苔、倒在地上的树干上坐了下来,相互依偎着,十指相扣。这是生命给他们的最黑暗的时刻,这是生命旅途早就引导他们到来的地方,而且在他们的无意识之中越走越黑暗,直至这最后的时刻——然而,这时刻也蕴含着诱人的魅力,令他们流连忘返。他们禁不住想多待一会儿,再待一会儿,终究是不忍离去。周围的森林朦胧一片,一阵风吹过,响起噼啪之声。粗大的树枝在他们的头上笨重地摇晃;一棵肃穆的老树对另一棵树悲声低吟,好像在倾诉树下坐着的这两个人的伤心的故事,或是在必须预告那行将到来的邪恶。

他们依然舍不得离去。返回移民聚居区的那条林间小径看上去是多么阴暗凄凉啊!一回到那居民区,海丝特·白兰就得重新负起她那耻辱的重担,而牧师就要再次戴上他那好名声的虚伪的面具!于是他们又逗留了片刻,即使是耀眼的金光也不如这幽深密林里的晦暗微光那般珍贵。在这里,红字只有他一个人的眼睛可以看见,也就没必要烧进那个堕落的女人的胸膛中去了!在这里,对上帝和人类都虚伪的阿瑟·丁梅斯代尔也只有她一人的眼睛可以看见,也就在这刹那间变得诚实了!

突然一个念头在他脑海闪现,着实令他吃了一惊。

"海丝特,"他叫道,"如今又有了一种新的恐怖的地方!罗杰·齐灵渥斯既然知道了你故意要揭示他的真实身份,那么,他还会继续保守我们的秘密吗?他接下来会怎样报复我们呢?"

"他生性喜欢诡秘从事，"海丝特想了想回答说，"而且这一本性已经随着他慢慢行使他的复仇计划而更加牢固了，我认为他可能不会泄露我们的秘密。毫无疑问，他会寻求其他的方式来满足自己不可告人的复仇欲望。"

"然而我——和这样一个敌人呼吸同一个地方的空气，我又怎么可以活得长久呢？"阿瑟·丁梅斯代尔惊呼着，他从心里止不住地发抖，神经质地用手捂住心口，这早已成了他无意识的习惯动作。"为我考虑考虑吧，海丝特！你是坚强的。为我想个办法吧！"

"你不能继续和他住在一起了，"海丝特说，语气缓慢而坚定。"你的心绝不能再袒露在他的恶毒目光之下了！"

"这比死亡都要可怕得多！"牧师应道，"但是如何来避免呢？我还有其他选择吗？你刚才告诉我他是什么人时我就突然坐在了这些枯叶上，然而我还要倒在这里吗？我必须躺倒在地，立刻死去吗？"

"天啊！你已经给折磨成什么样子啦！"海丝特说着，泪水涌进了她的眼睛，"你难道就因为软弱而寻死吗？此外再没有其他原因了！"

"上帝的裁判降临在我身上，"备受良心折磨的牧师回答，"他威力无边，我无法抗拒！"

"上帝会表达仁慈的，"海丝特接口说，"只要你有力气来接受就可以。"

"你帮我振作吧！"他回答说，"给我想个办法该怎么办。"

"难道世界就那么狭小吗？""海丝特·白兰一边高声说着，一边用她那忧郁的目光注视着牧师的眼睛，她的眼神本能地有一种磁石一样的效力，作用在那涣散消沉得简直没有办法支撑自己的精神之上。"难道整个宇宙仅仅局限于那个小镇之内吗？那镇子不久之前也不过是一片堆满落叶的荒野，像我们这儿一样荒无人烟。那条林间小道通往何处？你会说，是返回居民区的！非常正确，但是还能够再往前走啊。它越往深处去，就更源源地通向蛮荒野地，每走一步，人们就会越看不清它，直到再走不长时间，枯黄的落叶上就不见白人的足迹了。到了那儿，你就自由了！只要这么一个短短的旅途，你就能走出一个令你受尽折磨、痛苦不堪的地方，到达一个你依然能享有幸福的快乐之乡！在这没有边际的大森林里难道还没有一处树荫把你的心隐藏起来，不让罗杰·齐灵渥斯监视吗？"

"有，海丝特，然而只是在这些落叶之下！"牧师苦笑着回答说。

"而且还有海上的宽阔航道！"海丝特继续说，"你沿海路来到这里，如果愿意，还可以再从海上回去。在我们的祖国，无论是在偏僻的农村，还是在大城市伦敦，或者，当然还有德国、法国和令人愉快的意大利，他就不会知道你的下落了！所有那些严肃古板、心如铁石的人，连同他们的迂腐评判又和你有什么关系呢？他们已经尽其所能把你监视这么久了！"

"那可行不通！"牧师回答，听他那口气，就像是要他去实现一场梦。

"我做不到啊！像我这样一个悲惨的罪人，只有一个想法，就是在上天已经安排给我的地域里直到死亡。尽管我的灵魂早已迷失，但我还能为拯救他人的灵魂竭尽菲薄之力！尽管说我是个不忠于职守的哨兵，等到这种沉往的守望结束的时候，我所能得到的报酬仅仅是丢脸的死亡，然而我仍不敢擅离岗位！"

"背负了七年的苦难，你已经被压垮了。"海丝特应着，热心地用自己的精力鼓励他，"但是你应该把所有都抛在身后！当你沿着林中小径走去时，你不该让成为你的累赘，若你选择漂洋过海，也不能把它带上船。把你遭受到的所有伤痛都留在发生地吧。不要再去想它！一切重新开始！这次尝试失败了，你就不能再干了吗？不是这样的！你的未来依旧充满了尝试与机会。还有幸福等着你去享有！还有善事要你去做！让你的虚伪的生活变成真实的生活吧。如果你的精神让你去从事这一使命，就到红种印第安人那里去作牧师和使徒吧。或者，还有一个选择更符合你的天性，加入到文明世界的那些最睿智英明、声名远扬的博学贤士之中，做一个学者与哲人。你能够布道、写作，有一番作为！你可以做所有事情，只要不躺下死掉！放弃阿瑟·丁梅斯代尔这个姓名，另取个名，换一个更高贵的，好让你在那姓名下不会感到恐惧和耻辱。你为什么还要一天天陷在侵吞着你生命的痛苦之中！苦难使你意志薄弱，无所作为！甚至还会让你失去痛悔的力量！振作起来！离开这里！"

"噢，海丝特！"阿瑟·丁梅斯代尔喊道，她的热情在他的眼中一闪，亮了一下就又熄灭了，"你在让一个两膝战抖的人去赛跑！我身上已经没有力量和勇气单独到那广袤、陌生和困难的空间去闯荡了！"

这最后一句尽情宣泄了一个破碎心灵的悲观与绝望。他连抓住好运的气力都失去了，而那好运并非遥不可及。

他又重复了那个词。

"单独一个人啊，海丝特！"

"不会叫你单独一个人去的！"她深沉地悄声回答说。

这样，话就都说明白了！

第十八章　一片阳光

阿瑟·丁梅斯代尔看着海丝特的脸，满心洋溢着喜悦与希望，确实采焕发，但也流露出几分担忧与恐惧。因为她说出了他只敢闪烁其词地暗示而没有勇气直接说的话。

然而，海丝特凭着她天生的勇敢而活跃的气质和这么多年被社会所疏远和抛弃的命运，她已习惯于自由自在地思考，海阔天空地遐想；这些体验对于牧师而言，是完全陌生的。她曾不受约束，没有目的地在精神的荒原上闲荡，它是那样的空旷，那样的错综复杂，那样的阴森，就像这时他们正在其间详细地谈论他们命运大计的这片苍茫的森林。在这里，她的才智和情感有一种回到家乡的感觉，就像粗野的印第安人在森林中漫步一样。过往的这些年，她一向以旁观者的疏远目光看待人类社会的各种制度，以及教士和立法者所创建的一切。她以轻蔑的态度指责牧师的丝带、法官的黑袍、颈手枷、绞刑架、家庭或是教会，比起印第安人更甚之。冥冥中，悲苦的命运反倒使她获得了自由。红字是她到其他妇女没有勇气涉足的禁区的通行证。羞耻、绝望、孤独！这些就是她的教师——一些严格、粗鲁的教师，她们让她坚强，却也教她犯了许多错误。

牧师的情况则截然不同，他从未曾有过分悖逆的举动，导致其逾越普遍施行的法令所规定的范围。尽管他有过那么一次，恐怖地触犯了一条最神圣的戒律。然而，那是一种因为激情犯下的罪过，属于非原则性的，而且也不是故意的。自从那痛苦日子的开始，他即以一种病态的热忱和谨慎来观察监督已不是他自己的行动——这还是不难控制的，而是他自己思想和感情上的蛛丝马迹一样的变化。在那个年代，牧师处于社会体系的最高层，愈加受到各种规范、准则，甚至偏见的重重束缚。作为一个牧师，他所处的地位也一定在限制他。尽管他一度犯了罪，但他良心还存在，加之还没有愈合的伤口又在这时折磨着他，在众人眼中，他可能越发严格自律，恪守节操，甚至超过了未曾犯罪的时候。

这样，情况就似乎明朗化了。对于海丝特·白兰来说，她被放逐，受凌辱的整整七年仅仅是为这时做了准备。阿瑟·丁梅斯代尔却不是这样！倘若这样的人再一次堕落，他还能用什么冠冕堂皇的辩白来减轻自己的罪行呢？没有。除非是勉强地借助于某些说法，诸如他被长时间的剧烈的痛苦压碎了，他的精神因为不堪悔恨的折磨而混乱不堪，不管是作为认罪的罪犯而逃走，还是作为伪君子而留下，他的良心都不容易取得平衡。躲避死亡与受辱的威胁，逃离敌人阴险难辨的诡计，也在情理之中。末了，这个可怜的朝圣者在其悲惨的人生旅途，在历经艰难险阻之后，终于看到了仁爱和同情的人类之光，一种新的生活，真正的生活，它恰恰取代他当前所过的沉闷的赎罪生活。这个严峻的、悲凉的真理说到底就是罪恶一旦潜入灵魂深处，在精神层面留下的缺口就永远无法修复了。你尽可以细心守望和设防，以防敌人攻打你的碉堡，甚至能够防范敌人选择更好的突破口。但城池已不再坚固，残垣断壁近旁是逡巡不去的敌军，念念不忘上次的战果，他们终究会重获胜利。

这场斗争即便的确有，也不用多加描述。简而言之，牧师决心要出逃，然而不是一个人。

第十八章 一片阳光

"在过去的整整的七年中,哪怕,"他想,"我只享受过片刻的安宁,有过一丝一毫的希望,我也会为了上帝真诚的怜悯而忍耐下去。可是,当前我的命运既已注定没有办法改变,我为什么还不抓住定罪犯人行刑前可以得到的那点安慰呢?或者,就像海丝特劝我时所指出的,如果这的确就是一种更好的生活之路,那么我就不该放弃这光明的前程!更不用说,没有她做伴,我也不能活下去;她那么坚强地支撑我——那么温柔地抚慰我!唉,我羞于抬头望你呀,你还能原谅我吗?"

"你走吧!"海丝特说,平静地看着他。

决定一旦做出,一种奇异的喜悦之情立即从他胸中喷涌而出,犹如闪烁的点点亮光,照耀着他那颗历经磨难的悲苦之心,对于一个心灵刚摆脱禁锢的囚犯而言,无异于放他到没有人管辖的荒原去呼吸那旷野自由的空气。他的精神突然振奋起来,比起他被悲伤压倒在地时,天上的景色看起来近多了。他的性格中打上了深深的宗教烙印,心态里也不可避免地带有虔诚的宗教色彩。

"我又高兴了吗?"他喊道,为自己感到吃惊。"我还认为高兴的胚芽已在我的心中死掉了呢!啊,海丝特,你的确是我的好天使!我好像已将一个疾病缠身、罪恶深重、郁郁寡欢的我抛弃到树林的落叶上了,再站起来已经换了个人,我被赐予了新的力量,能够为慈悲的上帝增添荣光了!这就是更美好的生活!我们为什么没能早点发觉呢?"

"我们别回头看,"海丝特·白兰回答说,"过去的事让它过去!我们为什么要去留恋它呢?我要摘掉这个标记,连同所有的过去都通通去除,就跟从未发生过一样!"

她一边说,一边打开别着红字的别针,从胸前拿下红字,扔到很远的枯叶之中。那神秘的标记恰巧落在小溪边,只差几寸之遥就掉进水里了。如果是这样,这条小溪在它喃喃控诉着的让人难以理解的故事之外,又要增添一段哀伤的曲调。这刺绣的红字落在岸边,像一颗遗失的珠宝闪闪发光,也许运气不佳的漂泊者会信手拾起,从此奇怪的负罪感便会像幽灵一般挥之不去,终日心志消沉,莫名其妙地连连遭逢厄运。

　　这耻辱的标记一旦除去,海丝特长叹一声,她精神上的耻辱和苦闷的重荷马上离她而去,一种神清气爽的解放感随之而来!这时,当她体验到了自由以后才明白什么叫负荷。另一种冲动接着到来,她摘下了罩在她头发上的那顶没有生机的帽子,浓密乌黑的秀发泻落在双肩之上,丰厚润泽,闪烁生辉,使她的脸部轮廓更显柔和,平添了几分诱人的妩媚。她的嘴角和眼睛里绽放着生动的温柔的笑靥,好像是从女性的心坎里迸发出来的。她那久已苍白的面颊上也产生了红潮。她的妩媚,她的青春和她所有的丰润之美又从她那不能挽回的过去复活了,这时一齐向这魔幻圈奔泻而来的还有少女的希望和从来没有听说过的幸福。天地间的阴霾似乎不过是这两个凡人心绪的自然流露,随着他们哀愁的消失,它立刻逃遁得无影无踪了。刹那间,天空笑逐颜开,阳光射进朦胧的森林,一片片绿叶兴高采烈地从枯黄变成金黄,连萧瑟老树的灰暗树干也闪闪发光。先前只能产生阴影的物体,马上都在流光溢彩。小溪的河道带有欢快的闪光,远远地流到森林的神秘的心脏,这是一种让人兴奋的神秘。

　　这就是大自然——荒蛮林地中异教徒的大自然,从未被文明法律征服,也未接受更高真理启蒙的大自然——对这两个人精神上的幸福狂喜发出的感应!爱情,不管是新生的,还是从死亡一样的沉睡中复苏的,总要产生出一种阳光,它充满着内心,又溢到外部世界。尽管森林依然阴暗如故,然而在海丝特的眼里和在阿瑟·丁梅斯代尔的眼里却是一片光明。

第十八章 一片阳光

海丝特望着他，又一阵喜悦涌上心头。

"你必须得认识珠儿！"她说，"我的小珠儿！你见过她，的确，我知道！然而，你应该用另一种眼光去看她！她是一个怪孩子！我几乎都搞不懂她！但你会将她视为珍宝，就跟我一样，而且能教我怎样去教育她。"

"你觉得这孩子会高兴认识我吗？"牧师有点惴惴地问道，"我向来对小孩都是敬而远之，因为他们常常表现出对我的不信任，不乐意跟我亲近。我甚至总是怕见小珠儿！"

"那太痛苦了！"海丝特回答道，"然而，她会亲你爱你的，你对她也一样。她就在周围，我叫她！珠儿！珠儿！"

"我看见孩子了。"牧师说，"就在那边，站在一缕阳光下，离这儿有一段距离呢，在小溪的对岸。这么说，你认为孩子会爱我吗？"

海丝特笑了，再一次招呼珠儿，她看得见，然而有段距离，就像牧师所说的，她站在树叶缝隙中的一束阳光之中，像是身穿灿烂衣装的一个幻影。那束阳光游来荡去，去而复返；她的身影随着光彩的晃动忽暗忽明，时而像个实际存在的孩子，时而像个孩子的精灵。她听到母亲在叫她，就慢慢地穿过树林走过来。

母亲和牧师坐着谈话时，珠儿并不觉得时间过得慢。这阴森的大树林对于那些把人世间的罪恶和烦恼带到它胸膛里来的人是神圣不可犯的，然而却成了孤独幼儿的知心游伴。尽管它生性严肃，但却换上最和蔼、友善的心情欢迎她。它把鹧鸪草莓送给她，那是去年秋天长出，到今年春天结的果实，此时血红地挂在枯枝上。珠儿欣赏它的野味，用力地采摘着。荒野中的小动物见到她，并不逃避。一只鹧鸪率领十只小鹧鸪向她飞来，但随即就为自己的莽撞而后悔，并关照她的小鹧鸪不要感到恐怖。独自停息在低枝上的小鸽子，任凭珠儿靠近它，旁若无人地发出像是致敬，又像是警告的声音。松鼠立在它家居的高树之巅，唧唧吱吱地叫着，不知是在发脾气还是在欢呼。松鼠是一种任性而又滑稽的小动物，它的脾气很怪，一面叽叽喳喳，唠叨不停，一面把一只坚果丢在她头上。那是一颗去年的果实，已被它尖利的牙齿咬过了。一只狐狸被她踩在落叶上的轻轻的脚步声所惊醒，睡眼惺忪地注视着她，似乎在犹豫是逃跑呢，还是继续睡觉。据说，有一只狼——故事说到这里，确实很荒诞——走上前来，闻闻珠儿的衣服，仰起它的凶猛的头希望让她拍拍。不过事实看上去即是如此：森林母亲与它所养育的野生动物，全部都在这个人类的孩子身上，认出了同它们血脉相连的野性。

而她在这里，要比在居民区周围铺着青草的街道上或她母亲的茅屋里感觉温和。鲜花也好像知道这一点，当她走过时，总有一两朵花儿低声地向她搭话："用我来打扮你吧，漂亮的小孩子，用我来打扮你吧！"为了让它们高兴，珠儿就摘了几朵紫罗兰、银莲花和耧斗菜和从一些老树上垂到她眼前的嫩绿枝条。她用这些花草、枝条装饰自己的头发和柔嫩的小腰肢，眨眼间就变成了一个花仙子，一个小仙女，或是与这古老的森林最为亲密的小精灵。就在珠儿这样装饰自己的时候，她听到了她母亲的呼唤，所以就慢慢地往回走。

她走得很慢，因为她看见了牧师。

第十九章　溪边的孩子

"你会非常爱她的。"海丝特重复道，此时她和牧师坐在那儿看着小珠儿，"你不觉得她很美吗？你看，她依靠天生的灵巧在用普通的花儿打扮自己！就算她能在树林中搜集到珍珠、金刚钻和红宝石，也不一定比得上这身打扮！她真是棒极了！我可是知道她的前额像谁！"

"海丝特，"阿瑟·丁梅斯代尔惴惴地微笑说，"你可知道，"这个可爱的孩子总是蹦蹦跳跳地跟在你身边，她常常使我备感惊恐。我想——啊，海丝特，这想法是这样令人胆战心惊，不知怎么说是好——我自己的脸又部分地重现在她的脸上，而且是这样明显，世人不会看不出来！不过，她的脸孔大部分还是像你！"

"不，不！不是主要像我！"母亲答话时透着温柔的笑意，"不用很长时间，你就不必担心人们会追问她是谁的孩子了。她头发上戴着那些野花，装饰得她的模样异常漂亮啊！好像有一个被我们留在我们亲爱的老英格兰的仙子，把自己打扮好，出门迎接我们了。"

他俩坐在那里，正是怀着一种他们没有谁体验过的感情来注视着珠儿缓缓走来。连接他俩的纽带在她身上清晰可见。过去这七年里，她作为就像有生命的象形文字，被奉献给人类社会，在她身上揭示了他们尽力要隐藏的秘密，所有的隐秘都写在这个标记上，一切都清清楚楚,只要有一位法力娴熟的预言家或魔法师能解读这个烈焰般的标记!而珠儿就是他俩生命的统一。不管以往的邪恶可能是什么,当他们一起发现,由他们交汇并会永远在一起共存的肉体结晶和精神概念时,他们怎么可能会不相信,他们在凡世的生命和未来的命运已经分不开呢?这样的想法——也许另外还有一些他们没有承认或无法确定的想法——使得他们对慢慢前行的孩子产生了一种敬畏之情。

"你和她打招呼时,既不能热情过度,也不能太急切,不要让她觉得奇怪。"海丝特轻声说,"我们的珠儿有时候是个一阵阵让人猜不透的小精灵。特别是在她不大明白原因的时候,不容易接受别人的激情。但是,这孩子内心充满深情爱意!她很爱我,也会爱你的!"

"你很难想象,"牧师说着,偏过头来看了看海丝特·白兰,"对这次会面,我内心有多么害怕,又有多么渴望!然而,说实话,就像我刚才跟你说的,孩子们不是很愿意我亲近的。他们不会爬上我的膝头,不愿意和我说悄悄话,也不愿回报我的微笑,而仅仅远远地站着,用异样的眼光打量着我。甚至连小婴儿,只要一抱在我怀里也会啼哭不止。可珠儿长这么大,竟有两次对我非常好!头一次,你知道得很明白!后一次是你领她去那个冷面老总督家的时候。"

"那次你勇敢地为了她和我进行了申辩!"作为母亲的回答。"我记得非常清楚,小珠儿也会记得的。没什么可怕的!她刚开始可能会认生,但很快就会爱你了!"

这时,珠儿已经来到小溪对岸,站在那儿默默地瞅着海丝特和牧师,他俩依旧并肩坐在长满青苔的树干上,等着迎接孩子。就在她停下脚步的地方，小溪正好聚成一个池塘，水面平静而光滑，把珠儿那小小的身影恰到好处地映现出来，她腰缠嫩枝编的花带，让她的美貌绚丽得像画一样，比本人还要精美，更像仙女。这个映象几乎与活生生的珠儿一模一样，它似乎将自己像精灵般不可捉摸的气质都传给了孩子。奇妙的是，珠儿站在那里，不眨眼睛地透过林中的幽暗看着他们。与此同时，她全身都沐浴在好像是被某种感应吸引到她身上的一束阳光中。在她脚下的小溪中站立着另一个孩子——是另外一个，然而又一模一样——身上同样洒满阳光。海丝特朦胧而痛心地感到她自己好像和珠儿变得陌生起来，这感觉朦朦胧胧，难以言传，好像是孩子孤独一人在森林里四处游荡，已走出了和母亲共同生活的区域，现在正徒劳地寻求归路。

这种印象有正确的一面，也有不正确的一面。孩子和母亲是变得陌生了，但那要归咎于海丝特，而不是珠儿。自从孩子离开后，另一个人得以亲密无间地进入母亲的情感世界，整个的情形全变了，以致珠儿这个回来的流浪儿，找不到她以前的位置，几乎不清楚自己身在什么地方了。

"我突然冒出一个奇怪的念头，"敏感的牧师说，"这条小溪是两个世界的分界线，你永远不可能再和珠儿相会了。否则，说不定她是个小精灵，像我们儿时的童话所教的，她是不允许渡过流淌的溪流的吧？请你尽快催催她，她这样磨磨蹭蹭的，让我的神经都发抖了。"

"过来，乖宝贝儿！"海丝特鼓励孩子说，同时伸出了双臂。"你走得太慢了！你什么时候像现在这样懒洋洋过？这是我的一位朋友，他一定也会成为你的朋友。今后，你就不只有你妈妈一个人的爱了，你要得到两份的爱！跳过小溪，来我们这里。你不是可以像一头小鹿一样地跳嘛！"

珠儿对这一番甜言蜜语无动于衷，仍然留在小溪的对岸。此时她那一对明亮而任性的眸子，时而注视着她母亲，时而注视着牧师，时而同时盯住他们两个，好像想弄清并给自己解释他们两人之间的关系。出于某种不能用语言表达的原因，阿瑟·丁梅斯代尔感到孩子的目光落在他身上时，他的手以习惯性的姿势，悄悄捂到了心口上。最后，珠儿出人意料地摆出一副严肃凛然的气势，伸出一只手来，翘着细小的食指，显然是指向母亲的前胸。在她脚下，映在镜面一样的溪水中的那个戴着花环、被阳光包围的小珠儿的影子，也指点着她的小小的食指。

"你这个怪孩子，为什么不到我身边来？"海丝特叫道。

珠儿仍然用她的食指指点着，眉间渐渐皱起，因为这姿态表情来自一个满脸稚气，甚至像婴儿一样面孔的孩子，就给人印象特别深刻。母亲还在继续召唤着她，脸上露出了平日里罕见的灿烂笑容。那孩子便以更加专横的神情和姿态用力跺着两脚。同样，在小溪中那个异常美丽的形象，也映出了皱着的眉头、伸出的手指和专横的姿势，为小珠儿的模样增加了效果。

"快点，珠儿；不然我可要跟你生气了！"海丝特·白兰高声喊道，虽然平日里早已习惯了精灵孩的喜怒无常，但此时她自然希望她的顽皮乖张能稍稍收敛一些，"跳过小溪来，淘气的孩子，跑过来！不然我就过去了！"

珠儿刚才对她母亲的请求没有反应，此时对母亲的吓唬也一点也不惊惶，她的火爆脾气突然迸发，她狂躁地舞动着手脚，小小的身子都扭曲变形了。她一边这样狂暴地扭动着，一边厉声尖叫，震得周围的树木一起回响。因此，尽管说她只是独自一人没有道理地

第十九章 溪边的孩子

大发小孩脾气,却像是有一群不露面的人在同情地给她助威。此时在小溪中又一次看到珠儿发怒的身影:她头戴花冠,身系花环,跺着脚,手足乱舞,而在这种种暴怒姿态之间,她那小小的食指始终指着海丝特的胸膛!

"我明白这孩子是为什么了,"海丝特对牧师小声说着,因为强按心中的忧烦而变得面容苍白,"孩子们看惯了每天都出现在眼前的事物。如果有任何变化,哪怕是最细微的改变,他们都无法接受。珠儿是见不着我不离身地佩戴的东西了!"

"我求你了,"牧师回答说,"如果你有什么办法可以让这孩子安静下来,尽快拿出来吧!除去像西宾斯太太那样的老妖婆发疯式的愤怒,"他强笑着补充说,"一个小孩子居然会有这么大的脾气,这是我最不愿见到的!在年幼、美丽的珠儿身上,和那满脸皱纹的老妖婆一样,一定有一种超自然的力量。如果你爱我,就让她安静下来吧!"

海丝特又看着珠儿,这时她脸上泛起红潮,故意看了牧师一眼,然后深深地叹了口气。还未等她开口,脸上的红潮就已退去,面色顿时惨白如死。

"珠儿,"她伤心地说,"看你脚下!就在那儿!在你跟前!在小溪这边的岸上!"

孩子顺着她指的方向看去,在那儿她看见了红字,离小溪那么近,金色的刺绣都倒映在水里。

"把它取回来!"海丝特说。

"你捡过来吧!"珠儿回答道。

"怎么会有这样的孩子?"海丝特回头对牧师说道,"噢,我有大量她的事要告诉你呢!然而,确实,她对这可恨的标记的观点是没错的。我还得再忍受一下这折磨人的东西，也就是几天吧，到那时我们就已经不在这块地方，再回头想想，就只是一块我们曾经梦想过的土地了。森林藏不了红字！可海洋会从我手中取走它，并将它永远吞没！"

说着，她就向溪边走去，捡起红字，重新将它戴在胸前。但片刻之前，海丝特还满怀希望地说要把红字沉到深深的海底，然而当她从命运之神的手中重新接过这死一样的象征时，就感到一种很难避免的阴沉笼罩着她。她已经将它抛进了无限的空间！她一度吸进了一小时的自由空气——然而现在那红色的悲惨又重新在老地方出现了！事情从来就是这样，一种邪恶的行为不管是不是有这种表征，从来都带有这种不幸的品性。接着，海丝特挽起她浓密的发绺，把帽子戴上。那个忧伤的红字仿佛具有符咒般的魔力，能使美丽的事物顷刻凋零。她的美丽，她那女性的丰满和温暖，都像落日一样离去了；一抹灰蒙蒙的阴影好像是落在了她身上。

这一阴郁的变化结束后，她向珠儿伸出了手。

"这时你认识你妈妈了吧，孩子？"她压低声音责备说。你愿意跨过小溪，认你的妈妈吗？她已经带上耻辱的标记，现在她又成了伤心的妈妈了。"

"当然，现在我愿意过去了！"孩子回答着，跳过小溪，抱住了海丝特，"现在你才的确是我妈妈了！而我也是你的小珠儿了！"

珠儿以一种她很少有的温柔劲，往下拽着她母亲的头，亲了她母亲的额头和双颊。可是，这孩子每每给人安慰之后，总有些莫名其妙的举动，令你苦不堪言，这似乎已成了一种必然。接着，珠儿抬起她的嘴唇，也把那红字亲吻了一下。

"这可不行！"海丝特说，"你对我表达一点点爱的时候，竟然要嘲弄我!"

"牧师为什么坐在那儿?"珠儿问。

"他等着欢迎你呢。"她母亲回答,"你过来,恳求他的祝福吧!他爱你,我的小珠儿,还爱你妈妈。难道你不愿意爱他吗?来啊!他很想跟你亲近呢。"

"他爱我们吗?"珠儿说着,目光中流露出敏锐的聪慧,抬起眼睛瞅着她母亲的脸。他愿意和我们手拉着手,三个人一起回到镇上吗?"

"这会儿还不可以,我的乖孩子,"海丝特回答说,"然而在未来的日子里,他会和我们手拉手地共同走的。我们会有我们的一个家和壁炉;你呢,可以坐在他的膝头;而他会教给你大量事情,会亲亲热热地爱你。你也会爱他的,不是吗?"

"那他还会拿手捂着心口吗?"珠儿试探着问道。

"傻孩子,怎么会有这样的问题?"母亲叫道,"过来,请他为你祝福!"

可是,不知是每个受宠的孩子都会出于本能对危险的竞争者抱有嫉妒心,还是她那种奇思妙想的天性又发作了出来,珠儿不愿意对牧师表示一点好感。母亲颇费了一番气力,才把她拉到他面前。然而她还是往后坠着,脸上还做着怪样,表示她的不情愿。从她还是婴儿时期起,她就会做出各种怪模样,把她那活泼的面容变成许多的不同表情,每一种表情中都显示出一种新的恶作剧。牧师被她闹得尴尬不堪,但又希望一个亲吻或许会带来奇效,能让孩子跟他亲近一些,于是躬身向前,吻了她的前额一下。珠儿马上挣脱她母亲拉着她的手,跑到小溪边上,猫下身子,洗她的额头,直到那不受欢迎的亲吻彻底洗净,散进潺潺流逝的溪水之中。然后她就远远地待在一边，默默地注视着海丝特和牧师。他们正在谈话，为新形势以及即将实现的目标做一些安排。

至此，命运攸关的会面就要结束了。那小小的山谷会被遗弃在幽暗和古老的树木中间，孤独而寂寞地聆听着那些树木的发出的长时间地悄声议论着在这里发生过的人们不知道的事情。而这条伤心的小溪也将在它那已经过于沉重的小小心灵中再增添另一个神秘的故事，于是小溪依旧细语潺潺，保留着几个世纪以来的哀怨忧伤。

第二十章　迷茫中的牧师

　　牧师走在海丝特·白兰和小珠儿之前,他还回头看了一眼,多半是希望看到母女俩模糊的面容和身影,渐渐没入森林的微光之中。他简直没有勇气相信他生活中这一重大的变化是现实的。但身穿灰色长袍的海丝特确实是依然站在树干旁边,这树干是很多年前被一阵飓风吹倒的,从那以后它就被青苔遮蔽,两个背负世上最重压力、命运多舛的苦命人,曾一道坐在那儿,安享一个小时的安宁与慰藉。而那边的珠儿看见第三者已经离去,就重新轻快地蹦跳着从小河边回到母亲的身边。由此可见,牧师此前并没有入睡,也并非在做梦!
　　可是一种虚幻模糊、似是而非的感觉始终萦绕心头,弄得他心神不宁、惶恐不安。为了摆脱烦扰,他回忆并尽量周全地制订海丝特和他自己出逃的计划。他们两个人已经确信,那人烟密集、城市林立的旧大陆,比在海滨稀稀拉拉散布的印第安人的棚房、欧洲移民的新英格兰或北美荒原更适合他俩避难或隐居。姑且不谈牧师孱弱的体质难以忍受艰苦的林间生活,他的天赋、他的文化修养,以及他整体的发展,只有在一个文明优雅的环境才能适得其所,层次越高,他就越得心应手,乐在其中。这一选择所以得到认可恰恰是有一只船停泊在港湾里,这是一只在当时非常普遍的可疑的巡航船,尽管在深海区它不算绝对非法,但明显是在海上四处漂游,不受任何责任的约束。这艘船是刚从西班牙领海开来的，三天之内就可以驶往英国的布里斯托尔去。海丝特·白兰作为妇女慈善会的志愿人员有机会认识了船长和水手，确信能给两个大人、一个孩子弄到舱位，而且环境还提供了很难找到的一切保密条件。

牧师曾特别关切地向海丝特询问了这艘船拟定起锚的准确时间。很可能是当日算起的第四天。"那可太幸运了！"当时他自言自语道。当时，对于丁梅斯代尔先生为什么觉得这是最幸运的，——对读者不应有任何隐瞒——那是因为三天后他将在总督的就职典礼上宣讲布道。对于一个新英格兰的牧师而言，一生中能躬逢这一机缘当然是一个无上的光荣。所以，如果终止他的牧师生涯，不可能找到比这更适当的方式和时间了。"至少，他们在议论我时，"这个模范人物心中考虑，"不会说我擅离职守或没有能够恪尽职守！"可怜的牧师虽具有如此深刻、敏锐的自省，却依然难逃自欺欺人的厄运，真是可悲、可叹啊！我们已经说过并继续说他的许多错误，但据我们了解，他从来没有像如今显得这样软弱，如此可怜。一种微妙的疾病尽管说没有明显的迹象，却早就不用怀疑地在吞食他真实的个性。一个人若在相当长的时期内，以一副面孔对着自己，另一副面孔对着众人，最终肯定会迷惑不解，究竟哪一副才是真面孔。

和海丝特见面回来，丁梅斯代尔感情激动，兴奋不已，平添了前所未有的无穷体力，快步如飞地赶回镇子。林中的小道好像变得更为荒凉，到处都是的自然障碍使行路更为艰难，行人的足迹更少了。可是，他却跨越沼泽地，穿过荆棘丛生的灌木林，登上山坡，潜入谷地，一句话，他以一种他自己也感到吃惊的不知疲倦的活力克服了途中的所有困难。他不禁想起，仅仅在两天前，那时走在同样的路面上。他是何等虚弱无力，艰难的跋涉累得他气喘吁吁，不时要停下来休息。他走近镇子，呈现在他眼前的所有物象都变了样。

他好像不是昨天,也不只一两天前,而是许多年前就离开了他们。实际上,他记忆中的街道的样子,房屋的许多特点,就像众多三角墙尖和印象中应有风信子的地方,全都依然这样。然而,他却强烈地感觉到了变化,这感觉已深深嵌入脑海,挥之不去。这个小镇上他所熟识的人和他们的生活方式并没有改变。看上去他们并没有变老,也没有变年轻;年龄大的人的胡须没有变得更白,昨天在地上爬的婴儿今天也还没有站立行走,他确实无法描绘那些他这几天离去还瞥过一眼的人究竟在哪些方面发生了变化。可是,牧师从心灵最深处得到的信息却是,他们已经改变了。当他路过他自己所在的教堂的墙下时,像这种印象最为明显。从外观看这建筑是这样陌生,而又是这样熟悉,致使丁梅斯代尔先生半信半疑,莫衷一是,要么他此前只在梦里见过它,要么他此刻就在梦中。

这看上去多姿多态的现象所变现出来的不是外界的变化,而是这位熟悉景观的观察者自己在内心深处发生了重大的突变,以致一日不见好像恍恍惚惚隔了数年一样。这一变化是牧师自己的意志、海丝特的意志,以及两人之间的命运纠葛共同造就的。这小镇还是以前的小镇,可林中归来的牧师变了。他能够对向他打招呼的人说:"我已不是你们心目中的那个人了!我已把他留在森林中,让他避退在幽深的山谷中,青苔斑斑的树干旁边和悲伤的小河畔!去,去找你们的牧师吧!看看他孱弱的身躯,瘦削的脸颊。白皙饱满却又布满忧伤皱纹的前额,是否像一件旧衣服被丢弃在那儿!"不用怀疑,他的朋友必然会对他说:"你还是原来的那个人!"然而,错误的不是他,而是他们自己。

在丁梅斯代尔先生到家以前,他内心的那个人又给了他大量证据,证明他在思想和感情上发生了一场革命。实际上,如若不是他的内心王国业已改朝换代,彻底变革,那就无法解释不幸的牧师何以会惊诧不已，何以会有种种莫名的冲动。他每走一步，总想干一件奇怪的、粗野的、邪恶的事情，在他这既不是心甘情愿，也不是心向往之。一方面是不得已，虽然并非出于自愿，但极力遏制冲动的自我却遇到另一个更强大的自我，屡屡败下阵来。比如，他遇见了他的一名执事，他年事已高，品行正直圣洁，在教会中颇受爱戴，自然有资格这样做。和这些相适应，他报之以深沉的、差不多是崇拜的尊敬，这也是作为一个牧师在职业和个人品行方面对他的要求。这是一个社会地位低下、天赋一般的人，在向上交往时，怎样将自己由于年龄和智慧而享有的尊严去和必要的服从和尊重结合起来的从来没有过的绝妙范例。这时，丁梅斯代尔在和这位优秀的白胡子执事谈论的两三分钟的时间内，他必须火烛小心地控制住自己免得说出自己心中想一吐为快的对圣餐的不敬的话语。他拼尽全力，小心翼翼地控制着自己，险些就脱口而出了。他吓得浑身发抖，面色苍白，唯恐自己的舌头未经请示，擅自说出这些可怕的事情，还非要说已征得了他的同意。尽管他心怀恐惧，可当他想到，如果他真的说出他的不敬的话语，这位道貌岸然的前辈执事说不定被吓得目瞪口呆时，他又差不多禁不住要大笑起来。

另外，再举一个性质相同的例子，当丁梅斯代尔先生在街上匆匆赶路时，突然撞见了他教会里一个年龄最大的女教友，这是一个非常虔诚，堪称为表率的老太太，如同那碑石林立、尽显人世沧桑的墓地，她心中充满了对过往岁月的回忆，回忆中有故去的丈夫和孩子，还有早已作古的众多朋友。所有这些本是一种沉重的悲哀，可是她三十多年来源源不断地从宗教和《圣经》真理中汲取力量，在她老的虔诚的心里居然变成一种神圣的欢乐。自从丁梅斯代尔先生收留她为教友后，这位善良的老太太在尘世最主要的安慰——除非是从天国来的安慰，否则就根本算不上是安慰——就是和牧师会面，不论是刻意的安排，还是偶然相遇，都会使她精神振奋，焕发活力。他那可爱的双唇中发出温暖的、芬芳的、充满天国味道的福音真理，装进她那愚钝而好学不倦的耳朵，以振作自己的精神。没有办法，这一回，当丁梅斯代尔先生把他的嘴放在这老妇人的耳朵上时，仿佛感觉到灵魂背叛了自己，他竟然想不起一句《圣经》上的话语或其他任何东西，那时涌向他脑海的只有一句简短、精辟、无可争辩的断言，驳斥人的灵魂不灭。如果这句话进入她的心里，一定会使这位上了年纪的女教友就像烈性毒液发作一样，马上倒地死去。牧师究竟说了些什么，事后压根儿记不起来了。幸亏他的话没有明确的概念，使这个善良的寡妇不明白，要不就是上帝以自己的方式做了其他解释。牧师回首望去，确实看到了一种圣洁的感恩与狂喜之情，她那布满皱纹、灰白憔悴的面孔上仿佛闪耀着天国的光辉。

再举第三个例子。离开了那老女教友后，他又遇到了本教会中年龄最小的女教友。她是近来被争取过来的少女，她是在倾听了丁梅斯代尔先生夜游后，那次安息日布道后被争取过来的。她决定皈依真理，用短暂的人世享乐去换取天国的希望。当她周围的人生变得无味时，这希望会更加明亮，用它最后的光辉驱散浓密的黑暗。她美丽纯洁，就像盛开在天堂上的百合花。牧师清楚地知道，少女圣洁无瑕的心中供奉着他的肖像，肖像四周悬挂着洁白如雪的帷幔，为宗教送来爱情的温馨，为爱情带来宗教的纯洁。那天下午，可能是撒旦将这个可怜的姑娘从她母亲身边拽走，让她和这个备受诱惑的，或者说——这大概不算过分吧——这个无路可走的、绝望的人狭路相逢。她走近时，魔王便在他耳边低语，要他缩成一个小人儿，将一颗邪恶的种子植入她满怀柔情的心胸，一定让它尽快地开出黑暗的花朵，结出恐怖的果实。牧师自信有力量控制这个迷信他的姑娘的灵魂，他邪恶的一瞥能够扼杀她纯洁的心田，而他的一句话就能让她相反的一面助长。于是，经历了一番前所未有的激烈斗争之后，他用披风遮住面孔匆匆走过，就像不认识这姑娘似的，听任那年轻的教民为他的无礼而伤透脑筋。她搜索自己的良心——它就像她的衣袋和针线包一样，放着些有益的小东西，可怜的姑娘，用成千种想象中的错误来责备自己。第二天清晨，她起来做家务时，两眼哭得像桃子一样。

牧师还未来得及祝贺自己成功抵制了这次诱惑，又有一个荒诞不经、恐怖骇人的冲动向他袭来。事情是这样的——我们谈起来就脸红：他想在路上歇息片刻，以便教一群正在玩耍的牙牙学语的小清教徒说几句很不好听的脏话。正要开口，忽然觉得这念头与他的牧师身份极不相称，于是就尽力克制。之后，他遇见了一个喝醉酒的水手，此人是从西班牙领海开来的那艘船上的。值得同情的丁梅斯代尔先生在一连勇敢地克服了上述邪恶的想法以后，渴望至少应和这个满脸油污的恶棍一样的人物握握手，这种笑话，放荡不羁的海员张口就来，自然还要带上一长串地地道道、亵渎神明的咒骂，连珠炮似的脱口而出，煞是过瘾！使他得以安全地度过这次危机的并不是因为他有什么更高的原则，这一部分是出自他天生的高雅的情趣，更重要的还是依托于他已经成为习以为常的牧师礼仪。

"究竟是什么东西屡屡纠缠、诱惑我？"最后，牧师停在街中间，用手打自己的额头，喊道："我疯了，还是着了魔？莫不是我在森林里和他签了契约并且是和自己的血签了字？现在是他在暗示我做这些坏事，以履行跟他的契约吗？"

这时，正当丁梅斯代尔先生拿手拍打自己的额头，自言自语时，那个有名气的妖婆希宾斯老夫人正好从旁边走过。她打扮得雍容华贵，梳着高高的发髻，身穿华丽的天鹅绒长袍，配上用精选黄浆打理过的皱领。这种黄浆是依据她的密友安·塔娜在为托马斯·奥弗伯里爵士谋杀案而受绞刑前教她的秘方配制的。不知妖婆是不是真的看出他的思想，她精明地看着他的脸色，狡猾地笑了笑，尽管她很少和他交谈，这时却和他搭起话来。

"尊敬的先生，看来你已经到森林做过客了。"妖婆说，一面向他点点她戴着高帽子的头，"下次一定请你通知我一声，我以能和你做伴感到骄傲。不是我夸口，我说一句好听的话，你知道那边的统治者，会热情接待任何一位陌生的先生！"

"说实话，夫人，"牧师回答说，一面深深地鞠了一个躬，这位女士的身份及他本人的良好教养要求他必须这么做，"说实话，我用我的良心和人格保证，我确实不明白你的意思！我到森林里去绝对不是找什么权势者，以后也没计划去那儿企求得到这些人的欢心。我唯一的想法是问候我的虔诚的朋友艾略特使徒，他成功地说服了许多宝贵的灵魂脱离异教，皈依真理；我是去祝贺他，分享他的喜悦！"

"哈哈，哈哈！"老妖婆哈哈大笑，一面还不停地点着她的戴着高帽子的头，"好，好，我们在白天不得不这样说话！你的讲话倒确实像精通此道的老手呢！可到了午夜，在森林里，我们就可以谈谈别的话题了！"

她以一个年长的人的庄重态度走开了，然而还不时回过头看看，像是想探究他们之间秘密的亲切关系一样。

"我已经把自己出卖给魔鬼了？"牧师心想，"如果众人所言不虚，这个戴黄浆皱领，穿天鹅绒长袍的老巫婆已选中魔鬼做她的王子和主人了！"

痛苦的牧师！他所做的这笔交易和老妖婆特别相似！经不住幸福美梦的诱惑，他将自己交给了无可宽宥的罪恶。他居然降低自己的人格，去干那些他从未干过的确实是十恶不赦的勾当。罪恶的传染病毒迅速地浸遍了他所有精神系统。它泯灭了他所有的神圣的冲动，并给所有恶行败德灌输生机。轻蔑、刻薄，毫无来由的恶毒，天生作恶的欲望，对一切神圣美好事物的讥讽，凡此种种俱已醒来，争相对他施行恐吓诱惑。如果说他和年老的希宾斯夫人的相遇实在属于偶然，这无非表明他和卑污的人们和沉沦的精神世界早已沆瀣一气、同流合污了。

　　这时，牧师已到达位于墓地边缘的住所，惶惶然登上楼梯，躲进了他的书斋。他为自己返回这个避难所而高兴，在这里他不至于像走在街头那样，各种奇怪荒唐的想法纷至沓来，突然把他暴露在光天化日之下。他走进了熟悉的房间，环顾四周，看看书籍、窗子、壁炉和墙壁上舒适的帐幔，这诡异的感觉缠着他从林间幽谷走进镇上，又一路追踪到书房。他以前在这里研究，写作；在这里，他整宿进行斋戒，被折腾得死去活来；在这里，他虔诚地祈祷；在这里，他忍受了数不胜数的痛苦！在这里有一本《圣经》，它是一本用希伯来文写的，装帧考究，上面印有摩西和预言家们对他的训诫，彻头彻尾全是上帝的声音。在桌上一支饱蘸墨水的钢笔旁边，放着一篇没有完成的布道词，一句话只写了一半。两天前他的思路到这里突然停止。他知道正是他自己，形容消瘦、面颊苍白的牧师，做了这些事，受尽了折磨，然后又将这些统统写进了总督就职典礼的布道经文。然而他却带着轻蔑和怜悯以及夹杂着羡慕的好奇心，袖手旁观，冷眼注视他先前的自己。那个自我已成为过去。另一个人从林中回来了，一个更加聪明的人，一个探幽析微、洞察神秘的人，他的这种知识是以前那个人的天真的头脑没有办法领悟的。可这是怎样一种痛苦的了解啊！

　　就在他正在苦思冥想的时候，传来一声书斋的敲门声。"进来！"

牧师说道。并不是出乎意料，他知道他会遇见一个邪恶的精灵，果然这样！进来的正是老罗杰·齐灵渥斯。牧师默默地站在那里，脸色发白，一只手按着希伯来文《圣经》，另一只手捂着胸口。

"欢迎您回家，牧师先生！"医生说，"那个使徒艾略特先生好吗？亲爱的先生，你面容苍白，在我看来这次穿越荒原的旅行让你吃苦了。要不要我帮你恢复精神和体力，好准备那篇布道演说？"

"不，我不打算这样，"丁梅斯代尔先生接着说，"在长久蛰居书斋以后，我的旅行，我和那位神圣使徒的见面，我所呼吸到的自由空气，对我都是有好处的。我的善良的医生，我觉得我再也不需要你的药品了，虽然它们都是良药，而且还是一只友谊的手所配制的。"

两人谈话时，罗杰·齐灵渥斯一直在用一种医生对待病人的那种认真细心的眼神盯着牧师。尽管如此，牧师依然确信老头儿已经知道，或至少猜测到自己和海丝特·白兰的见面。而医生则从牧师的眼神中发现，自己不再是他的可信赖的朋友，而是他的最狠毒的敌人。事情既已这样明朗，总该有所表示才是。不过，令人费解的是，用语言道破真相往往要经过很长时间。这两个人考虑到安全，都尽力避免某种话题，的确要触到话边，也会安然回避。所以，牧师不用担心罗杰·齐灵渥斯会公开说出他们彼此所处的真实地位。可是，医生却沿着黑暗的路径蹑手蹑脚地爬行，居然已接近那个秘密了，这真令人不寒而栗。

"今天夜里，"他说，"你让我尽点力，难道不是更好？说实话，亲爱的先生，为了这次庆祝选举的布道，我们必须得使你有充沛的精力才行。人们都盼望你有出色的表现；他们担心下一年到来时，他们的教区牧师或许就不在了。"

"对，到另一个世界去了。"牧师以一种平静的口吻说道，"愿上帝给我一个更好的世界。说句心里话，再和我的教民一起，哪怕仅仅过上转瞬即逝的一年，我都受不了！不过，说到你的药，好心的先生，照我目前的身体状况，我并不需要。"

"我很高兴听到这一点。大概是我的治疗长期没有效果，可现在开始有效了。如果能医好你的病，新英格兰将对我感激不尽，我该有多幸福啊！"

"衷心地谢谢你，我最细心的朋友。"丁梅斯代尔先生说，脸上露出了冷酷的微笑，"我感谢你，仅仅只能用我的祈祷报答你的善良的行为。"

"一个善良的人的祈祷就是在用黄金做报酬！"老罗杰·齐灵渥斯一边告别，一边说道，"是的。它们是在新耶路撒冷通用的金币，上面铸着国王本人的印章！"

牧师一人留在了屋里。他唤来一个仆人，要了一些食物，摆放在面前，美美地饱餐了一顿。接着，他把已经写好的庆祝选举的布道文章丢进火里，提笔重新开始写。他文思泉涌，深刻丰富的思想情感随之迸发而出，下笔如有神助，可有一点让他感觉诧异的是，为什么上天竟会选中他这样一架破旧的手风琴来传达神谕的崇高而庄严的乐曲？然而，这神秘之谜让其自行解答或永远找不到答案吧，他一直写，急不可耐而又欣喜若狂。这一夜好像是插有双翼的骏马飞驰而去，而他就骑在这马上。

第二天，朝霞临窗，太阳缓缓升起，终于把它的光芒投进书斋，映照在牧师眩晕的双眼上。他坐在那儿，手里还握着笔，书桌上是洋洋洒洒的长篇恢宏高论。

第二十一章　新英格兰的节日

在新总督从人民手中接纳他的职位的那天清晨，海丝特·白兰和小珠儿到达市场。那里聚集了大群镇上的手艺人和其他平民，场面蔚为壮观。其中也有大量粗野的身影，他们身上穿的鹿皮衣装，证实他们是这个殖民地小都会周围的林中居民。

在这个公共节日，海丝特和七年来的所有场合一样，仍然穿着她那身灰色粗布做的袍子。这身衣服的颜色，特别是那表达不出来的独特的样式，她本人仿佛被淹没在灰衣之中，面容模糊，轮廓不清。可是，那红字又使她从朦胧难辨之中跳出来，用她自身的闪光，把她显示在她的精神之下。她那早已为镇上居民所熟悉的脸，露出那种常见的大理石一样的静穆，就像一副面具，或者更像一个寡妇脸上的那种僵死的恬静。这样令人沮丧的类比，是因为事实上海丝特之所以会流露如此凄惨的神情，是因为多年来未曾得到人世间的任何同情。她的心已然死去。虽然形体仍混迹于人世，其实她早已离去。

在这一天，她可能还会显出一种前所未有的表情，不过此时还不太明显，的确难以觉察。除非有一个具备超自然本性的观察者可以首先洞悉她的内心，然后才会在她的表情和举止上发现相应的变化。这位能洞察人内心的观察者或许会想到，在长达七年的悲惨日子里，她默默忍受着众人的怒目相向，并将此作为一项生活的必需，一种惩戒的方式，一条苛刻的宗教戒律。现在，已是最后一次了，她要自由而且发自内心地愿意面对人们的注视，以便把长期的苦难转变为胜利。"再最后看一眼这个红字和佩戴红字的人吧！"人们内心中的这个牺牲品和终身奴仆会对他们这样说。"再过一会儿，她就不受你们的控制了！你们让这标记灼烧她的胸膛，可几小时之后，那深不见底、神秘莫测的海洋就会将这红字永远吞没！"假如我们设想，当海丝特这时即将从和她深深相连的痛苦中赢得自由时，心中也许会升起一丝遗憾之感，恐怕也并不去悼念人之本性。既然自从她成为妇人以来的多年中，差不多一直品尝着苦艾和芦荟，难道这时就不会有一种不容易停止的欲望要最后一次控制呼吸上一大杯这种苦剂吗？今后的人生之酒，必是盛于镂花的金杯中呈献到她唇边，醇香可口，沁人心脾。否则，在她喝惯了具有强效的兴奋剂式的苦酒残渣以后，一定会产生一种厌烦的眩晕的感觉。

她把珠儿打扮得花枝招展的。人们实在很难猜到这个明媚靓丽的小精灵竟然是那个阴郁的灰衣女人所生。或者说，人们简直很难想象设计那孩子服饰所需的华丽和精巧和赋予海丝特那件简朴长袍以显著特色的——这任务大概更困难，竟然同时由一个人做成。那身衣裙穿在小珠儿身上正好合适，简直就像她激情本性的迸发，或是性格的必然发展与外在表现。就像蝴蝶翅膀上的绚丽多彩的花朵上的鲜艳光辉一样，没有办法本体分割开来。衣裙对于孩子，也是同一道理，完全和她的本性浑然天成。更不用说，在这很有意义的一天，她情绪上有一种不一般的不安和兴奋，甚至有些躁动不安，就像佩戴在胸前的钻石，随着胸脯起伏的加剧而越发闪亮耀眼、光芒四射。孩子们和同他们相关的人们的激动总是关系密切在家庭环境中出现了一些麻烦或迫在眉睫的变动时特别这样，所以，作为悬在母亲不安的心口上的一颗宝石，珠儿每一次的心绪跳动都会泄露母亲的内心情感。

她兴高采烈得不应该安分地走在她母亲身边，而且像鸟儿一样地蹦跳着。她时而疯狂地狂吼乱叫，时而尖声歌唱。之后，她们来到了市场，发现那里活跃喧闹的气氛，她就更加不得安宁了。因为那地方日常与其说是镇上的商业中心，不如说像是村子会所前的宽阔而寂寞的绿草地。

"咦，这是怎么回事呀，妈妈？"她叫道。"大家怎么今天都不干活儿啦？今天全世界都休息吗？看啊，铁匠就在那儿！他洗掉了满脸污垢，穿上了过周末的衣服，像是只要有个善良的人教教他，就要痛痛快快地玩哪！那个老狱吏布莱基特先生，正冲我点头微笑呢。他为什么要朝我笑，妈妈？"

"他还记得你是个小小的婴儿的模样呢，我的孩子。"海丝特回答说。

"就算这样，他也不该冲我点头微笑，这个满脸凶相，又黑又丑的老家伙！"珠儿说，"他如果愿意，倒会向你点头的；因为你穿灰色，还戴着红字。可是看啊，妈妈，这儿有多少陌生人的面孔啊，还有印第安人和水手！他们全都跑来做什么？"

"他们等着看游行队伍路过，"海丝特说，"因为总督和官员们要走这里，还有牧师们，全部的大人物和善良的人，前面要有乐队和士兵开路呢。"

"牧师会在那儿吗？"珠儿问，"他是不是还会向我伸出双手，就跟你从小溪边把我带到他面前时一样？"

"他会在那儿的，孩子，"她母亲回答，"然而他今天不会招呼你，你也别招呼他。"

"他真是一个奇怪的伤心人！"孩子说，有点像是自言自语。

"在那个黑夜里,他让咱们到他跟前去,还抓着你和我的手,陪他一起站在那边那个刑台上。还有,在森林深处,只有老树能听见,只有树梢上方的天空能看见,他和你一起坐在青苔上讲话!他还亲吻了我的额头,连小河的流水都洗不干净啦!可是在这儿,天空很晴朗,又有这么些人,他竟然不认识我们,我们也不该认识他!他还总是用手捂着心口,可真是一个奇怪的伤心人!"

"别说话,珠儿!你不懂这些事情,"她母亲说,"这会儿别想着牧师,看看周围吧,看看大家今天脸上有多高兴,孩子们从学校里走出来,大人们从作坊、田野里赶来,都是为了找乐子,因为今天要有一个新人来控制他们了。自从人类第一次凑成一个国家就有这种习惯了,因此,他们就痛痛快快地来欢庆一番,就像又老又穷的世界最终要过上一个黄金一样的好年景了!"

海丝特说得很对,人们笑逐颜开的样子的确不常见。过去已经这样,在随后两个世纪的大部分岁月里依然这样,清教徒们把自己觉得人类的弱点所能容忍的所有欢乐和公共喜庆,全部压缩在一年中的这一节日中。因此,在短短一天的节日,驱散了司空见惯的愁云后,较之于大多数地方的居民遭遇不幸时的表现,他们不会显得更为严肃。

然而,我们也许过于夸张了这种灰黑的色调,虽然那确实是当年的心情和行为的特色。聚集在波士顿市场上的那些人并非生来就继承了清教徒的阴郁苛刻。他们本来全部生在英国,他的父辈曾在伊丽莎白时代的明媚和富饶中生活。那一时期的英格兰生活,从总体上来看,是世界所见证过的最堂皇壮美、最愉悦欢腾的。如果新英格兰的定居者们遵循传统的兴趣,他们就会用篝火、宴会、表演和游行来装点所有重大的公共事件。举行盛典时,将喜庆的欢愉融入庄严的典礼,就像在庄重的节日礼服上绣制奇异华美的花纹,并非完全不可行。在殖民地开始它的政治年度的这一天庆祝活动中，还有这种愿望的影子。在我们先辈们所制定的每年一度的执政官就职仪式中，还可以窥见他们当年在古老而骄傲的伦敦——姑且不谈君主的加冕大典，只需看看伦敦市长的就职典礼即可——所发现的痕迹的重现，然而这种反映已经模糊，记忆中的余晖经多次冲淡以致褪色。殖民地的先辈和创建者们——政治家、教士和军人——将保持外表的庄严威仪视为一种责任，遵循古老的风范，那种打扮恰恰是社会贤达和政府委员的合适装束。他们在人们眼前按部就班地全部定下来，以让那刚刚组成的政府的简单机构得到所需的威严。

普通百姓也会得到允许，即便不是受到鼓励，可以稍许放松一下，不必再像平时一样从事各行各业的艰苦劳作，并将此视为宗教严格奉行。确实，这里没有伊丽莎白时代或詹姆士时代在英国到处都是的通俗娱乐设施，没有演剧之类的不登大雅之堂表演，没有弹着竖琴唱传奇歌谣的游吟诗人，没有奏着音乐耍猴的闯荡江湖的人，没有会变玄妙戏法的魔术师，没有会讲笑话、善于活跃气氛的小丑，即便他们的笑话都老掉牙了，仍能引起欢乐的共鸣，逗得众人哄堂大笑。从事这所有滑稽职业的艺人们，不仅为严格的法律条文所令行禁止，也遭到使法律能够生效的人们感情上的厌恶。可是，普通百姓那严肃和老成持重的脸上依然微笑着，尽管说可能有点不自然，却也很高兴。各类体育比赛倒很常见，大多是殖民地居民多年前在英国的集市或乡村绿地上见过并参与过的一些项目，因为本质上发扬了英武和阳刚精神，被看作应于这片新大陆上加以保留。在康沃尔和德文郡的种种形式的竞技比赛，在这里的市场周围到处可以看见。在一个角落里，正在开展一场使用铁头木棍做武器的友谊比赛。而最吸引大家兴趣的是在刑台上——这地方在我们书中已经很是注目了，有两位手执盾牌和宽剑的武士，正在开始一场公开表演。然而，令人大失所望的是，剑术表演受到了镇执法官的干预而被迫中断，他决不允许滥用这样一个神圣的处所，以致亵渎法律的威严。

当时的居民虽然是第一代不从事欢乐活动的人，但他们深知父辈们的行乐曲。总体而言，在如何欢度节日这一点上，他们要比后人略胜一筹，甚至还胜过了相隔年代如此久远的现代人。我们得出这种大众化的结论恐怕并不过分。早期移民的子孙，也就是他们的下一代后人，受清教主义阴影笼罩最严重，从而让国家的形象黯淡无光，以致在今后的多年中都不能够清洗干净，我们只好重新学习这门已经忘了很久的寻欢作乐本领。

市场无疑是一幅展现人生百态的画卷，尽管说基调是英国移民的悲伤的灰色、褐色和黑色，也还夹杂一些别的色彩而显得活跃。一群印第安人，穿着野蛮人的鹿皮外套，腰间束着贝壳点缀的带子，头戴由红色和黄色赭石和羽毛做成的饰物，背挎弓箭，手里拿着石尖长矛，站在一边，他们脸上那种严肃刚毅的神情，比清教徒们还严重。这些满面油彩的异族人虽然粗犷野蛮，但还不算这个场景中最粗野的。更能充分展现这一特色的是一批从那艘来自拉丁美洲北部海域的船上的水手，他们来大陆就是为了观看庆祝选举日的热闹的。这些亡命之徒个个面目狰狞，皮肤被烈日晒得黝黑，满脸都是蓬乱的胡子。又肥又短的裤子腰间有宽腰带，常常用一片粗金充当扣子，一直插着一柄长刀，偶尔是短剑。宽檐棕榈叶帽子下面闪着的那双眼睛，尽管在心情好、兴致高的时候，也露出一股野兽一样的凶光。他们对约束众人的行为规则毫不顾忌，公然在执法官眼皮底下吸烟，而镇上人每吸一口就得罚款1先令；他们还任意地从衣袋里掏出酒瓶，大口地喝着葡萄酒或烈性酒，并且任意地递给周围那些吃惊的人们。

这就是那个时代严格的道德观念所存在的明显缺陷，然而对那些浪迹海的人却网开一面，不仅允许他们在陆地上为所欲为，而且任凭他们在自己的空间里加肆无忌惮。当年的那些水手，几乎和如今的海盗没什么区别。就以这艘船上的船员为例吧，他们尽管不是海上生涯中那种声名狼藉的人物，然而用我们的话说，一定犯有劫掠西班牙商船的罪行，仅以这艘船上的水手为例，虽然并非海上从业者的反面典型，但毫无疑问都曾犯下劫掠西班牙商船的罪行。在现在的法庭上，都有处以绞刑的可能。

但是，在那些久远的年代，大海完全遵循自己的意志随性而为，时而汹涌澎湃，时而飞沫四溅。从来没有接受人类法律束缚的想法。那些在风口浪尖上谋生的海盗们，只要愿意，可以不再继续当海盗，马上成为岸上的一名正直诚实的好人。即使他们还在如火如荼地进行海上营生，若有人和他们做生意或偶尔有过交往，也不会担心有损声誉。所以，那些穿着黑色礼服，挺着浆过的环状皱领，戴着尖顶高帽的清教徒长者们，对于这帮快活的水手们的大声喧哗和粗野举动，反倒报以非常慈爱的微笑。而当人们发现老罗杰·齐灵渥斯医生这样一个声名良好的镇民会与那艘可疑船只的船长结伴走进市场，一边还亲密地交谈着，这一幕不会激起任何惊讶或只言片语的责备。

就那位船长的服饰来说，无论他在人群中的什么地方，都是一个最引人注目、最英武的人物。他的外衣上缀满绶带，帽子上饰有金色的花边，还绕着一根金链子，顶上插着羽毛。他腋下挎着一柄长剑，额头上有一块伤疤——从他的发型来看，好像更急切地要暴露而不是要加以掩盖。一个陆地上的人，如果是这种穿戴，露出这副尊容，而且还大摇大摆地招摇过市，恐怕被当官的召去传讯，甚至会被罚以罚金或判处监禁，也许会枷号示众。然而，对于那位船长而言，这一切都应是他的不可或缺的特征，就像鱼生来就有闪光的鱼鳞一样。

准备前去布利斯托尔的那艘船的船长,和医生分别后就悠闲地穿越市场。后来他恰恰走近海丝特·白兰站立的地方,他好像认出了她,就跟她打招呼。和平时一样,凡是海丝特所站立的地方,周围就会形成一小块空地,好像有一种魔环围着,圈外的人尽管在周围摩肩擦背地挤作一团,也没人有勇气或者乐于闯进那块空地。这无疑是个强有力的明证——红字将它的佩戴者禁锢于彻底的精神孤岛,这固然是因为她自己的回避,然而也是由于她的同胞们的本能的后退,尽管这种后退早已不那么恶意了。如果说这种隔离圈以前没有什么好处的话,这时倒是大有好处,因为海丝特可以同那位船长交谈而不致冒被人听到的风险。何况海丝特·白兰在众人间的声名已经改变很大,进行这样的谈话,决不会引起什么流言蜚语。即便镇上最恪守妇道的女子做出这样的举动,人们的反应也不过如此。

"啊,太太,"船长说,"我必须吩咐乘务员在你定的床位之外,再多预备一个!那就没必要担心路上得坏血症或斑疹伤寒这些疾病了!有了船上的外科医生和其他这位医生,我们唯一的不足就差药剂或药丸了;我从一条西班牙船上买来了一大堆药材,都装上船了。"

"你这是什么意思啊?"海丝特问道,脸上不禁露出了惊诧神色。"你还有其他乘客吗?"

"哦,你不知道吗?"船长大声说,"这儿的这位医生——他自称齐灵渥斯—想同你一起尝尝我那船上饭菜的滋味呢,唉,唉,你肯定已经知道了。因为他告诉我,他和你们是一起的,还是你提到的那位先生的好朋友呢——就是受到刻薄老迈的清教徒统治者威胁,处境很危险的那位先生!"

"确实,他们相互很了解。"海丝特神色平静地回答,虽然内心非常惊愕,"他们住在一起很久了。"

　　船长和海丝特·白兰没有再说什么。然而就在此时,她注意到老罗杰·齐灵渥斯本人,正站在市场远处的角落里,对她微笑着,虽然两人之间隔着宽阔嘈杂的广场,那微笑——穿过人群的谈话声、笑声,越过各种各样的思想、情绪和兴趣——依然传递了一个恐怖的不可告人的含义。

第二十二章　游行

　　海丝特·白兰还没来得及理清她的思路,考虑用什么措施来处理这刚刚出现的惊人局面,已经从附近的街道上传来了越来越近的军乐声。这表明地方官员和镇民的游行队伍正朝着议事厅方向行进。按照早已确立并始终遵照执行的规矩,丁梅斯代尔牧师先生会在那里开展庆祝选举的布道。

　　很快游行队伍的先头出现了,步履缓慢庄严,转过一个拐角后,开始穿过市场。走在最前面的军乐队,由各种乐器组成,或许相互之间不和谐,而且演奏技巧也不纯熟,可是那军鼓和铜号的合奏对于百姓来说,却达到了要在他们眼前经历的人生景象上增添更加崇高和英雄的氛围这一伟大目标。小珠儿起初使劲拍着小手——那天整个上午她几乎都兴奋不已——可接下来的片刻她那莫名的激动突然就消失了,她默默地注视着,好像一只盘旋的海鸟在汹涌澎湃的波涛中扶摇直上。然而在乐队之后接着到来、充当队伍光荣的前卫的军人们,他们明晃晃的兵器和铠甲在阳光下灼灼闪亮,分外耀眼。又让她回到了原来的心情之中。这个士兵方队,里面没有一个是雇佣兵,所以仍然保持着一个整体面存在,他们从拥有古老而光荣的声名的过去的岁月中踏着整齐的步伐而来。它的成员都是英勇的绅士,他们心中都涌动着尚武的激情,便设法建立了一个类似于军事学校的团队。为了在那里像在"圣堂骑士"那种社团一样，学习军事科学，至少可以在和平时期学会演习战争。人们对这支军队怀有崇高的敬意，故而其中的每一成员都气宇轩昂，姿态高傲。其中有些人也确实因为在低地国家服役和在别的战场上作战，而赢得了军人的头衔和高傲。更不用说，他们身上裹着锃亮的铠甲，耀眼的钢盔上还闪动着羽毛，那种辉煌的气势，任何一支现代的仪仗队部无法奢望与其抗衡。

然而，对于有思想的观察者而言，更值得注目的是紧随护卫队到来的文职官员。仅从外表来看，他们神情庄严，步态稳健。较之于他们的威仪气度，军人的昂首阔步即便不算滑稽可笑，也显得有些粗俗。那个时代，我们所谓的天才尽管不像今日这样受到重视，但坚定和庄重的人格所赖以产生的种种素质却被人们敬仰。因为世袭权利，这些人享受着人们的尊重，而此种尊重在他们今日的子孙身上，即便不是被剥夺得精光，也是没剩下什么，在公职人员的评选中已越来越无效了。这种变化可能有利有弊，或好坏参半。在古代，迁徙到这荒芜海滨的英国移民，尽管早已将王公贵族和形形色色的地位很高的人摒弃得一干二净，但他们在骨子里依然强烈地存有崇奉尊严的本能和需要，他们敬畏老年人的白发与苍老面容；显现在久经考验的正直上；显现在坚定的智慧和悲惨的经历上；显现在那使他们能够不朽的庄严伟大的才干上。因此，那些开始受人们拥戴而掌握大权的早期的政治家们，像布雷兹特里特、恩迪科特、达德利、贝灵汉和他的同辈人，看上去并不都是很有才华的人，他们凭借的是深沉稳重的性格，而不是过人的智慧。他们坚韧刚毅，自强不息，一旦遭逢危难困境，便会为了国家利益挺身而出，屹立于惊涛骇浪中力挽狂澜。上述性格特点全部反映在新殖民地官员的方方正正的脸上和粗壮的体魄上。就他们天生的权威举止来说，可以一点也不羞愧地作为实行民主的先驱人物升入贵族院和枢密院。

　　位列官员之后走来的是那位声名显赫的年轻牧师，人们正期待着他轻启双唇，发表选举纪念日的布道演说。当时，从事这一职业比置身政界更能展示他的智慧；因为——姑且抛开崇高的动机不谈——仅从这职业在居民中所引起的近于崇拜这一点来说，它就具有很强的诱惑力，足以吸引有抱负者投身其中。甚至连政治权力也会落入一个成功牧师的掌控之中，英克利斯·马瑟①即是其例。

　　这时，那些围观丁梅斯代尔先生的人们看到自从他踏上新英格兰海岸以来，还从未展现过如此充沛的精力和体力。他的步履不像平时那样有气无力，他腰板挺直，他的手也不再不祥地拢在心口。然而，如果正确观察的话，会看到他的气力不是他的身体所固有的，那是精神给他的，而且是天使给予的宗教馈赠。或许是强力兴奋剂发挥了效用，这药剂只有用诚挚、持久的思想炉火，才能蒸馏而出。否则，也许是他敏感的气质被那向天空升腾的尖锐刺耳的音乐鼓舞，高高地腾飞在声浪之上。可是，他的神情却如此茫然，不禁使人心存疑问：丁梅斯代尔先生到底是否听到这种音乐了？他的身体靠一种不正常的力量向前移动。然而，他的心灵在哪里呢？可能是深锁在他自己的领域，急忙借助一种超自然活动酝酿那即将从他口中源源道出的所有庄严的思想。因此，对于周围的一切，牧师熟视无睹，充耳不闻，全然无知无觉。然而，这种精神因素提携着孱弱的躯体用力地向前，不但不感到是一种重负，还使它同化为精神。智力超群而又病魔缠身的人，会由于巨大的努力而拥有一种把许多天凝聚为一时的偶然的力量，但接踵而来的日子便毫无生气了。

　　海丝特·白兰目不转睛地看着牧师，一种不知缘自何处、难以名状的悲凉感突然向她袭来。她不知道，只知道它离她自己的天地

---

　　① 原为波士顿大学校长，后任哈佛大学校长。

是这样遥远，是她完全不能乞求的。她曾想象他俩之间必然得交换一次彼此心照不宣的眼神。她不禁回想起幽暗的丛林，孤寂的小山谷，他们的爱与哀愁，还有那长满青苔的树干。在那儿他们携手坐在一起，让他们的悲哀和深情的谈话和小溪忧伤的絮语交融在一起。当时他们真可以称得上是心心相印！可眼前的这人是他吗？她现在几乎不认识他了！他好像被嘹亮的音乐包围着，跟着非常有声望的父老一起，昂首阔步地走着。而此刻出现在她眼前的这个他正沉浸在无人能懂的沉思中，更是高不可攀！她曾无数次梦想过两人的结合，那画面如此清晰逼真，可到头来一切都只是虚无缥缈的幻想。当她一想到所有这些想必只是一场幻梦，她的精神就消沉下来。虽然她这场梦做得这样真切，但牧师和她自己之间毕竟不可能有什么真实的联系。由于海丝特身上存有太多的女性气质，尤其是眼下命运的沉重脚步又在逐渐向她逼近，她不能原谅牧师居然这样利索地从他俩的共同世界中离开，而她还在黑暗中摸索，伸出冰冷的手，却寻不到他。

珠儿或者是已经看出和感觉到了她母亲的感情，或者是她已经感受到那笼罩在牧师周围的那种冷漠和神秘的气氛。游行队伍走过时，孩子显得躁动不安，就像一只振翅欲飞的小鸟不停地扑扇着翅膀。全部队伍通过后，她抬头看着母亲的脸。

"妈妈，"她说，"那人就是在小河旁吻我的牧师吗？"

"别说话，亲爱的小珠儿！"母亲悄声说，"我们绝不能在市场上讲森林里发生的事。"

"我弄不明白那个人是不是他，他看上去真奇怪。"孩子继续说道，"不然我早就跑到他跟前，在众目睽睽之下让他吻我的手了，就像他在那边黑暗的老树下吻我一样。妈妈，牧师会说什么呢？他会用手按着心口，皱着眉头叫我走开吗？"

"他会说什么呢？珠儿，"海丝特回答说，"他只会说现在不是吻你的时候，还会说在市场里是不能亲吻的。傻孩子，还好你没和他讲话！"

还有一个人对丁梅斯代尔表达了同样的感觉，她性格怪异——或者我们应当说她精神失常——竟然敢冒天下之大不韪，做出镇上几乎无人敢做的事：竟然在众目睽睽之下和红字佩戴者聊天。这个人就是希宾斯太太。她围着三层皱领，套上绣花胸衣，穿着华丽的绒袍，手里拄着杆金头拐杖，浓妆艳抹地站在看游行的队伍之中。在当年巫术盛行之时，她作为主角人物而非常出名（后来终因此送了命），因此她所到之处。人们纷纷回避，唯恐碰到她的外衣，好像她华美的衣褶里藏着瘟疫似的。看到她和海丝特·白兰——尽管眼下人们已开始对后者怀有好意——站在一起，人们对她的恐惧马上翻了一倍，这两个妇女在市场上站着的那块地方，人们来了个大撤退。

"你看，有谁能想到呢？"老妇人对海丝特小声说道，显出一副关系很好的样子。"那里那个神圣的人，人们都叫他圣徒，很正确，连我也得说他确实像！现在，人们看见他在游行队伍中走过，可有谁会想到片刻之前他走出书房——我可以说，他这时嘴里还唠叨着希伯来文的《圣经》——就到森林中去散步呢！啊哈，海丝特·白兰，我们可知道那是什么意思！然而，说实话，我简直不信他就是那个人。我发现在乐队后面游行的许多教友，就曾和我踩着同一拍子跳过舞，当时，某人还是小提琴手，也许印第安人的祭师或拉普兰人①的魔术师也和我们握过手呢。一个女人知晓了天下大事后，这就只能算是小事一桩了。至于说到这个牧师，你能否有十足的把握辨认出他就是你在林间小道上遇见的那个人！"

---

① 指居住在斯堪的纳维亚半岛和科拉半岛上的拉普兰人。

"太太，我不明白你说的是什么。"海丝特·白兰回答说，她看到希宾斯夫人脑子出了问题。然而，听到希宾斯夫人这样确信地断言这么多的人（包括她自己）竟然全部和那个恶魔有私人关系，不禁害怕起来，"丁梅斯代尔先生这样一位学识渊博、虔诚敬神的牧师，我可不能随意诋毁！"

"呸，女人，呸！"老妇人喊道，向海丝特晃晃她的手指，高声叫道，"我到林子里去了无数次，难道你还以为我没办法辨别出有谁去过那儿吗？我当然有，即使他们跳舞时戴的野花环没在他们头上留下一片叶子，我还是可以认出你，海丝特，因为我认识那个标记。在阳光下我们都看得到，在黑暗中它像火焰一样闪着红光。你公开戴着它，识别你当然没有问题。至于提及这个牧师，让我告诉你，当那个'黑男人'发现自己的一个仆人在签字盖章后而又像丁梅斯代尔先生那样羞愧于承认契约时，他就想出办法使那标记在众目睽睽之下暴露在世人面前！牧师总是用手捂着心口，他想要遮住什么？哈，海丝特·白兰！"

"究竟是什么东西？希宾斯夫人！"小珠儿问，急切地问，"你见到过吗？"

"不要去管它，亲爱的！"希宾斯夫人恭恭敬敬地对珠儿说，"你自己早晚会看到的。孩子，他们说你是'空中王子'的血统！你愿意在月明之夜随我去见你父亲吗？那时你就明白牧师为什么总用手捂住心口了！"

说着，古怪的老太太走开了，一边还放声大笑，刺耳的笑声传遍了整个市场。

此时，会议厅里会前祈祷已经做完，可以听到狄梅·断迪尔先生开始布道的声音。一种不可抗拒的声音迫使海丝特向这个地方靠拢。神圣的议事厅早已挤得水泄不通，再也不能多容纳一个听众了。

她只好站在紧靠那座示众台的地方。这地方能够听到全部布道,尽管并不清晰,它把丁梅斯代尔的极其特别的声音转变为喃喃细语。

牧师的发声器官本身就具有超凡天赋,对一个听讲人而言,即便完全不明白布道者所说的内容,也会因他的抑扬顿挫的声音而有所感触。它具有音乐般的魅力,而且还用心灵的语言吐露丰富的情感,或是热烈昂扬的激情,或是温柔的悲悯。这声音虽然因受教堂墙壁的阻拦而变得低沉,然而海丝特·白兰听得很认真,听得很激动,产生了一种撬动灵魂的共鸣,她竟然从那些含糊不清的词句中获取了一个贯穿布道始终的全新的意义。这些话想听得明白些,大概只能借助粗俗的媒介,否则将不容易表达它的精神含义。此刻,她首先听到的是低调,就像大风转趋平息一样。随后,又伴随它的甜美和魅力而升腾,直到彻底沉浸在它的音量所散发的敬畏庄严的氛围之中。不过,那声音虽然有时透着威严,但始终流露出一种忧愁与哀伤。这种由受难者发出的或高或低的痛苦的表述,不管是悄然细语,还是尖声喊叫,都在震撼着每个人的心!而在凄凉的沉默中,人们不时可以听到和隐约能听到的却是一种悲怆的深沉旋律。但是,纵然牧师的声音变得高亢威严,以至响彻教堂,破壁而出,传到窗外,听讲人只要细心聆听,仍然能够辨识出同一个痛苦的呐喊。那是什么东西呢?它是一颗装满哀愁,大概是装满罪过的心在向人类的伟大胸怀说出它的秘密、它的罪过和哀愁;它时刻都在祈求人们的同情和宽恕,而且总能像他希望的那样!从来都是情真意切!正是这深沉、持久的哀鸣赋予牧师最独特的力量。

在这期间,海丝特始终像雕像似的僵立在刑台脚下。即便牧师的声音没能使她驻足停留,这块地方也依然具有一种无可抗拒的磁力。她的内心有一种感觉——这感觉虽然还形不成思想,却沉重地压着她的心脏,她的全部生活轨道,不管是过去还是未来都和这块地方联系在一起,她的全部生活就是由此开始的。

同时,小珠儿已经离开她母亲,随心所欲地在市场上到处嬉戏玩乐。她凭借自己的飘忽不定、闪烁迷离的色彩取悦阴郁的人群,就像一只羽毛华丽的小鸟在迷茫的树林中跳上跳下,忽隐忽现而辉映其间一样。她的情绪起伏不定,时常会有突如其来的动作,毫无规律可言。这表明她的精神充满活力,却又躁动不安。今天她使劲用脚尖跳舞,这表明她的精神处于一种烦躁的状态,可能是受了母亲不安情绪的感染和影响。只要她发现任何能够激起她那永远活跃的好奇心的事物就飞奔上前,只要自己喜欢,无论是人是物都当作自己的财产一样据为己有,从不肯对自己的行动有一点儿约束。那些清教徒在一旁看着,即便露出了笑容,也依然认定这孩子有魔鬼的血统,因为她浑身上下都透着难以形容的美艳与乖张古怪的魅力,那小小的身子不停地奔腾跃动,闪射奇异的光芒。她边跑边注视着一个野蛮的印第安人的脸,这个人马上意识到一个比他更野的人性。接着,她以天才的勇气和她特有的沉默飞奔到水手人群之中。他们是海上的面容黝黑的男子汉,就像陆上的印第安人一样。他们惊奇而羡慕地看着珠儿,好像她是由一片浪花幻化而成,而且具有海火一样的灵魂,夜间可在船头下闪亮。

这些水手中有一个就是和海丝特·白兰谈过话的船长,他被珠儿的容貌所打动,他伸出手想抱住她、亲吻她。然而他发现要想抓住她,就像从空中抓住一只蜂雀一样不可能,就从帽子里取下一条金链丢给这孩子。珠儿立即将金链缠绕于颈部和腰上,手法非常轻巧、娴熟。金链子立时成了她的一部分,很难想象不戴金链子的珠儿是什么样子了。

"你妈妈就是远处那个戴红字的女人吗?"这个水手问,"你愿意帮我给她带个口信吗?"

"要是这口信能让我开心,我就愿意。"珠儿回答说。

"那就告诉她,"他接着说,"我和那个黑脸驼背老医生谈过了,他愿意带他的朋友,也就是你妈妈熟悉的那位先生,和他一起上船。所以你妈妈只要照顾好你和她自己,不用操心别的了。你这个小魔女,能把这话告诉她吗?"

"希宾斯夫人说我爸爸是空中王子!"珠儿喊道,顽皮地笑了笑,"要是你给我起绰号,我要向他告发你,他就要用暴风雨掀翻你的船!"

孩子沿着弯弯曲曲的小路穿过市场,奔回到母亲身边,把船长的口信带给她。这时,就在一条逃离伤痛的迷宫的通行路向牧师和她自己打开时,一张冷漠的笑脸突然挡在道上。海丝特在看到这不可避免的阴森恐怖的命运以后,她的坚强、沉着、不屈不挠的精神最终垮了。

船长的口信使她陷入了深深的恐惧与困惑,此时的她又经历了另一场磨难。市场上有大量从附近乡下来的人,他们时常听人涉及红字,而且因为数以百计的虚构和夸张的谣传,他们对红字已经非常害怕,但他们谁也没有亲眼见过。这伙人在看腻了各种开心事之后,此时已毫无礼貌地围在海丝特·白兰的身边。不过,虽然他们看上去肆无忌惮,但还是停留在几米之外,围成一个圈子,不敢再上前一步。他们就这样站在那个距离的地方,被那神秘的符号所激起的反感离心力吸引了。那帮水手们也注意到了人群挤到这里,弄明白这红字的含义之后,他们也争先恐后地拥上前去,将那一张张晒得黝黑的、凶恶狰狞的面孔挤进人群。连那些印第安人也受到了白人的好奇心的默默的影响,也眯起他们那蛇一样的黑眼睛,把目光穿过人群,斜射着海丝特的胸前;他们大概以为佩戴这个光彩动人的丝绣徽记的人一定是她那一伙人中德高望重的人士。最后,镇上的居民（虽然对红字早已司空见惯，但看到众人个个兴致勃勃，他们那沉睡已久的兴趣就慢慢苏醒了）也懒洋洋地凑了过来，冷冷地、像老相识似的打量着那个耻辱的标志。用他们那冰冷而习惯的目光盯着海丝特·白兰的熟悉的耻辱标记，这大概比别人对她折磨更厉害。海丝特看见并认出了七年前期待她走出狱门的那伙人的同一副女监督式的脸；其中仅仅缺少一人，就是她们当中最年轻又是唯一一个有同情心的姑娘，海丝特后来给她做了葬服。在这最后的时刻，当她很快就能丢弃这个灼热烫人的红字时，它竟然又一次成了众人注目的焦点，越发激起人们莫名的兴奋和无休止的议论。所以也使她自从第一天佩戴它以来，此时最为伤痛地感到它在烫烧着她的胸膜。

就在海丝特站在那耻辱的魔圈中，好像被对她作出的狡诈而残忍的判决始终钉住了，就在同一时刻，那位备受尊崇的牧师立于神圣的讲坛之上，俯视着听众，他们已从灵魂最深处臣服于他。那位教堂中可敬的牧师！那位市场中佩戴红字的女人！谁可以居然大不敬地猜想出他俩身上都有着一样灼热的耻辱标记呢！

第二十三章　红字的显露

牧师那恢宏雄辩的演说如同汹涌澎湃的海浪，将听众的灵魂高高托起，送往天际。这一刹那的沉默显得非常的深沉，好像刚宣告了神谕一样。接着到来的是一阵窃窃私语和悄悄的骚动，好像听众们刚被解除符咒，从另一个心灵世界回到原地，依然怀着沉重的敬畏和吃惊。又过了片刻，人群开始拥出教堂大门。现在，布道已经完成，他们需要呼吸另一种空气，一种更适合他们粗俗的现实生活的空气，而不是教堂里的神圣空气；那空气中充满了牧师讲道所激起的如火热情，弥漫着他思想的馥郁芳香。

　　一出去，他们的狂喜便表达了出来。从街道到市场，处处充溢着对牧师的赞美之词。他的听众相互诉说着他们知道的所有，非到把自己的溢美之词说尽，否则绝不善罢甘休。他们得出了一个共同的结论：从来没有人像他今天这样讲得这样睿智、这样崇高、这样充满神圣的精神；也从来没有一个凡夫俗子能像他那样从唇间清晰地吐露天神的启示。这启示的力量是很明显的，它降临到他头上，支持着他，持续把他从眼前的讲台上提高，并以一些不管对他本人还是对听众都妙不可言的想法充实着他。他演讲的主题是神灵与人类社会的关系，其间特别提到了他们于荒野之中兴建的新英格兰。当他眼看要讲完时，一种像是预言一样的精神翩然而至，就像当年逼迫以色列年老的预言家一样用强力迫使他顺从。唯一不同的是,犹太预言家宣告的是他们国家的天罪和毁灭,而他的使命却是预言新近聚合起来的上帝臣民们的高尚而荣耀的前途。然而,牧师的演说自始至终都透出一种深沉、悲悯与忧伤,这只能解释为即将辞别尘世之人自然流露的哀怨与遗憾。他们眷恋的这个牧师,这个这样眷恋他们的牧师总不能没有任何呻吟而飞向天国。他已预感到自己会死于非命,很快在人们的哭泣中溘然而逝!最后,即将弃世而去的这一预感很大程度上加强了牧师的宣教效应,就好像腾空飞去的天使突然鼓动他明亮的翅膀,时而是一片阴影,时而是一道光华,向人们倾注阵阵光一样的真理。

就这样,可敬的丁梅斯代尔先生最终来到了他一生中空前绝后的一个非常辉煌、充满胜利的时期,曾有许多人在各个不同领域,遇到过这样的时刻,但大多都要等到多年以后回首往事才能意识到这一点。当时,牧师职业本身具有崇高的地位,作为新英格兰初期的一个牧师,他依靠自己的聪慧和天赋、丰富的学识、雄辩的口才和洁白无瑕的名声达到了所能到达的最高,最足以自豪的地位。在牧师结束了选举的演说,俯身前倾倚在讲坛靠垫下的那一刻,他即处于这样的一个地位。同时,海丝特·白兰依然站在刑台的旁边,胸口仍然燃烧着那个红字!

这时又听到抑扬顿挫的音乐声和护卫队整齐的步伐声从教堂门口传来。队伍正好从这里经过,到市政厅去,到了那儿会举行一次盛大的宴会,结束选举日的典礼。

所以,人们又看到庄严可敬的元老队伍在大踏步前进,总督和官员们、贤良睿智的长者、神圣的牧师以及所有德高望重的尊贵要人,朝着人群缓缓行进,夹道欢迎的群众便毕恭毕敬地退到两旁。当他们都进入市场时,人们大声呼叫,向他们致敬。这肯定是极大地壮大了声势，表明了人们那时对统治者的一种像孩子一样的忠诚。正是那回荡在耳畔的高亢昂扬的滔滔雄辩点燃了众人的热情。这种冲动，人们从自己身上或从其他人身上都能感受到，它冲破教堂，直至云霄。所有在场的人心中都涌起狂热的冲动，将众人之心集结成一颗硕大无比的心，将众人无数声如汹涌海涛般的欢呼汇聚成一个洪大的声音。在新英格兰的土地上从来没有响起过这样的呼喊！在新英格兰的大地上从来没有站立过一个像他这样被他的尘世弟兄这样顶礼膜拜的宣教师！

那么，他本人感觉怎样呢？他的头顶上空不是发射着大量闪亮的小光环吗？既然他在精神上是这样空灵飘逸，既然他被其崇拜者说得这样神乎其神，他那在队伍中行进的脚步，确实还踩在尘土的上面吗？

当军人和文职官员的队伍向前行进时，所有的目光都在关注着牧师的到来。人们在依次看到他的身影以后，欢呼声渐渐转变为喃喃的低语声。在这取得完全胜利的时候，他显得多么羸弱、多么苍白啊！他的那份精力——或者可以说是一种神启，支持他传达神圣的福音并因此从天国得到了自己的力量——在忠实地履行了它的职责以后又回去了。人们刚刚还看到他神采奕奕、满面红光，可此时那光彩已然退去，就像一团火焰在残余的灰烬之中渐渐无望地熄灭。这副死灰颜色实在不像活人的面孔，他这样在路上气息奄奄地蹒跚地行走，差不多还算有生命。可是他还在跌跌撞撞地跋涉着，竟然没有倒下！

他的一位同行，就是值得尊敬的约翰·威尔逊先生看到丁梅斯代尔先生在智力和感受力退潮后陷入这样的状态，赶紧上前几步，伸手去扶他。牧师颤抖着但却毅然决然地推开了老人的手臂。牧师仍在朝前"走"，如果这也算是走的话，仅仅是像一个婴儿在母亲手臂的保护下摇摇摆摆地学习走路而已。这最后几步，他几乎不知如何迈出，于是便走到了那座他永远都无法忘却的示众台的对面。在上溯多年的凄风苦雨的前面，海丝特·白兰一度在它上面遭受众人侮辱的注视。当前，海丝特正站在这儿，手牵着小珠儿！胸口还戴着红字！牧师走到这里便停下了，虽然乐队还在演奏着雄壮欢腾的进行曲，引领游行队伍继续前进。乐声让他向前，乐声召唤他去赴宴，然而，他就地停下了脚步。

在刚的几分钟里，贝灵汉始终在焦急地注视着他。此时，贝灵汉离开队伍中属于自己的位置，过来帮助他，因为从丁梅斯代尔的脸色来判断，不这样，他绝对得摔倒在地。可是，牧师的表情里却透出一种警告似的峻厉神色，使老总督不敢靠近，尽管此人通常不会轻易听从仅仅停留在精神层面的模糊暗示。同时，人们都怀着惊恐的心情在注视着。在他们眼中，尘世肉体的衰颓仅仅是牧师神力的另一种表现；这么一位超凡脱俗的圣人，若在他们眼前骤然升空，时隐时现，乃至最终消失在天国的光辉中好像也不算是什么异想天开的奇迹！

他转向刑台，向前张开双臂。

"海丝特，"他说，"过来！来，我的小珠儿！"

他望着母女俩的样子有几分吓人，但同时又带着脉脉温情和一种奇异的胜利者的神情。那孩子以她独有的像鸟一样的动作，向他飞扑过去，用她的双臂抱着他的双膝。海丝特·白兰，像是为不可抗拒的命运所驱赶，身不由己，没有办法地缓缓走来，可还未走到牧师面前，她就停下了。就在这一刻，老罗杰·齐灵渥斯从人群中出现了——因为他的脸色是这样黑暗、这样慌张而又这样邪恶，也许能够说是从某一鬼蜮世界中钻出来的——打算抓住他的受害者，不让他做出什么举动来！事实即是如此，那老头儿冲上去，一把捉住了牧师的胳膊。

"疯子,停下来!你想要做什么?"他小声地说,"推开那妇人!甩开这孩子!一切都会好的!不要侮辱了你的名声,不要在耻辱中毁灭!我还可以救你!你居然要亵渎你的神圣的职业吗?"

"哈,你这个魔鬼!我想你来得太迟了!"牧师的眼睛直射对方的眼睛,害怕而又坚定地说。"你的权力已经没有了!有了上帝的帮助,现在我能摆脱你了!"

他又向戴红字的女人伸出了手。

"海丝特·白兰,"他以一种让人感动的真诚喊道,"上帝威严有加,却又满怀慈悲,在这最后时刻赐予我恩典,让我完成早在七年前就该做的事。多年来,我背负着深重的罪孽和无尽的痛苦,一直退缩不前。现在你过来吧,把你的力量给我!海丝特,我要你的力量。然而,你得遵守上帝恩赐给我的意志!那个卑鄙的、邪恶的男人却尽力反对,他用尽了他自己所能和恶魔的所能!来,海丝特!扶我登上那边的示众台!"

人群马上骚动起来。那些站在牧师四周的显贵要员们更是大惊失色,既不能接受现成的解释,也没有什么其他看法,他们全都呆若木鸡,默默地看着上天进行最后的裁决。他们眼睁睁地看着牧师靠在海丝特的肩上,由她搀扶着走近刑台,跨上台阶,那个因罪孽而生的孩子的小手还被紧紧地抓在他的手中。老罗杰·齐灵渥斯紧跟在后面,好像他与这部充满罪恶与哀愁的悲剧密切相关,他也扮演了剧中的重要角色,因此颇有资格在最后一幕出场。

"难道你找遍了全世界,"他忧郁地看着牧师说,"除了这个刑台外,就找不到有一个隐秘的地方——不管是高贵的地方,还是卑贱的地方——能让你逃出我的手心?

"感谢上帝,是他指引我来这里!"牧师答道。

可是他还在颤抖,转身对着海丝特,眼里显示出一种惴惴不安的神情,嘴唇上同样露出了一丝米有感情的笑。

"这样不是更好吗?"他喃喃道,"要好过我们在森林里所梦想的那一切吧?"

"我不知道!我不知道!"她慌张地回答道,"更好吗?的确,我们得一起死掉,小珠儿也和我们一起死掉!"

"对于你和珠儿,上帝自有安排,"牧师说,"上帝是善良的!上帝已向我表达了他的意愿,让我遵照它去做吧。我已是将死之人,让我赶快背负起我的耻辱!"

丁梅斯代尔牧师先生一面由海丝特·白兰搀扶着,一面抓着小珠儿的手,把脸转向可敬可畏的统治者,面对着他神圣的牧师兄弟们,面对着镇上的百姓。他们伟大的心已被吓呆了,可是却充满着含泪的同情、忧郁。他们已经知道,一个深刻的人生悲剧——即使它充满罪恶,也同样充满着痛苦和悔恨——就要展现在他们眼前。刚过正午的太阳照耀在牧师身上,将他的身影勾勒得格外清晰,他伫立在地面上,在永恒正义的法庭上申诉着自己的罪恶。

"新英格兰的人民!"他喊着,那高亢的声音在众人头顶上空响起,分外严肃庄重——可总是略带颤音,时而夹着声嘶力竭的呼喊,显然是从悔恨与悲恸的无底深渊迸发而出,"你们曾经爱过我,你们把我当作神明!朝我这儿看,一个世界上的罪人!最终,我站到了七年前就应该来的地方,这里,在这恐怖的瞬间,这个妇人用她虚弱无力的手搀扶我来到这里,支撑着我,不让我摔倒在地!看,这个女人身上的红字!你们都害怕它!不管她走到哪里,不管她背负着多么悲惨的重担,不管她是多么希望得到安息,它一直在她周围投放出可怕可憎的死光。可是在你们中间还立着一个人,他的身上也烙有那令人不寒而栗的印迹,那标志着罪恶与耻辱的印迹,但你们却从未看见过！"

话已至此，牧师似乎要将余下的隐秘深埋心底了。然而他击退了身体的无力，特别是妄图控制他的精神上的软弱。他甩掉了所有的扶助，激情昂扬地向前迈出一步，站到了那女人和孩子的面前。

"那烙印就在他身上！"他继续说道，言辞间透出一股狠劲，他下定决心要坦陈所有秘密，"上帝的眼睛在看着它！天使们一直都在指点着它！魔鬼也很明白，不时用他那燃烧的手指的触碰来折磨它！但他却狡猾地将它隐藏。不让世人发现。神采奕奕地生活在你们中间。实际上他很悲哀，因为在这个罪孽的世界上人们竟然把他看得这样纯洁！他也很伤心，由于他思念他在天国里的亲属！现在，在死神逼近的时刻，他站到了你们面前！他要求你们再看一眼海丝特的红字！他告诉你们，她的红字尽管神秘而恐怖，仅仅是他胸前所戴的红字的影像罢了，而即使他本人的这个红色的耻辱标记，仍不过是他内心烙印的表象而已！站在这里的人们，有谁质疑上帝对一个罪人的裁决吗？看吧！看看这个可怕的明证！"

他抽搐着，一把扯开胸前牧师法衣的饰带。罪恶的印证露出来了！不过，描述袒露的细节显然有失恭敬。就在那时，惊慌失措的人们的凝视的目光突然聚集到那可怖的奇迹上面。此时，牧师脸上却带着胜利的红光站在那里，就像一个人在备受煎熬的千钧一发的时候却赢得了胜利。紧接着，他倒在了示众台上！海丝特撑着他的上半身，让他的头靠在自己的胸前。老罗杰·齐灵渥斯跪在他身旁，表情呆滞，好像已经没有了生命。

"你还是逃脱了！"他翻来覆去地说着，"你还是逃脱了我的控制！"

"愿上帝原谅你！"牧师说，"你，也是罪孽深重！"

他从那老人的身上转移了没有神情的目光，紧紧盯着那女人和孩子。

"我的小珠儿,"他乏力地说——他的脸上带着甜蜜而温柔的微笑,好像是就要沉沉酣睡。不仅如此,而且罪恶与耻辱的重负俱已卸除,他似乎露出一种与孩子嬉戏时的神情——"亲爱的小珠儿,你现在愿意吻我吗?那天在那树林里你不愿意亲我!然而,你现在愿意了吧?"

珠儿吻了他的嘴唇。一个符咒去除了。连她自己都担任了角色的这一伟大的悲剧情景,激起了这狂野的小孩子所有的同情心。她的泪珠滚落在父亲的脸颊上,这无疑表明她已彻底融入了凡间的情感,不再与世界为敌。而要在这世上做一个妇人。珠儿作为痛苦使者的角色,对她母亲而言,也全部完成了。

"海丝特,"牧师说,"别了!"

"我们不能再次相见吗?"她弯下腰去,把脸靠近他的脸,小声说,"我们难道不可以在一起度过我们剩余的生命吗?的确,我们已经用这所有悲苦彼此救赎赎了!用你那双明亮的眼睛在临终前看着永恒的来世吧!告诉我你看到了什么?"

"别出声,海丝特,别出声!"他神情肃穆,声音颤抖地说。"我们违犯了法律!我们那可怕的罪行在此公之于众!你就只想着这些好了!我怕!我怕啊!大概是,我们曾一度忘却了我们的上帝,我们曾一度互相冒犯了各自灵魂的尊严,所以,我们希望今后可以重逢,在永恒和纯洁中融为一体,恐怕是没有用处了。上帝知晓一切,但依然慈悲满怀!我所经受的痛苦磨难,尤其证明了上帝的慈悲。他让我忍受这胸前灼烧的痛楚!他派遣那边那个阴森恐怖的老人来,让那痛楚一直火烧火燎!他把我带到这里,让我在众人面前,死在胜利的耻辱之中!如果是这些非常痛苦缺少了一个,我就要永远沉沦了!颂扬上帝的圣名吧!完成他的意愿吧!永别了!"

最后一句刚说出口，牧师就停止了呼吸。到此时一直保持静默的人们，发出了奇异而低沉的可怕的声音，他们确实还找不出言辞，只是用这种重重滚动的声响，陪伴着那告别这个世界的灵魂。

第二十四章　尾声

许多天后，人们有了足够的时间理清思绪，弄明白上文描述的那一幕。于是，对于他们所发现的刑台上的情景就有了许多说法。

许多在场的人肯定，他们在那个值得同情的牧师的胸前发现了一个嵌在肉里的红字，和海丝特·白兰所佩戴的特别相似。至于这个红字的来源，则众说纷纭，不一而足，当然不过都是猜度、揣测。一些人一口咬定，丁梅斯代尔牧师先生自从海丝特·白兰戴上那耻辱的标记的第一天开始，就进行他的苦修，随后一直用各色各样的没有用处的方法，对自己施加让人难以想象的折磨。另一些人争辩道，那耻辱的印迹是许久之后才出现的，由那个有法力的巫师老罗杰·齐灵渥斯，靠着魔法和毒剂的力量，才让它显示出来的。还有一些人是最能够理解牧师的特殊的敏感和他的精神对肉体的奇妙作用的，他们小声提出看法，这个可怕的标记是痛悔的利齿，从内心最深处向外咬出来的，最后以一个清晰可怕的红字彰显上天做出的可怕裁决。

读者能够从这几种说法中自己选择。对于这件怪事，我们所能掌握的情况已经全部披露了，既然这一任务已经完成，而长久的思考已在我们的头脑中印下了并不是我们希望的清晰印象，我们倒很高兴把这深深的印迹擦掉。

不过，令人费解的是有些人目睹了全部的场景，他们声明，他们的眼睛一直没离开过丁梅斯代尔牧师先生，然而他们否认曾经在他胸脯上看到有什么标记，那上面和新生婴儿的胸脯一样干净。据他们讲，他的临终致辞，既没有承认，也没有一点暗示，他和海丝特·白兰长期以来戴着的红字所代表的罪过有一些细微的牵连。按照这些德高望重的目击者的说法，牧师意识到自己死期将至——也意识到众人的尊崇已使他跻身于圣人与天使之列，所以就希望能在那堕落的女人的怀抱中死去，以便向世界表明，一个人类的精英的正直不值一提。他在竭力为人类的精神的美好耗尽了生命之后，又用他自己死的方式作为一种教化，用这个悲恸有力的教训让他的崇拜者深信：在无比圣洁的上帝眼中，世间众人皆是罪人。他要教育他们：我们当中最神圣的人并不比别人高得可以更清楚地分辨俯视下界的仁慈的上帝，可以更彻底地否定普通人翘首企望的人类功绩的幻影。如此宏大的真理，根本无法争辩；然而，应该允许我们把关于丁梅斯代尔先生的故事的这种说法，只看作是那种墨守忠诚的实例，证明一个人的朋友们——特别是一个牧师的朋友们，即便罪证已清晰可见——如同正午的阳光照出红字的罪恶——足以证明他是一个罪孽深重的虚伪之徒。

我们在讲述中所依据的主要权威资料，是一本年代已久的手稿，根据一些人的口述整理而成。其中某些人认识海丝特·白兰，另一些人则从当时的见证者口中听到这个故事。该文稿证明本书所述观点准确无误。从这个值得同情的牧师的悲惨经历中可以引出大量教训，这里我们只想摘出一句话："诚实！诚实！诚实！向世界袒露真实面目吧，纵然不是你最卑劣的罪行，也要流露少许痕迹，留待众人据此推断！"

差不多是紧随丁梅斯代尔的死去，变化最大的的数罗杰·齐灵渥斯老人的行为和容貌了。他全身的体能与精力——全部的生命力与才智—似乎统统弃他于不顾,转瞬间他憔悴萎顿,形容枯槁,像拔了根暴晒在太阳下的蔓草一样,在人们眼里消失。这个值得同情的人将复仇和有步骤地实行复仇奉为他的人生准则,可是在大获全胜,彻底复仇之后,那邪恶的信念也失去了支撑,轰然倒塌——一言以蔽之,当世界上再也没有恶魔的行为需要他去做的时候,这个没有人性的家伙就不得不投身他的主子,去寻找差使和牟取报酬了。可是,对于所有这些鬼蜮一样的人物,只要是我们的熟人——不管是罗杰·齐灵渥斯,还是他的同伴——我们还是乐于表达慈悲的。爱与恨,追根溯源是否具有同一性?这倒是一个值得人们关注探究的奇特问题。二者在其发展到极点时,彼此一定是非常融洽和心心相印的;二者都可以让一方向另一方乞求爱情和精神生活的食粮,一旦爱恋或憎恶的对象抽身而退,无论炽烈的爱人还是痛恨的仇人,都会备感孤独失落、凄凉难耐。因此,从哲学上看,这两种感情在本质上是一致的。不同的是,一个被隐藏在圣洁的光环中,而另一个则埋身在阴沉恐怖的白光里。在精神世界里,老医生和牧师——这两人一直互为彼此罪行的受害者——大概会不知不觉地看到他们之间的仇恨和厌恶已经转变为黄金一样的爱恋。

爱与恨的话题暂且搁下,我们还有一事要告诉读者。不到一年,老罗杰·齐灵渥斯的生命结束了,贝灵汉总督和威尔逊牧师是他的遗嘱的执行人。依据他的遗愿和遗嘱,把他在本地和在英国的一笔数额巨大的财产遗赠给了海丝特·白兰的女儿小珠儿。

因此,小珠儿,那个古灵精怪的孩子——有些人直到那时还坚信她有魔鬼的血统——摇身一变成了她那个年代最富有的女继承人。这种情况理所当然地使公众对她的评价发生了实质性的变化。如果她母女俩还居住这里,小珠儿到了婚嫁年龄,她的野性的血液大概会和当地最虔诚的清教徒的高贵的血统合到一起。但是，医生去世后不久，红字的佩戴者就不见了，珠儿也被她带走了。许多年以后，尽管不时有一些模糊的消息跨海传来——就好像从海上冲到岸上来的一片腐烂木头上刻着姓名的第一个字母，却一直没有收到关于她们的确切消息。红字的故事渐渐演变成一个传说，不过仍然具有符咒般的强大魔力，使那座让可怜的牧师惨死其上的示众台蒙上了难以抹去的恐怖与肃穆，海丝特·白兰居住过的那间茅屋依然让人望而生畏。一天下午，一些小孩子正在那茅屋旁边玩耍，忽然发现一个身穿灰色长袍的体形修长的女人来到屋里。这些年来，那扇门从未有人开启过。不清楚是她开了锁呢，还是朽木烂铁经不起她一推或是她像影子一样穿过这些障碍物？总而言之，她是溜了进来。

在门口她收住了脚步，稍稍转身，或许她想到多年来人事颇多变迁，自己孤身一人，再度走进这个刻满往昔生活印迹的家园，这份沉重的凄凉与孤寂是她难以承受的。不过，她仅仅犹豫了片刻，但这片刻足以让人看清她胸前的红字。

就这样，海丝特·白兰回来了，又捡起她遗弃了很久的耻辱！但小珠儿在哪里呢？如果她还活着，现在一定正是一个含苞欲放、楚楚动人的少女。没人知道，也从来没有一个人探知到真实的消息，那精灵孩究竟是在少女时代就香消玉殒了，还是她那狂野不羁的天性已被驯服，从而享受到妇人所拥有的温情脉脉的幸福？然而，从海丝特的剩余的生命来看，有迹象表明，这个佩戴红字的遁世者是异国他乡的一个居民热爱和关心的对象。寄来的信中印有家徽纹章，虽然这是英国家徽上所没有的。在那间茅房里有一些海丝特用不着的奢侈品，这是有钱人和眷恋着她的人给她买的。还有一些不起眼的小玩意儿，诸如小饰品、寄托怀念之情的漂亮的纪念品等等，肯定都是由洋溢的爱心和灵巧的双手制成的。有一次，海丝特在制作一件婴儿的袍服，那精美的款式和绚烂的色彩，如果我们这个灰色社会有哪个婴儿穿在身上，必然会引起非议呢。

总之，当时的民众普遍相信，一个世纪后对这件事做过调查的海关督察相信，新近他的继任者①更忠实地相信珠儿不仅仅还活着，还结了婚，她时刻牵挂着母亲，若能将寂寞伤心的母亲奉养在家，那便是她最快乐的事了。

然而，对海丝特·白兰来说，在新英格兰这里生活，比在女儿安了家的异国他乡生活要更为真实。她曾在这里犯过罪，在这里背负过她的哀怨忧伤，这里还会有她的忏悔。所以，她回来了，并且还戴上了那诱使我们讲述这个阴暗故事的象征符号，所有这些都是她自觉自愿的，因为即使是最冷酷的官员也不会强迫她了。从那时起，这标记就从未离开过她的胸口。她千辛万苦，牺牲自己，处处为他人着想。随着岁月的流逝红字已不再是一个招致世人冷眼讥讽的耻辱标志，而是演变成了某种具有象征意义的符号，令人感伤、畏惧却又肃然起敬。而正因为海丝特·白兰一点也没有个人目的。她活着既不谋图私利，又不贪图私人的快乐，人们都把她看作一个经风历雨的人，纷纷带着他们的一切哀愁和困惑来寻求她的忠告。尤其是女人们，她们时常遭受误入歧途的激情或罪恶情欲的折磨，就像受伤害、遭遗弃、被虐待、滥用、误入歧途甚至陷入罪恶的情欲，要不就是因为受人冷落、不被赏识、一颗倔强的心灵负担着沉郁的重负来到海丝特的茅屋，询问她们为什么如此不幸，怎样才能补救！海丝特尽自己所能做到安慰她们，开导她们。她还用她坚定的信仰让她们确信，等到进入某一光明的时期，世界趋向成熟，上帝会选择适当时机，以一个新的真理昭示天下，使芸芸众生得以在共同幸福的坚实基础上，重新构筑男人和女人之间的全部关系。海

---

① 指作者本人。

丝特在年轻时一度自负地幻想自己成为一个天生的女预言家，然而很快就意识到所有神圣的玄妙的使命都不会托付给一个被罪恶所污染、因耻辱而抬不起头，或者被长年的哀愁压得不前进的女人。日后宣示这一真理的天使与圣徒确实会是一个女人，但她必须崇高、纯洁、美丽而且聪慧睿智。此外，她聪明，并不忧郁，而是一直乐观飘逸，她会用通往成功之路的真实考验显示神圣的爱怎样使我们幸福。

海丝特·白兰就一边这么说着，一边低下头瞅着那红字。又过去了许多年，在后来建成的国王礼拜堂旁边的那块墓地里，在一座业已凹陷的旧坟近旁，出现了一个新坟。这座新坟挨着那座下陷的老坟，然而中间留着一处空地，好像两位长眠者的骨殖没有权力相混。不过，这两座坟只竖了一块墓碑。四周全是刻着家族纹章的碑石；而在这一方粗糙的石板上，好奇的探索者仍然会发现，却不知道为什么有和盾形纹章相似的刻痕。标记旁还刻有铭文，可作为一句简短的说明，概括我们这篇业已收尾的传说。那标记分外幽暗，只有一点永远不灭的红光隐约闪烁，但却令人愈加沮丧：

一片墨黑的土地，一个血红的红字。